grafit

Chemnitzer Str. 31, D-44139 Dortmund
Internet: http://www.grafit.de
E-Mail: info@grafit.de

Umschlagillustration: Peter Bucker
Druck und Bindearbeiten: Fuldaer Verlagsagentur, Fulda
ISBN 3-89425-288-X
1. 2. 3. 4. 5. / 2006 2005 2004

Christoph Güsken

Der Papst ist tot

Kriminalroman

grafit

Der Autor

Christoph Güsken, geboren 1958 in Mönchengladbach, studierte Theologie und arbeitete als Museumswärter, Aktenabhänger und Buchhändler. Seit 1995 lebt er als freier Autor in Münster.

Er veröffentlichte zahlreiche Kurzgeschichten und Hörspiele. 1996 erschien sein erster Kriminalroman mit dem Chaos-Detektiv-Duo ›Kittel & Voss‹: *Bis dann, Schnüffler;* es folgten *Schaumschlägers Ende, Mörder haben keine Flügel, Spiel's nicht noch mal, Henk, Pommes rot-weiß, Niemals stirbt man so ganz, Screamhilds Rache* und *Lambertis Fluch.*

Außerdem verfasste Güsken das Buch über den perfekten Mord *Angsthase, Pfeffernase,* den Thriller *Alptraum in Blau,* einen Kriminalroman über Todesangst *Der Untergang des Hauses K.* und die schwarzhumorige Geschichte *Jungbluth und der Fastnachtsmord.*

Für Claudia und Alicia,
ohne die das Buch auch entstanden wäre,
aber es hätte nicht so lange gedauert.

Alle Personen in diesem Buch sind frei erfunden, womit sie gut leben können. Was ist auch Schlimmes daran, frei erfunden zu sein? Erst kürzlich fanden Experten heraus, dass viele Personen in Wirklichkeit existieren, für die es fraglos besser wäre, sie wären frei erfunden.

Aber mit ihnen gibt die Fantasie sich nicht ab.

Vorspiel

Sie hatte langes wasserstoffblondes Haar und trug weiße Unterwäsche. Blendend weiße Spitzenware, die rosa schimmerte wie das verbotene Innere einer Muschel und doch so gut wie durchsichtig war. Was sie auch verhüllen sollte, es zeichnete sich auf atemberaubende Weise darunter ab.

Auch wenn sie ihr Gesicht hinter einer raffinierten venezianischen Maske verbarg, bot diese Frau alles, was man sich nur wünschen konnte. Von einer wie ihr hatte er oft geträumt. Sie hockte auf ihm, knöpfte ihren BH auf und ließ ihn fallen. Ihre Brüste streichelten sanft sein Gesicht, während sie sich über ihn beugte, um seine Handgelenke zu fesseln.

»Genau so«, stöhnte Papic mit heiserer Stimme. »Das ist Wahnsinn. Du machst mich fertig, Baby …«

Nur einen Augenblick gingen ihm die geschniegelten Herrschaften durch den Kopf, die er morgen zum Interview empfangen würde. Wenn sie ihn jetzt sehen könnten! Papic musste grinsen. Ich bin einer dieser dekadenten Päpste, die Moral und Umkehr predigen, während sie in ihren privaten Gemächern gleichzeitig der Sünde und Ausschweifung frönen. Einer wie Alexander der Sechste. Die Borgias. Ihr himmelt mich an, aber ihr werdet euch alle wundern. Wartet's nur ab …

Das Mädchen war wirklich begabt. Ein richtiger Knaller, diese Braut, sagte sich Papic und angesichts der für seine Verhältnisse ungewohnt verdorbenen Ausdrucksweise lief ihm ein kleiner Schauer über den Rücken. Ein wenig sorgte er sich, dass er zu früh kommen würde. Es wäre ein Jammer, wenn alles schon vorbei wäre, ehe es richtig begonnen hatte.

Er spürte die weiche Haut ihrer Schenkel auf seinem Bauch. Ihre Finger umfassten sanft seine Brustwarzen.

»Ja, mach weiter«, hauchte Papic. Wenn sie das tut, dachte er und versuchte, sich zu konzentrieren, dann komme ich auf jeden Fall zu früh.

Es schien fast so, als hätte sie seine Gedanken gelesen. Sie machte nicht weiter, sondern stand auf.

»He, nicht aufhören!«

Die Sorge war umsonst, sie ließ ihn nur ein wenig zappeln. Jetzt wechselte sie die Position, um sich seinen Fußgelenken zu widmen. Papic spürte den rauen Zug der Lederbänder auf seiner Haut.

»Was hast du vor?«, stöhnte er. »Du Schlampe, du, was soll das werden?«

Ich kann mir so was leisten, dachte Papic. Der Papst kann sich so manche Sünde leisten. Das ist ja das Schöne am Papstsein. Er braucht sie sogar, wenn nur sie ihn anmachen kann. Schließlich ist er unfehlbar, oder etwa nicht?

Die Blondine richtete sich auf, drehte sich um und wandte sich wieder seinem Gesicht zu.

»Das Höschen«, bettelte Papic. »Zieh endlich das Höschen aus!«

Aber sie schwenkte ihr Bein über ihn, dass ihre Ferse sanft sein Gesicht streifte, und stieg aus dem Bett.

Papic starrte erwartungsvoll ihren Slip an, durchbohrte ihn förmlich mit den Augen. Sein Mund hatte sich mit Speichel gefüllt. Er schluckte.

Die Frau dachte nicht daran, das Höschen auszuziehen. Stattdessen legte sie einen Finger an den Mund.

»Was ist?«, fragte Papic verständnislos. »Warum ziehst du dich nicht aus?«

Keine Antwort. Sie griff nach dem schwarzseidenen Morgenmantel, der über einer Stuhllehne hing, und legte ihn sich um. Schwarz wie die Nacht umhüllte er ihren alabasterweißen Körper.

»Was zum Teufel soll das werden?«, stammelte er ungeduldig.

Sie schenkte ihm ein geheimnisvolles Lächeln, blieb aber stumm.

»Wohin willst du? He, warte doch …«

Wortlos entschwand die göttliche Blondine. Papics Versuch, sie aufzuhalten, war ein Reflex, er hatte vergessen, dass er gefesselt war. Im Eingangskorridor wurde es finster. Kurz darauf fiel ein schmaler Lichtstreifen ins Zimmer, nur für einen Moment. Sie hatte das Zimmer verlassen und die Tür hinter sich geschlossen. Lautlos, als sei sie nicht wirklich. Eine Geistererscheinung.

Schwer atmend und ernüchtert schüttelte Papic den Kopf. Ausgerechnet jetzt, kurz vor dem Ziel, musste sie für kleine Mädchen. Wenn das zum Spiel gehörte, dann fand er es nicht komisch. Bisher war das doch noch gar kein Spiel gewesen, bestenfalls ein Vorspiel! Er war in Fahrt und wollte alles. Der Motor, der längst nicht immer ansprang, lief auf Hochtouren, sie durfte jetzt nicht aussteigen.

Ungeduldig, fast wütend, zerrte er an seinen Fesseln. Die Bettpfosten ächzten, sonst passierte nichts.

Natürlich wusste er, dass wohl platzierte Pausen die Lust ins Unermessliche steigern konnten. Das geniale Vorspiel schien ihre Methode zu sein zu verhindern, dass er sein Pulver allzu früh verschoss. Er sollte sozusagen im eigenen Saft schmoren. Ganz einfach, sie wollte ihn nur rasend machen.

Und wenn sie nicht mehr zurückkam?

Dieser Gedanke wirkte auf Papic so, als hätte ihm jemand einen Eimer kaltes Wasser ins Gesicht gekippt. Seine Erregung, auf die er so stolz gewesen war, sank unaufhaltsam in sich zusammen. Stattdessen breitete sich Nervosität aus.

Blödsinn! Warum sollte sie denn nicht zurückkommen? Auch sie hätte dann doch nichts davon gehabt. Sie konnte es doch genauso wenig erwarten wie ich. Oder jedenfalls fast so wenig.

Und wenn sie doch etwas davon gehabt hatte? Nur etwas

anderes, ich meine nicht die Lust, sondern irgendeinen anderen Vorteil …

Papic hasste diesen Gedanken, er versuchte, ihn zu verscheuchen und sich auf seine Geilheit zu konzentrieren. Aber das misslang. Immerhin, fiel ihm ein, wäre ich in einem solchen Fall ziemlich angeschmiert. Sie haut einfach ab und ich kann mich nicht vom Fleck rühren. Schöner Mist!

Erneut zerrte er an den Fesseln, dieses Mal etwas stärker. Nichts zu machen. Hand- und Fußgelenke ließen sich kaum bewegen. Nur der Knoten am linken Fußgelenk schien nicht ganz so fest gezurrt. Aber wie sollte er den ohne Hände aufbekommen?

»Scheiße!«, fluchte Papic. Das ungute Gefühl war längst zu mächtig geworden, es ließ sich nicht mehr verdrängen. »Bind mich wenigstens los, du Schlampe!«

Vielleicht hätte ich sie nach ihrem Namen fragen sollen. So ist das doch immer: Man ist arglos, trifft eine tolle Frau, und weil sie so perfekt aussieht, denkt man nichts Böses. Hält sie für einen personifizierten Engel, offenbart ihr sein Innerstes. Und das wird dann prompt bestraft.

Der BH!, durchzuckte es ihn und für einen Moment starrte er erleichtert auf das weiße Stück Spitzenwäsche, das auf seinem Bauch lag und das er nicht abschütteln konnte. Sie wird nicht abhauen ohne ihren BH.

»So ein Quatsch!«, schimpfte er vor sich hin. »Wieso denn nicht? Schon wieder bin ich zu arglos, das ist mein Problem.« Ein Borgia, der naiv und gutgläubig ist. Lachhaft! Er konnte schon nicht mehr klar denken.

Papic begann zu schwitzen. Nun versuchte er mit aller Kraft sich zu befreien, biss die Zähne zusammen und keuchte. Er zog und zerrte. Das war nicht mehr komisch. Ganz und gar nicht.

Na, was machst du jetzt? Um Hilfe schreien vielleicht? Was bist du nur für ein selten dämlicher Schwachkopf!

In diesem Augenblick öffnete sich die Tür. Der Lichtstreifen huschte über die Wand. Dann ging die Lampe über dem Eingang an.

Die Erleichterung ließ Papic erschlaffen. Er sank auf das Bett und spürte, dass die Wäsche unter ihm klatschnass war. Die Anspannung löste sich. Egal, dachte er erlöst. Du hast mir einen schönen Schrecken eingejagt. Jetzt musst du eben wieder von vorn anfangen.

Das Licht im Korridor verlöschte.

»Na also«, flüsterte Papic. »Das Vorspiel war ja schon ganz gut.« Er grinste über seine Angst und versuchte, abgebrüht zu klingen. »Und ich hatte schon gedacht, du kommst nicht mehr zurück.«

Das Licht am Ende des Tunnels, das ist der D-Zug, der in voller Fahrt auf dich zurast.

Billy Wilder

1

Es heißt, dass jeder in seinem Leben einen entscheidenden Fehler macht. Nicht irgendeinen, sondern den Fehler der Fehler, der alles ins Rutschen bringt, den Bach hinunter sozusagen. Das Dumme daran ist, man kann im Moment des Fehlens nicht mal annähernd erkennen, dass es um alles geht. Auf den ersten Blick scheint man es mit dem üblichen kleinen Irrtum zu tun zu haben. Aber später weiß man, dass es dieser besagte Fehler war, den man besser nicht gemacht hätte. Nur ist es dann zu spät.

Ich saß in meinem Büro in der nagelneuen Detektei *Kittel & Voss* mitten im idyllischen Kreuzviertel und sah aus dem staubblinden Fenster hinunter in den Innenhof. In meiner Hand hielt ich einen Zettel: *Ich habe dir eine Mappe auf den Schreibtisch gelegt. Da ist ein Fall drin. Wenn du willst, bitte sehr – ich bin ausgebucht, außerdem nicht interessiert. K.*

K. bedeutete Kittel. Keine Ahnung, warum er mit seinem Nachnamen unterschrieb. Aber das war mir sowieso egal. Ich hatte den einen Fehler gemacht. Kaum vierzehn Tage existierte unsere Gemeinschaftsfirma und schon kommunizierten wir nur noch über kleine Zettelchen.

Wenn du endlich mal daran denken könntest, das Licht im Klo nicht brennen zu lassen. K. Das stand auf der Rückseite. Kittel benutzte nämlich jeden Zettel zwei Mal. Obwohl der Laden nicht schlecht lief, war er umsichtig genug, nicht unnötig Material zu verschwenden. Manchmal konnte mein Partner wirklich vernünftig sein. So vernünftig, dass sich einem die Fingernägel aufrollten. Ich zerknüllte das Papier und warf es über meine Schulter.

Eigentlich konnte Kittel nichts dafür.

Doch, für seine Zettel konnte er etwas. Dass ich in der Falle saß, daran war ich selbst schuld. Wer pleite ist, hat es nötig, sich zu beschweren. Schade, eigentlich war alles so verheißungsvoll angelaufen.

Unsere Detektei befand sich mitten in jenem Viertel, das vorzugsweise von besser verdienenenden Intellektuellen bevölkert wurde. Die Räume hatten hohe Decken mit nikotinverfärbten Resten antiken Stucks und es gab den Blick in diesen wunderbar verwilderten Innenhof, in dem man noch echte frei lebende Katzen bei der Mäusejagd beobachten konnte. So mancher leckte sich die Finger nach einer solchen Bleibe. Leider war das nicht nur dem Vermieter, sondern auch dem Makler klar, der fette dreieinhalb Monatsmieten als Provision eingestrichen hatte. Die Wohnung – laut Kittel ein Schnäppchen, da sie nur acht Euro fünfzig pro Quadratmeter kostete – bestand fast nur aus Flur und das dritte Zimmer, das wir zur Küche erklärt hatten, besaß keinen Heizkörper. Zwar gab es eine Badewanne von beachtlichen Ausmaßen, doch leider war der Wasserdruck praktisch gleich null, sodass es Wochen gedauert hätte, die Wanne zu füllen. Was die Katzen anging, so war ich mir mittlerweile nicht mehr sicher, ob sie Mäuse jagten oder vor Ratten auf der Flucht waren. Unter uns wohnten Studenten, die Flugblätter und *na danns* im Treppenhaus herumliegen ließen, und im Erdgeschoss lauerte ein emeritierter Romanistikprofessor mit Frau und Hund, der das Haus mit zeitgemäßer Lyrik belästigte: *Die Haustür ist nach zweiundzwanzig Uhr stets verschlossen zu halten. – Keine Kinderwagen oder Buggys im Treppenhaus abstellen. – Es sei nachdrücklich daran erinnert, dass die sorgfältige und regelmäßige Reinigung des Treppenhauses allen Mietparteien in gleichem Maße obliegt.*

Du hättest ja nicht herkommen müssen, hatte Kittel neulich zu mir gesagt. Oder hatte er es auf einen Zettel geschrieben? Jedenfalls hatte er Recht damit gehabt.

Wenn einem der Boden unter den Füßen weggezogen wird,

dann muss man schließlich nicht unbedingt bei seinem besten Freund um Asyl anklopfen. Man kann sich ja auch genauso gut an den Nächstbesten wenden. Einen von den Leuten, die morgens an der Bushaltestelle Zeitung lesen. In diesem speziellen Fall wäre es klüger gewesen.

Babsi hasste Zettelchen. Sie hatte mich eines Abends in die Pathologie bestellt, wo sie gerade ihre letzte Obduktion abgeschlossen hatte, und mir, während sie über einem Waschbecken ihre blutverschmierten Gummihandschuhe abpellte, kurz und bündig erklärt, dass sie einen anderen habe. Einen Steuerberater. »Glaub mir, es ist besser so«, hatte sie gesagt.

»Du meinst, er ist besser«, hatte ich wütend entgegnet.

»Das hast du gesagt.«

»Also ist er besser«, hatte ich trotzig geantwortet und die Freude darüber, Recht zu behalten, hatte seltsam bitter geschmeckt. »Und was, bitte schön, ist es, das ihn besser macht, diesen Steuerberater?«

»Das willst du doch gar nicht wissen.«

»Erzähl mir nicht, was ich will und was nicht!«

»Na schön. Er ist solider.«

»Aha.« Mein spöttisches Lachen verhallte im weiß gekachelten Obduktionssaal. »Solider also.«

»Außerdem macht er nicht so einen Wirbel wie du.«

»Was meinst du mit Wirbel?«

Bis heute habe ich nicht herausbekommen, was sie damit gemeint hatte. Aber noch in der gleichen Nacht beschloss ich, ihr zu zeigen, zu welchem Wirbel ein Privatschnüffler fähig ist, wenn es darauf ankommt. Knappe drei Tage später hielt ich Fotos in der Hand, die ihren Steuerfritzen zeigten, wie er in Frauenklamotten in einschlägigen Bars aus und ein ging. Fotomontage ist mit dem richtigen Computerprogramm nicht einmal für einen Idioten ein Problem.

Inzwischen hatte ich dem Kerl lange genug an den Fersen geklebt, um mich nicht sonderlich darüber zu wundern, dass er meinen bösgemeinten Scherz nicht krumm nahm. Er schien tatsächlich Humor zu besitzen, mehr sogar, als mir unter diesen Umständen eigentlich lieb sein konnte. Babsi dagegen nahm mir krumm, dass ich ihren ›Taschenrechner‹, wie ich ihn nannte, als Schwuchtel diffamiert hatte. Sie sann auf Rache, ließ sich aber Zeit, um zum Gegenschlag auszuholen. Eines Nachts wurde in meine Detektei eingebrochen, aber nichts wurde gestohlen. Nichts, das ich vermisst hätte, jedenfalls nicht sofort. Erst an dem Tag, als der Brief vom Finanzamt kam. Zu spät musste ich begreifen, dass die smarte Gelassenheit des Steuerberaters nichts mit Humor zu tun gehabt hatte, sondern eher mit Sportsgeist. Nicht wer ein Tor schießt, ist Sieger, hatte er sich gesagt, sondern wer das Spiel gewinnt. Mithilfe der zahlreichen steuerrelevanten Unterlagen, die Babsi mir geklaut hatte, hatte er umgehend Anzeige beim Finanzamt erstattet. Da mein Betrieb gesamtwirtschaftlich auf ziemlich wackeligen Füßen gestanden hatte, brach mir die geforderte Nachzahlung finanziell gesehen den Hals.

Was soll's?, hatte ich mir gesagt. So ein Absturz kann dich nicht kratzen, solange du jemanden hast, bei dem du unterkriechen kannst. So einen wie Kittel. Noch während die Zwangsversteigerung lief, rief ich ihn an und teilte ihm mit, dass ich mir das mit der gemeinsamen Detektei doch noch überlegt hätte.

»Klasse!«, hatte er sich gefreut. »Ich hab gerade eine neue Wohnung bezogen. Spottbillig, groß genug für uns beide und ein gemeinsames Büro. Schwing dich ins Auto, ich koch uns inzwischen was Leckeres.«

Jedenfalls ging es jetzt langsam wieder aufwärts: Ich hatte eine Bleibe, einen schlecht bezahlten Referentenjob auf einem Berufsbildungsseminar und nun vielleicht sogar einen Fall.

Kittels Mappe, ein altes hellgrünes Pappding mit Fettflecken, enthielt nichts als die üblichen Zettelchen. *Klientin: Gerrit Maybach.* Daneben eine Telefonnummer. *War mal mit ihr zusammen und sie hat sich abgesetzt, angeblich, weil ich schnarche. Sie glaubt, ich würde ihr einen Sonderpreis machen, aber da hat sie sich ge…*

Der Rest war nicht lesbar. Dass Kittel sägte wie eine Abholzbrigade, konnte man wahrscheinlich vor niemandem im ganzen Kreuzviertel verheimlichen. *Du triffst sie im Hotel* Westfälischer Friede, *das ist ein schicker Nobelkasten direkt an der Aa. Da sind lauter geschniegelte Kulturfritzen, um einen von denen macht sie sich Sorgen. Ein reiner Placebo-Job. Keine Ermittlungen, nur nett sein und Händchen halten. Das Richtige für dich. K.*

Kittel hatte sich wirklich gefreut. Aber Babsis Rachsucht kannte keine Gnade, sie musste nicht nur meine Existenz zerstören, sondern machte auch vor meiner notdürftigen Bleibe im Exil nicht Halt. Es war gerade erst sechs Tage her, dass sie sich mit Kittels Freundin Angelina, die auch ihre Busenfreundin war, getroffen und ihr den Floh ins Ohr gesetzt hatte, Kittel sei an der infamen Rufmordkampagne von Anfang an beteiligt gewesen. Dies hatte wiederum zu einem heftigen Schlagabtausch zwischen Kittel und Angelina geführt, mit dem Ergebnis, dass Angelina vor vier Tagen ihre Sachen gepackt und zu ihrem Bruder nach Sinzig an der Ahr gefahren war, einem simpel gestrickten Muskelprotz, der schon des Öfteren damit gedroht hatte, Kittel eins auf die Mütze zu geben.

»Mach dir nichts draus, lass sie fahren«, hatte ich gesagt, um Kittel aufzumuntern. »Männer müssen zusammenhalten.« Vielleicht hätte ich besser den Mund gehalten. Jedenfalls wurde mir bald klar, dass Kittel bizarrerweise mir die Schuld daran gab, dass mit Angelina Schluss war.

Seitdem konnte ich keine Frau bei mir übernachten lassen, ohne dass er sich gebärdete wie eine frustrierte Jungfrau.

Die Lage war ziemlich unerträglich geworden.

Mit zwei Fingern fischte ich den letzten Zettel aus der Mappe und strich ihn glatt. *Der Typ, der angeblich in Gefahr ist,* las ich, *heißt übrigens Lilienthal. Ein weltberühmter Schreiberling, den seltsamerweise niemand kennt. Wenn du den Fall nicht willst, könntest du vielleicht mal in der Küche aufräumen. K.*

Aufräumen, das konnte ihm so passen. Während ich die Telefonnummer vom ersten Zettel in die Tastatur tippte, fragte ich mich, ob Kittel auch mit Angelina über Zettel kommuniziert hatte. *Willst du heute mit mir schlafen? Wenn ja, mach bitte vorher das Licht im Badezimmer aus und vergiss nicht, die Heizung herunterzudrehen. K.*

Es meldete sich niemand. Also schnappte ich mir einen Kugelschreiber und die Mappe. Bevor ich die Wohnung verließ, schob ich das grüne Ding unter Kittels Bürotür durch. Auf der Rückseite würde er Folgendes lesen: *Okay, du hast gewonnen. Aber wir sollten reden. Wenn es dir lieber ist, können wir natürlich auch weiter schweigen. Allerdings bin ich mir ziemlich sicher, dass ich dich dann umbringen werde. H.*

2

Mit der Nachricht, dass Münster an einem Fluss lag, konnte man selbst langjährige Einwohner der Stadt noch überraschen. Das hatte in erster Linie damit zu tun, dass die Aa nicht in der gleichen aufdringlichen Art und Weise das Stadtbild prägte wie etwa die Elbe Hamburg oder der Nil Alexandria. Das Gewässer mit dem kurzen, alphabetisch gesehen vorteilhaften Namen schien sehr gut zu wissen, an welchen Stellen es fröhlich plätschern durfte und wo es lieber in aller Stille unterirdisch und unsichtbar vor sich hin zu fließen hatte. Dabei war einst eine Furt in der Aa überhaupt der Grund für die Ansiedlung gewesen, aus der später Münster entstanden ist. Was die Stadt im Innersten ausmachte, war also nicht etwa der Dom, sondern eine zu Fuß durchwatbare Stelle in einem Fluss, den im Sommer selbst Frauen in engen Röcken bequem mit einem Schritt übersteigen konnten.

Das Hotel *Westfälischer Friede*, dessen Rückfront direkt am Aa-Seitenweg gelegen war, versteckte sich hinter einer fast biederen Fünfzigerjahrefassade und tat so, als sei es einfach eines der vielen Hotels in der Innenstadt, die den Touristen als Ausgangsbasis für spannende Stadtrundgänge im Zeichen der Wiedertäufer dienten. Erst auf den zweiten Blick offenbarte es sich als deutlich gehobene Adresse, die über viele Extras verfügte, darunter eine exquisite internationale Küche, ein Kongresszentrum, Fitness- und Wellnessbereich, Meditationsraum, Tiefgarage und schließlich etwas, was Hinweisschilder angeberisch als *Bikeport* bezeichneten und sich als stillos verrenktes Aluminiumgerippe entpuppte, in das ich die Felge meines Fahrrades klemmte.

Das Wetter gab sich sommerlich und hatte entsprechend viele Menschen in die Stadt gelockt. Cafés und Eisdielen blockierten mit ihrem Mobiliar die Gehwege. Touristen und Studenten genossen das Leben bei Halbgefrorenem mit Schlagsahne und Rentner redeten auf ihre Hunde ein, nicht das auf dem Gehweg zu hinterlassen, was sie genauso nannten wie das Flüsschen, das nebenan vorbeiströmte. Eine frische Brise zerrte an einer großen Stoffplane, die direkt über dem Eingang des Friedenshotels befestigt war:

Die Zukunft hat Ohren – 1. internationale Hörkunsttage Münster 2004 stand darauf.

Ich war mir nicht sicher, ob man der Zukunft einen Gefallen damit tat, ihr Lauscher zu verpassen, oder ob man sie damit zur Witzfigur machte. Nach wie vor plante ich, Kittel umzubringen, aber im Moment empfand ich sogar so etwas wie Dankbarkeit dafür, dass er mir diesen Job verschafft hatte. Natürlich war mir klar, dass er mir die Mappe nicht herübergeschoben hätte, wenn er auch nur einen Moment geglaubt hätte, dass der Fall etwas anderes versprach als langweilige Routine. Aber auf eine Weise, die ich nicht näher erklären konnte, lockte mich der Stofffetzen über der Tür an. Vielleicht war es der Künstler in mir, der sich von allem angezogen fühlte, das keinen Sinn ergab.

Ich betrat die Eingangshalle.

Hinter dem Tresen saß eine junge Frau, die eine weinrote Herrenkrawatte über einer himmelblauen Bluse trug. »Darf ich fragen, ob Sie Gast dieses Hotels sind?«, begrüßte sie mich.

»Nicht im engen Sinne«, antwortete ich ausweichend.

»Das bedaure ich außerordentlich.«

»Ich will ja auch kein Zimmer. Nur jemanden sprechen. Eine gewisse Frau ...« Ich wollte Kittels Zettel hervorkramen, konnte ihn aber nicht finden.

»Bedaure.« Um mir zu zeigen, dass das Gespräch zu Ende war, wandte sie sich demonstrativ einem anderen Gast zu.

Eine spindeldürre junge Frau, die ihr grün gefärbtes Haar auf die Länge eines Dreitagebartes gestutzt hatte und eine Kippe zwischen den zitternden Fingern hielt, beugte sich über die Theke. »Ich würde gern raufgehen«, verlangte sie herrisch.

Die Empfangsdame räusperte sich. »Entschuldigung, aber der Wohnbereich ist zurzeit abgesperrt.«

»Ich bin Tagungsteilnehmerin«, belehrte das Mädchen sie mit heiserer Stimme. »Hörspielschaffende. Zimmer dreihundertfünf. Jetzt machen Sie mal.«

»Das ist etwas anderes.« Die Angestellte errötete schuldbewusst. »Bitte, wenn Sie einen Augenblick drüben in der *Relaxing Zone* warten würden.«

»Warten? Worauf denn?«

»Die Beamten werden Ihnen alles erklären.«

»Welche Beamten?«

»Polizei. Auf Wunsch werden wir Ihnen auch gerne einen Kaffee servieren. Bitte –«

»Polizei?« Die Grüne schüttelte den Kopf. »Bin ich hier

im falschen Film oder was? Den Schlüssel, aber ein bisschen plötzlich!«

»Es tut mir Leid ...«

»Nein, mir tut es Leid. Das kann ich so nicht akzeptieren.«

Mir kam eine Idee. Was die Kettenraucherin konnte, konnte ich schon lange. »Vielleicht vergaß ich zu erwähnen, dass ich Regisseur bin«, warf ich ein.

Die Grünhaarige musterte mich mit einem giftigen Blick und das Mädchen mit der Krawatte glaubte mir nicht.

»Sie nehmen an der Tagung teil?«, erkundigte sie sich trotzdem.

»Na, darauf können Sie wetten«, versicherte ich. »Ich bin Hörspieler mit Leib und Seele.« Ich winkte der Grünen zu, die sich gerade eine neue Zigarette anzündete. »Die Zukunft hat Ohren, was, Kollegin?«

Sie übersah mich demonstrativ und verdrehte die Augen zur Decke.

Auch die Frau mit dem Schlips fand mich nicht komisch. »Bitte, gehen Sie doch«, quengelte sie nervös. »Im Moment können Sie hier niemanden sprechen. Das ganze Haus ist voll von Polizeibeamten. Sie haben um Diskretion gebeten ...«

»Also gut«, gab ich nach, »dann werde ich mich in die *Relaxing Zone* verziehen.«

»Sie haben wohl nicht richtig gehört, Opa«, blaffte mich die Grüne an. »Da dürfen nur Hotelgäste hin.«

»Das ist richtig«, stimmte die Empfangsdame zu.

»Na, das gibt's doch nicht«, ließ sich eine Stimme hinter mir vernehmen. »Ich hatte mich schon gefragt, wie lange es noch dauert, bis ich Sie mal wieder treffe.« Es folgte ein Schnäuzen, das den Boden unter mir vibrieren ließ.

Ich drehte mich um. »Herr Kommissar«, wunderte ich mich.

Pit Bondt von der Kripo Münster hatte leicht zugenommen. Wenn er so weitermachte, würde er mir immer ähnlicher werden. Mit Ausnahme seiner Nase, die wie ein armes, geschundenes Wesen krebsrot aus seinem bleichen Gesicht ragte. Aller Wahrscheinlichkeit nach war sie mit Abstand das meistgeschnäuzte Ding auf dieser Erde. »Nur ein kleiner Schnupfen«, erklärte er, während er den Zellstoff wegsteckte. »So was geht vorbei.«

»Klar«, sagte ich. »Zurzeit haben das fast alle.«

»Tja, dann folgen Sie mir mal unauffällig.«

»Wohin?«

»Na, weshalb sind Sie denn wohl hier? Zum Tatort.«

Das brauchte er mir nicht zweimal zu sagen. »Schönen Tag noch«, verabschiedete ich mich von den Frauen.

»He, Herr Polizist!«, rief die Hörspieltante hinter uns her.

Der Hauptkommissar drehte sich um und wandte sich der Grünhaarigen zu. »Mein Name ist Bondt. Pit Bondt. Ich bin Hauptkommissar.«

»Soll das ein Witz sein?«, ärgerte sich die Frau. »Glauben Sie, Sie können mich mit der Nullnullsiebenmasche beeindrucken?«

»Nichts liegt mir ferner, als Sie beeindrucken zu wollen«, gab Bondt kühl zurück. »Sie sind Künstlerin?«

»Allerdings. Ich nehme an der Tagung teil und lasse mich nicht schikanieren.«

»In diesem Fall ...« Bondt nieste.

»Gesundheit!«, wünschte ich.

»... gehören Sie zu den üblichen Vedächtigen«, sagte Bondt und ließ die Frau stehen. »Warten Sie hier«, rief er, mit dem Taschentuch winkend, »ich habe gleich noch ein paar Fragen an Sie.«

Wir fuhren mit dem Lift, dessen Inneres an eine polierte Konservendose erinnerte, in den zweiten Stock und betraten einen weitläufigen Flur. Rote Auslegeware dämpfte unsere Schritte.

»Kaum beißt einer ins Gras und schon stehen Sie auf der Matte«, staunte Bondt mit Bewunderung in der Stimme. »Ihren Riecher möchte ich haben.« Dabei befühlte er vorsichtig die wund gescheuerte Gurke in seinem Gesicht, als wollte er mir einen Tausch vorschlagen. »Woher wissen Sie von dem Mord?«

»Ich wusste gar nichts«, antwortete ich wahrheitsgemäß. Von wegen Händchenhalten, dachte ich an Kittels Zettelbemerkung. Die Angelegenheit versprach interessant zu werden.

»Tja, dieser Schreiberling war der unbestrittene Star dieser seltsamen Veranstaltung«, erklärte Bondt. »Und heute wurde er in seinem Bett gefunden: ermordet mit einem Büstenhalter.«

»Mein Partner«, vermutete ich aufs Geratewohl, »erwähnte, dass der Mann ziemlich berühmt war, obwohl er seinen Namen vorher noch nie gehört hatte.«

»War der Tote Ihr Klient?«

»Nein. Eine Bekannte von Kittel machte sich Sorgen um den Mann, weil sie glaubte, dass er in Gefahr sei. Wir sollten Licht in die Sache bringen.«

Als wir das Zimmer betraten, kam uns ein junger Beamter entgegen, der mit einer Pinzette ein benutztes Papiertaschentuch hielt und es hin- und herschwenkte. »Das habe ich neben dem Bett gefunden, Chef«, freute er sich.

Bondt beäugte den Fetzen und verzog das Gesicht. »Das ist meins, Sie Idiot! Geben Sie her und zeigen Sie mir was Besseres.« Er wandte sich an mich. »Praktikanten«, stöhnte er. »Denen müssen Sie heutzutage sogar das Pupsen beibringen.«

Der Tote, ein dicker Mann schätzungsweise Ende fünfzig, lag auf dem Bett. Er hatte alle viere von sich gestreckt, allerdings nicht freiwillig, was die Lederriemen um Hand- und Fußgelenke bezeugten. Nur seinen linken Fuß hatte er offenbar befreien können, was ihm aber nichts mehr genützt hatte. Die bleiche Haut und sein einziges Kleidungsstück, ein knallroter Tangaslip, bildeten einen seltsamen, schreienden Kontrast zur schwarzen Bettwäsche. Das rundliche Gesicht war blau angelaufen. Den Hals schnürte ein zweites Wäschestück ein, aber es war nicht seins.

»Der BH hat ihn nicht umgebracht, sagt der Arzt.« Bondt deutete auf ein schwarz bezogenes Kissen neben der Leiche. »Wahrscheinlich hat sie alles versucht, aber sie schaffte es nicht, ihn zu erwürgen. Also nahm sie das Kissen.«

»Sie?«, widersprach eine Frau um die dreißig, wohl eine Kollegin, mit skeptischem Gesicht. »Bisher gibt es keinerlei Anhaltspunkte dafür, dass eine Frau den Mord begangen hat.«

Bondt schnäuzte sich wieder und zeigte auf den Hals des Toten. »Das da halten Sie also nicht für einen Anhaltspunkt?«

»Demnach stünden alle Frauen unter Mordverdacht.« Die Kommissarin schüttelte den Kopf. »Wo kämen wir da hin?«

»Nicht alle«, schränkte Bondt ein. »Nur die, die einen BH tragen.«

Mein Blick streifte das Nachttischchen, auf dem ein Blatt Papier lag. Ich trat näher. Offenbar handelte es sich um die Titelseite eines Manuskripts. *Das Licht am Ende des Tunnels* stand fett gedruckt mitten auf der Seite und darunter, etwas kleiner: *von H. Papic. Für M.* Dahinter hatte jemand etwas gekritzelt. *E<U*, wenn ich es richtig entzifferte.

»Chef?« Der Praktikant mit der Pinzette versuchte, mit einem zweiten Fund die Gunst des Hauptkommissars wiederzuerlangen. »Das lag auf dem Boden unter der Heizung.« Diesmal klemmte ein Briefchen mit Pillen zwischen den silbernen Schenkeln seines Instruments.

Bondt nahm die Pinzette und hielt sie hoch. *»Securerectil«*, las er vor.

»Ich wollte nur sichergehen.« Der Junge grinste nervös. »Nicht dass das auch noch Ihnen gehört, was, Chef?«

Bondts Kollegin kicherte. »Für die schlaffen Momente des Mannseins …«

»Was erlauben Sie sich!«, fuhr Bondt den armen Praktikanten an, dass der auf die Hälfte seiner Größe zu schrumpfen schien. »Packen Sie das gefälligst zu den anderen Sachen, die auf Fingerabdrücke untersucht werden müssen. Noch so eine Frechheit und Sie können als Fußgängerampel Dienst schieben!«

»Was haben Sie denn?«, bremste ihn seine Kollegin. »Auch ein Mann braucht schließlich sein kleines Geheimnis.«

»Fangen Sie nicht auch noch an!«, blaffte Bondt.

»Das Licht am Ende des Tunnels«, sagte ich, um ihn auf andere Gedanken zu bringen. »Und diese Formel hier. E<U. Was das bloß bedeutet?«

»Rühren Sie nur nichts an«, warnte der Kommissar. »Wir haben keine Ahnung, was das heißen soll.« Seine gute Laune war wie weggeblasen und das nur wegen des kleinen Praktikanten, der nichts als seine Arbeit tat.

»Und wer ist H. Papic?«, sinnierte ich weiter.

Der Kommissar stutzte. Er beugte sich zu mir herüber, als hätte er mich nicht verstanden. »Sie wissen nicht, wer Papic ist?«, erkundigte er sich leise.

»Nein? Sollte ich das etwa?«

Bondts Gesicht kam dem meinen ganz nahe. Etwas Lauerndes lag darin und nicht mal der Anflug eines Lächelns. Das bedeutete wohl nichts Gutes. »Wissen Sie«, sagte er überraschend freundlich, »dann frage ich mich, was Sie hier verloren haben.«

»Was ich hier verloren habe?«

Der Kommissar hob seine rechte Faust und ließ den Zeigefinger wie von einer Feder getrieben daraus hervorschnellen. Der ausgestreckte Finger sauste in einem hohen Bogen durch die Luft und dann im Sturzflug auf die Leiche zu, sodass ich für einen winzigen Moment davon überzeugt war, er würde sie durchbohren. Aber einen Millimeter vorher verharrte er regungslos in der Luft.

»Das hier«, donnerte Bondt so laut, dass die Beamten der Spurensicherung zusammenzuckten und ihr Arbeitsmaterial fallen ließen, »das ist Papic! Und Sie haben mir eben erzählt, dass Ihre Klientin sich Sorgen machte, dass sein Leben bedroht sei!«

»Aber doch nicht Papics Leben«, sagte ich und lächelte versöhnlich. »Sehen Sie, Kommissar, so wie es aussieht, liegt hier ein kleines Missverständnis vor.«

»Ein Missverständnis?«

»Ich bin davon ausgegangen, dass dieser Mann jemand anderer ist.«

»So, davon sind Sie ausgegangen. Und wer sollte er Ihrer Meinung nach sein?«

»Ein gewisser ...« Ich kramte wieder in meinen Taschen und förderte nun tatsächlich einen der Zettel hervor, aber es war der falsche. »Er hatte den Namen eines berühmten Fliegers. Moment ... ja: Lindbergh. Ich glaube, so heißt der Mann.«

»Nie gehört.«

»Das war der, der zum ersten Mal den Atlantik überflog im Jahre –«

»Hören Sie auf, ich weiß, wer Lindbergh war. Sie halten mich wohl für einen Trottel!«

»Das käme mir niemals in den Sinn«, versicherte ich.

Pit Bondt nieste.

Ich nahm ein Taschentuch, das auf dem Boden lag, und reichte es ihm.

»Gesundheit!«, wünschte ihm ein kleiner Mann mit Halbglatze und einer hellbraunen Strickjacke, der im Türrahmen stand. »Herr Kommissar, könnte ich Sie einen Augenblick sprechen?« Er trat näher. Offenbar hielt er mich ebenfalls für einen Kriminalbeamten, denn er streckte auch mir die Hand hin. »Söding«, stellte er sich vor. »Ich bin vom Rundfunk und sozusagen der Veranstalter dieser Festspiele.«

»Welcher Festspiele?«, fragte ich.

Leichte Irritation breitete sich auf seinem Gesicht aus. »Der Münsteraner Hörkunsttage.«

Ich bemerkte herzförmige Lederaufnäher auf seinen Ellenbogen.

»Dieser Mann«, fügte Söding hinzu, ohne den Toten auf

dem Bett anzusehen, »sollte am kommenden Sonntag die Laudatio für unseren Preisträger halten.«

»Und dieser Privatdetektiv«, setzte Bondt ergänzend hinzu, »wollte gerade gehen. Er hat sich nämlich im Zimmer geirrt.«

»Also dann«, sagte ich und winkte Bondts Kollegin zu. »Hat mich sehr gefreut …«

»Einen Moment noch!«, hielt der Hauptkommissar mich zurück. »Sie werden alles, was Sie hier gesehen haben, vergessen, sobald Sie diesen Raum verlassen.«

»Da bin ich aber gespannt«, meinte ich neugierig.

»Scherz beiseite!« Bondts Augen blickten mich fast flehentlich über die knallrote Nase hinweg an. »Diese Veranstaltung hier – wie immer Sie persönlich dazu stehen mögen – ist ein Imageprojekt der Stadt. Deshalb sind sich alle einig, die Presse zunächst außen vor zu lassen. Die Ermittlungen finden in aller Stille statt. Kann ich mich auf Sie verlassen?«

»Hundertprozentig«, versprach ich.

»Wenn nicht«, drohte die Nase, »dann …«

»Ich weiß«, kam ich ihm zuvor. »Dann werde ich morgen als Fußgängerampel Dienst schieben.«

Wie das so geht – als ich auf dem Flur stand, förderte ich mit nur einem einzigen Griff in die Tasche Kittels Zettel hervor. Jetzt wusste ich, dass der Name nicht Lindbergh, sondern Lilienthal war. Und die Klientin hieß Gerrit Maybach. Wenn aus diesem Fall etwas werden sollte, musste ich sie ausfindig machen, also folgte ich dem Gang, bis mich ein Plexiglasschild darauf hinwies, dass sich der Lift in der entgegengesetzten Richtung befand. Ich wollte umdrehen, da hörte ich einen unterdrückten Fluch und blieb unwillkürlich stehen.

Ein paar Meter vor mir verbreiterte sich der Flur ein wenig, um den beiden Türen mit den Aufschriften *Herren* und *Damen* Gelegenheit zu geben, von den Hotelzimmern diskret in die zweite Reihe zurückzutreten.

In der Flurnische stand ein Mann von hünenhafter Gestalt, der mir den Rücken zugewandt hatte, und hielt eine Frau an den Schultern fest.

Sie war klein und zierlich, hatte rötliches Haar und zischte ihm etwas zu. »… dass du mich endlich in Ruhe lässt!«, verstand ich.

Das war wohl eindeutig genug, aber der Typ schien das nicht akzeptieren zu wollen. Nachdem sich die Frau aus seinem Griff befreit hatte, griff er wieder zu.

»Hör auf!«, forderte sie. In diesem Augenblick entdeckte sie mich. In ihrem Blick lag die Bitte um Hilfe.

Normalerweise mische ich mich nicht ein, wenn Paare sich streiten. Aber in diesem Fall fand ich, dass es ein ungleicher Kampf war. Gegen das Muskelpaket hatte die Kleine keine Chance. Also räusperte ich mich vernehmlich.

Den kurzen Augenblick der Irritation nutzte die Frau, um sich loszureißen. Sie floh an mir vorbei in Richtung Lift.

Der Mann machte keinen Versuch, ihr zu folgen. Stattdessen drehte er sich um und fixierte mich mit einem seltsam starren Blick. Mir kam der Gedanke, dass es auch zwischen ihm und mir ein ungleicher Kampf werden würde, deshalb drängte ich mich, noch ehe er reagieren konnte, an ihm vorbei und verzog mich aufs Klo.

Ich wartete fünf Minuten, legte, um sicherzugehen, noch zwei drauf. Dann beschloss ich, dass der Riese sich inzwischen verdrückt hatte. Ich öffnete die Toilettentür, trat auf den Flur und stand dem Kerl unmittelbar gegenüber.

Er hatte einen mächtigen Schädel, der an eine alpine Wildnis erinnerte. Der eckige, karge Gipfel wurde von ein paar krausen Haarbüscheln bewachsen und darunter begann wie eine schroff abfallende Felswand die Stirn, die mindestens zwei Drittel des Gesichts für sich beanspruchte. Nach unten hin endete sie abrupt. Unterhalb des Felsvorsprungs leuchteten aus zerklüfteten Höhlen argwöhnische, stechende Äuglein hervor.

Der Mann starrte mich an, dann kratzte er mit seiner Pranke eins der Haarbüschel, aber er wich keinen Millimeter zur Seite.

»Entschuldigung«, sagte ich und versuchte vergeblich, zu schlucken. »Ich war nur auf dem Klo und jetzt würde ich gern vorbei …«

»Sie sind doch Detektiv«, sagte er mit einer leisen, fast flüsternden Stimme.

»Woher wollen Sie das wissen?«

»Ich hörte es zufällig, als Sie mit den Herren von der Kripo sprachen.«

»Nun«, sagte ich ausweichend. »Und wenn? Auch ein Detektiv muss hin und wieder.«

Sein Blick war immer noch starr auf mich gerichtet. »Ich möchte Sie engagieren«, sagte er.

Ich war doch nicht lebensmüde. »Tja, ich – also die Sache ist die: Ich bin ziemlich ausgebucht.«

»Gerade deswegen.«

»Deswegen? Ich verstehe nicht …«

»Wenn einer viel Arbeit hat, dann muss er gut sein, oder nicht?«

»O ja, doch. Zweifellos«, stimmte ich ihm schnell zu. »Nur …«

»Nur was?«

»Wenn er gut ist«, gab ich vorsichtig zu bedenken, »dann hat er meistens auch viel Arbeit, so ist das nun mal. Das heißt in diesem Fall …«

»Was?« Enttäuschung schwang in seiner leisen Stimme mit. »Was heißt das?«

Es war lächerlich. Wir standen vor dem Klo eines der renommiertesten Hotels dieser Stadt. Was sollte der Mann mir schon anhaben? Trotzdem schien es mir fahrlässig, das Risiko einzugehen, aufgrund einer vorschnellen Bemerkung Bekanntschaft mit seiner Pranke zu machen, die zweifellos schon durch leichtes Zudrücken eine Kuh erwürgen konnte.

»Ich mache Ihnen einen Vorschlag«, sagte ich und grinste. »Sie rufen mich an. Vielleicht sieht es ja in den nächsten Tagen schon ganz anders aus.«

Er dachte ausgiebig darüber nach. »Also gut«, nickte er schließlich.

»Bestens«, sagte ich. »Und jetzt muss ich dringend weiter.« Damit ließ ich ihn stehen.

»He, warten Sie!«, rief er hinter mir her. »Ihre Nummer! Ich weiß ja gar nicht, wie Sie heißen!«

Der Riese war cleverer, als ich gedacht hatte. Nur fünf Sekunden hatte er gebraucht, um darauf zu kommen. Aber so clever eben auch wieder nicht. Immerhin schien er allen Ernstes zu glauben, ich hätte ihm vorgeschlagen, mich anzurufen, wenn er meinen Namen oder meine Nummer gekannt hätte.

3

Leider wurde ich ihn nicht so einfach wieder los. Der Aufzug ließ auf sich warten, also gab ich ihn auf, denn ich hatte ja nur ein paar Sekunden Vorsprung. Ich nahm die Treppe, und als ich kurz darauf in die Eingangshalle stolperte, sah ich den Mann mit der Felsenstirn vor dem Haupteingang auf und ab gehen. Er musste mich mit dem Lift überholt haben.

Na gut, sagte ich mir. Auch wenn der Mann mit Leichtigkeit eine Kuh erwürgen konnte, er hatte ja deutlich gemacht, dass er nichts Derartiges vorhatte. Warum also nicht für ihn arbeiten? Allerdings hatte Kittel, als er noch mit mir gesprochen hatte, einmal gesagt: »Wenn du auch nicht mit jedem Klienten gleich ins Bett gehen musst, solltest du ihm wenigstens den Rücken zukehren können, ohne ein seltsames Kribbeln dabei zu empfinden.« Obwohl er sich, soweit ich wusste, nie an diese Regel gehalten hatte, kam sie mir plausibel vor. Es hatte gekribbelt, als ich dem Riesen begegnet war, was irgendwie mit seiner unheilvollen Ausstrahlung zusammenhängen musste. Keine gute Voraussetzung für ein entspanntes Arbeiten.

Da ich keine Ahnung hatte, wo sich der Hinterausgang des Hauses befand, begab ich mich in das Café in der Eingangshalle und setzte mich an den einzigen freien Tisch. Der Rest der Stühle war von den Tagungsteilnehmern belegt, die sich gegenseitig Zigarettenqualm in die Gesichter bliesen, ihrem Ärger über die Willkür der Kripo Luft machten und darauf warteten, endlich wieder ihre Tagungsräume aufsuchen zu dürfen. Sie bildeten ein bunt gemischtes Völkchen. Aber alle zeichnete die für Intellektuelle typische Gratwanderung zwischen dem Bemühen um ein individuelles, ja schrilles Outfit einerseits und der Verachtung alles Äußerlichen andererseits aus.

Eine rühmliche Ausnahme bildete eine Frau an meinem Nebentisch. Mit ihrem dauergewellten blonden Haar und einem hautengen Kleid in Pink, das ihren üppigen Busen in ein abgrundtiefes Dekolletee zwang, hatte sie sich ziemlich einseitig für das schrille Outfit entschieden.

Ich wollte ihr zulächeln, aber mir entging nicht, dass der Mann am Eingang sich auf die Zehen gestellt hatte und den Hals nach mir reckte, was gar nicht nötig gewesen wäre, da er alle anderen mühelos überragte.

Ich hielt mir die Speisekarte vors Gesicht und tat, als wäre ich in die Lektüre vertieft. Allerdings handelte es sich überhaupt nicht um eine Speisekarte, sondern um eine Art Werbebroschüre, die das anpries, was all diese schrillen Intellektuellen hergelockt hatte.

DIE ZUKUNFT HAT OHREN – EINE STADT SUCHT EIN NEUES IMAGE

Für viele ist Münster die Fahrradstadt schlechthin. Neueste Erhebungen konnten das bestätigen. Die Befragten sahen Münster unangefochten an der Spitze, dicht gefolgt von Peking und auf Platz drei überraschend Hengelo. Gleichzeitig stellte sich jedoch heraus, dass fünfundvierzig Prozent der Interviewten unter einer Fahrradstadt einen Ort verstehen, in den man ohne Zweirad gar nicht hineingelassen wird. Sie halten die Domstadt für komplett autofahrer- sowie fußgängerfrei, was ja tatsächlich einige radikale Fahrradverbände als Ziel anstreben.

Aber Vorsicht: Viele halten Radfahren für snobistisch. In diesem Zusammenhang muss man auf das ungeliebte Musterknabenimage der Stadt mit seinen Lehrern, Physiotherapeuten und Behördenmenschen verweisen. Zudem war der ADAC schon des Öfteren Opfer autofahrerfeindlicher Anschläge. Fußgänger, die sich über Radfahrerwillkür beschweren, laufen Gefahr, sich hohe Bußgelder wegen Diffamierung und Schädigung des städtischen Images einzuhandeln. Die Höhe der Bußgelder will man jetzt senken, was als positives Zeichen zu werten ist. Außerdem wird darüber nachgedacht, kleine ›Reservationen‹ einzurichten, in denen sich Fußgänger frei bewegen können. Im Gegenzug dazu soll Radfahrern, die unabsichtlich einen Fußgänger überfahren haben, künftig kostenlos ein Anwalt gestellt werden.

Ist Münster aber nur Fahrradstadt? Wir sagen Nein. Ebenso wenig wie Köln auf die Pappnase reduziert werden will, mag Münster die Stadt der herumliegenden Luftpumpen und an Laternenpfählen verrottenden Zahlenschlösser sein. Seit einiger Zeit schon sucht man deshalb nach einem Image, das die kulturelle Verwurzelung und Vielfalt der Stadt besser zur Geltung bringt als diese halbherzige Fitnesskultur mit schulmeisterlichem Einschlag. Film und Fernsehen wäre schön, aber das hat sich die Pappnasenhochburg schon unter den Nagel gerissen. Hörspiel war noch frei. Und auch billig zu haben. Ein Hörspielfestival von internationalem Rang, das möglicherweise sogar weit über die Grenzen des Münsterlandes hinaus wahrgenommen wird. So sind die Münsteraner Hörkunsttage geboren worden, deren Höhepunkt die Verleihung der Goldenen Ohrmuschel darstellt.

Dr. Muckla, Mitglied der Planungskommission, bezeichnete in diesem Zusammenhang das Hörspiel als das Fahrrad unter den Medien: »Viele betrachten heute das Rad«, so Muckla, »als eine Art Notnagel, wenn das Auto nicht anspringen will. Dazu passt das Hörspiel als eine Art Fernsehen, wenn die Bildröhre ausfällt.« In diesem Sinne wünschen wir dem neuen Festival einen rasanten Aufstieg.

»Genau deswegen wollte ich Sie noch einmal sprechen«, sagte ein Mann, der sich ungefragt an meinen Tisch setzte. Ich ließ die Broschüre sinken. An den herzförmigen Lederflicken auf den Ärmeln seiner Strickjacke erkannte ich ihn wieder.

»Herr Söding, nicht wahr?«, sagte ich. »Nehmen Sie doch Platz.«

Er deutete auf das Gedruckte in meiner Hand. »Die Hörkunsttage«, erklärte er, »sind ein sensibles Pflänzchen. Wir sind davon überzeugt, dass es sich lohnt, sie zu hegen, weil sie eine große Zukunft haben. Irgendwann wird diese Veranstaltung bundesweit ein Begriff sein.«

»Nur zu«, sagte ich. »Es liegt mir fern, Ihnen beim Hobbygärtnern in die Quere zu kommen.«

»Die Sensationspresse könnte dieser Veranstaltung allzu früh einen Stoß versetzen, von dem sie sich nicht mehr erholen würde.«

»Ich bin nicht von der Presse.«

»Das ist mir klar. Aber Sie haben da oben einiges mit angesehen, das, nun ja, nicht für die Augen aller bestimmt ist. Und ich frage mich, ob Sie sich der Verantwortung bewusst –«

»Da oben, wie Sie sagen, wurde ein Mord verübt. Wollen Sie nicht wissen, wer ihn begangen hat?«

»Das wird die Polizei herausfinden.«

»Schockiert Sie dieser Mord denn nicht?«

»Das ist nicht der Punkt. Sehen Sie, Herr …«

»Voss.«

»Herr Voss, ich bin mir nicht sicher, ob Sie sich einen Begriff machen, wie wichtig Diskretion in diesem Fall ist. Wissen Sie überhaupt, wer Dr. Papic ist?«

»War«, korrigierte ich.

»Dr. Papic gilt als eine der Ikonen der deutschen Literatur. Seine Verdienste um das künstlerische Wort sind unschätzbar. Nicht zu Unrecht nennt man ihn den ›Papst‹.« Söding machte eine kleine gewichtige Pause. »Muss ich da noch betonen, dass mich sein Tod schockiert?«

»Nein«, antwortete ich. »Vor allem die Umstände seines Todes. Die passen Ihnen nun gar nicht in den Kram.«

»In den Kram?« Offenbar war ihm meine Miene zu gehässig. »Was meinen Sie damit?«, erkundigte er sich argwöhnisch.

»Nun, unter einer Ikone stelle ich mir ein Bild an der Wand vor. Eines Tages ist jemand beim Staubwischen unvorsichtig und das Ding fällt runter. Peng!, und das war's.«

»Ehrlich gesagt, kann ich nicht folgen ...«

»Das wäre das Ende einer Ikone. Dass man sie dagegen nackt im Bett findet, beim Sexspiel erwürgt mit einem BH, das könnte den Papst in der heiligen Welt der Literatur schon ein wenig ins Zwielicht bringen, oder nicht?«

Söding nickte düster. »Vor allem wenn die Schmutzpresse die Sache ausschlachtet.«

»Wie standen Sie eigentlich zu dem Ermordeten?«, fragte ich.

»Sehen Sie, ich bin Rundfunkredakteur. Das künstlerische Wort ist sozusagen mein Leben. Dr. Papic hat dafür gekämpft, dass es uns erhalten bleibt. Wir beide waren von Natur aus Verbündete.«

»Im Kampf gegen wen?«

Söding wedelte abfällig mit der Hand. »Gegen die Fastfoodkultur, wenn Sie so wollen. Das Fernsehen. Die ständige Unterhaltung. Die Schnelllebigkeit.«

»Gegen die ganze Welt, könnte man also auch sagen«, nickte ich. »Halten Sie es für möglich, dass Herr Papic in diesem aussichtslosen Kampf gefallen ist?«

»Ich frage mich, warum Sie das wissen wollen.«

»Nehmen Sie es mir nicht übel«, sagte ich schuldbewusst. »Meine Neugier ist eine Berufskrankheit. Aber solange meine Klientin nicht in den Fall verwickelt ist, geht mich die Sache gar nichts an.«

»Ihre Klientin?«

»Eine gewisse Frau Maybach. Gerrit Maybach. Sie kennen sie vielleicht. Bisher ist es mir noch nicht gelungen, sie, eh ...«

Ich verlor den Faden, weil mein Blick plötzlich von zwei durchaus sehenswerten Beinen angezogen wurde. Nach oben hin verschwanden sie leider viel zu früh unter dem Saum eines langen Kleides, sodass ich ihre perfekten Formen nicht in voller Gänze bewundern konnte.

Neben dem Redakteur stand die rosa Blondine vom Nebentisch.

»Meine liebe Frau Daponte!« Wie von einem Insekt gestochen, sprang Söding auf, um ihr die Hand zu schütteln. »Ich grüße Sie.« Er rückte seinen Stuhl so eilig zur Seite, dass er ihn beinahe umgestoßen hätte. »Bitte, nehmen Sie doch Platz.« Er setzte ein breites Grinsen auf, das irgendwie zu groß für sein mimisch unbegabtes Gesicht war. »Wie geht es dem Herrn Gemahl?«

»Gemahl, wie Sie das sagen!«, gluckste die Frau. »Er ist mein Lebensgefährte. Deswegen bin ich hier. Giuseppe möchte Sie gern sprechen.«

Ihre Stimme war gewöhnungsbedürftig. Wenn man wie ich gerade ihren gewaltigen Busen in Augenschein nahm, traf einen der Kontrast geradezu wie ein Schock. Es hörte sich an, als hätte sie ihre Stimme verstellt, um für ihre Kinder ein Stofftier reden zu lassen.

»Worum geht es denn?«, fragte Söding, auch er plötzlich mehrere Oktaven über seiner bisherigen Stimmlage.

Frau Daponte kicherte. »Geschäftliches bespricht er nie mit einer Frau«, piepste sie. »Das ist einer seiner Grundsätze.«

Der Redakteur mit den Flicken auf den Ärmeln nickte eifrig, als sei auch ihm diese Maxime in die Wiege gelegt worden. »Sobald es mir möglich ist«, versicherte er, »werde ich Herrn Calderoni telefonisch kontaktieren.«

Endlich streifte ihr Blick auch mich.

»Hallo«, sagte ich.

»Oh, ich wollte Ihr Gespräch nicht stören.«

»Darf ich vorstellen«, bot sich Söding an. »Frau Daponte, eines unserer viel versprechenden jungen Hörspieltalente.«

»Voss«, sagte ich. »Henk Voss.«

Sie lächelte. »Aurora. Eigentlich komme ich vom Film.«

»Wie interessant.«

»Genauer gesagt, vom Pornofilm. Zuerst war ich Darstellerin und dann wollte ich hinter der Kamera stehen. Aber alle meinten, dass meine Talente dort nicht richtig zur Entfaltung kämen. Wissen Sie, inzwischen sehe auch ich meine Begabung nicht mehr hinter der Kamera. Allerdings auch nicht davor.«

»Wo sonst?«

»In der Stimme.«

Nein, nur das nicht, flehte ich innerlich.

»Ich weiß es, seit ich Filme synchronisiert habe. Aber diese Arbeit hat mich künstlerisch gesehen nicht gerade befriedigt. Ich wollte mehr. Eine Rolle, die aus mehr besteht als nur Stöhnen und Seufzen.« Sie räusperte sich und warf sich in Pose. »Ja, ja, mach's mir, besorg's mir ordentlich!«, flötete sie und ihre Stimme verursachte einen heftigen Juckreiz in meinem Ohr. »Bohr mich an, worauf wartest du!«

Aus den Augenwinkeln beobachtete ich den Redakteur. Im Moment schien er sich sehnlichst zu wünschen, seiner ›lieben Frau Daponte‹ niemals begegnet zu sein.

»Verstehe«, sagte ich. »Und Sie beide kennen sich aus früheren Zeiten?«, wandte ich mich beiläufig an Söding, der so tat, als ob er nicht zuhörte.

»Tja, die Zeit …« Plötzlich hatte er es eilig. »Tut mir Leid, aber ich muss dann mal wieder«, sagte er mit einem Blick auf die Uhr. »Habe noch eine Menge zu tun.« Er vergaß sogar, Grüße an den Herrn Gemahl zu bestellen.

Er war kaum weg, als Aurora Luft holte, ihre Brüste zurechtrückte und eine feierliche Miene aufsetzte. »Aber ich habe auch etwas zu erledigen«, schnarrte sie theatralisch. »Und wo ich hingehe, kannst du nicht mitkommen. Dabei kannst du mir nicht helfen.«

Für einen Moment fragte ich mich, ob sie vielleicht zur Toilette musste.

Sie holte wieder Luft: »Ich passe nicht in eine noble Rolle. Aber zu der Erkenntnis, dass die Probleme dreier Menschen in dieser verrückten Welt völlig ohne Belang sind, gehört nicht viel. Eines Tages wirst du das verstehen.«

»Was?«, fragte ich blöde.

»Ich seh dir in die Augen, Kleines.« Sie grinste stolz. »Haben Sie es erkannt? Die Schlussszene aus *Casablanca.*«

»Schon mal gehört, ja.« Ich konnte den Riesen nicht mehr entdecken. Offenbar hatte er endlich aufgegeben. »Nur – ich seh dir in die Augen – war das nicht Bogarts Text?«

»Da haben Sie's«, Aurora deutete auf mich und zog einen Schmollmund. »Deshalb habe ich die Rolle damals nicht gekriegt.« Sie beugte sich vor. »Aber jetzt komme ich ganz groß raus. In einer Serie, die täglich gesendet wird. Und raten Sie mal, wer das Skript schreibt!«

»Ludwig van Beethoven.«

»Das soll ein Scherz sein!« Aurora lächelte schelmisch. »Nein, es ist kein Holländer. Sondern der berühmte Lars Lilienthal höchstpersönlich. Na, was sagen Sie nun?«

»Ich bin sprachlos.«

»Gehören Sie auch zum Hörspiel?«

»Privatdetektiv«, sagte ich. »Ich bin nur zufällig hier.«

»Dieser Mord!«, quiekte sie betroffen. »Ist das nicht schrecklich?«

»Kannten Sie den Ermordeten?«

»Natürlich. Allerdings nicht persönlich. Geredet habe ich nie mit ihm. Herr Papic war etwas Besonderes. Eine Art ...«

»Ikone?«

»Genau das. Er kannte sich wirklich aus in der Literatur. Besser als so ziemlich jeder andere. Wenn der sagte, dass einer ein Genie ist, dann war er das auch. Völlig egal, ob derjenige das wirklich war, verstehen Sie, was ich meine?«

»In gewisser Weise, ja.«

»Haben Sie schon herausgefunden, wer das getan hat?«

»Das ist Sache der Polizei. Im Gegensatz zu ihr brauche ich immer jemanden, der meine Arbeit bezahlt. Sie kennen nicht zufällig eine gewisse Gerrit Maybach?«

»Nicht wirklich.« Aurora schüttelte den Kopf. »Vorgestern Abend habe ich mit ihr Sushi gegessen. Sie machen sie viel zu salzig hier. Da ist sie übrigens.«

»Wer?«

»Gerrit.« Sie deutete auf eine schlanke, dunkelhaarige Frau, die gerade im Begriff war, das Hotel zu verlassen. Es war diejenige, an die sich der Muskelprotz oben auf dem Flur herangemacht hatte.

»Also dann«, sagte ich. »Es hat mich sehr gefreut.« Ich stand auf.

»Sie wollen schon gehen?« Aurora war enttäuscht.

»Wo ich hingehe, kannst du nicht mitkommen«, zitierte ich. »Eines Tages wirst du das verstehen.«

4

Wie viele münsterische Fahrräder besaß auch meins keine Bremsen. Warum das so war? Es hatte sich einfach so ergeben. Eines Tages waren sie ausgefallen und von da an hatte sich ihr Zustand nicht mehr verbessert. In einer anderen Stadt hätte ich den Schaden natürlich sofort behoben, denn es ist nicht ungefährlich, ohne Bremsen herumzufahren. Dass mir Derartiges nicht einmal im Traum einfiel, hing damit zusammen, dass man hier recht gut ohne Bremsen auskam. Aufgrund des fahrradfreundlichen Klimas hatte man ja freie Bahn: Fußgänger, Kinderwagen und Rollstuhlfahrer machten einem jederzeit respektvoll und ohne Murren Platz. Autofahrer, denen man die Vorfahrt nahm, entschuldigten sich meistens. Der kleine Defekt wirkte sich nur dann nachteilig aus, wenn man einem anderen Fahrrad in die Quere kam, das mit dem gleichen Handicap unterwegs war.

Was Gerrit Maybach anging, so folgte ich ihr auf zwei Rädern bis auf den Domplatz und versuchte vergeblich, sie durch Klingeln und Zurufe auf mich aufmerksam zu machen. Schließlich zog ich an ihr vorbei, stoppte mit den Füßen und stellte mich ihr in den Weg.

Der ungläubige Schrecken in ihrem Gesicht, der in dem Maße wuchs, wie sich die Entfernung zu mir verringerte, sagte mir Sekunden vorher, dass sie mich über den Haufen fahren würde.

Zum Glück federte ich ihren Sturz mit meinem Körper ab. »Ist ja nochmal gut gegangen«, sagte ich, während ich mich aufrappelte. Dann bemerkte ich den ehemals prächtigen Halogenfrontscheinwerfer, der wie ein welkes Blatt an ihrem Gefährt baumelte.

»Das Fahrrad gehört gar nicht mir«, sagte Frau Maybach vorwurfsvoll und begutachtete den Schaden.

»Egal, von mir erfährt keiner etwas«, grinste ich aufgeräumt. »Stellen Sie es einfach wieder dorthin, wo Sie es weg genommen haben.«

»Sehr komisch.« Sie musterte mich säuerlich. »Sie sind doch der Mann aus dem Hotel. Sie haben uns beobachtet.«

»Nicht beobachtet. Ich wollte nicht, dass der Kerl Ihnen wehtut.«

»Kümmern Sie sich um Ihre Angelegenheiten. Der Typ ist vollkommen harmlos.«

Ich streckte ihr die Hand hin. »Henk Voss«, sagte ich. »Von der Detektei Kittel & Voss. Jemandem zu helfen ist meine Angelegenheit.«

»Kittel?« Zum ersten Mal lächelte sie, wenn auch sparsam. »Ich dachte schon, er würde sich nicht melden.«

Gerrit Maybach sah gut aus. Leider machte sie einen zugeknöpften Eindruck und betonte ihn augenfällig, indem sie den Reißverschluss ihrer Jacke bis unter das Kinn hochgezogen hatte. Allerdings musste ich zugeben, dass von diesem Zugeknöpftsein durchaus ein gewisser Reiz ausging. Vielleicht war es nur eine geschickte Art und Weise, Neugier zu erregen. Neugier auf das, was sie verbarg.

»Na schön!«, sagte ich. »Wie wär's mit einem Eis auf den Schreck? Oder einem Kaffee? Dabei können wir alles besprechen.«

»Besprechen?« Sie sah nicht begeistert aus. »Was denn?«

Überraschenderweise nahm sie die Einladung trotzdem an. Wenige Minuten später saßen wir am Ufer der Aa, aßen Eis und tranken sündhaft teure Schokolade mit Sahne. Rechter Hand ragte der Dom hinter dem bischöflichen Generalvikariat hervor, links erhob sich die Überwasserkirche und daneben lag das Priesterseminar. Gab es auf der Welt einen frommeren Ort zum Eisessen?

»Erzählen Sie mir etwas über diesen Lindbergh«, forderte ich sie auf.

»Lindbergh?«

»Kittel hatte mir auf einem Zettel mitgeteilt, dass Sie –«

»Das hat er falsch notiert. Der Name ist Lilienthal.«

»Wusste ich's doch, so heißt der.«

»Lars Lilienthal«, belehrte sie mich, »ist der diesjährige und damit erste Empfänger der Goldenen Ohrmuschel. Sein neues Werk *Agamemnons Tod* wird hier in Münster uraufgeführt.«

»Warum machen Sie sich Sorgen um ihn?«

»Ich hatte den Eindruck, dass ihn jemand unter Druck setzen will. Und da kam ich auf die Idee, Bernie Kittel anzusprechen.«

»Wie stand dieser Lilienthal zu Papic?«

»Die beiden waren eng befreundet. Dr. Papic sollte bei der Preisverleihung die Laudatio halten.«

»Haben Sie der Polizei davon erzählt?«

»Die Sache ist nicht gerade ein Geheimnis.«

»Ich meine, davon, dass er bedroht wurde.«

»Vielleicht glaubte ich ja nur, dass er bedroht wurde. Es sah so aus.«

»Was sah so aus?« Ich hielt meinen leeren Becher in den Weg des Kellners. »Bitte, nochmal das Gleiche.«

»Es war am Freitag auf einer Schreibung.«

»Wo?«

»Diese Veranstaltungsform wurde erstmals auf den Hörkunsttagen eingeführt«, erläuterte Gerrit Maybach. »Die Leser haben die Gelegenheit, den Autorinnen und Autoren bei ihrem intimsten kreativen Akt beizuwohnen.«

»Beim kreativen Akt?« Ich bekam große Ohren. »So eine Show könnte mich vielleicht auch interessieren ...«

»Gemeint ist das Schreiben«, sagte sie tadelnd. »Übermorgen findet wieder so eine Veranstaltung statt. Während der Schreibung wurde Lilienthal ein Brief angereicht. Er warf nur einen Blick darauf und verließ ziemlich bald den Saal. Zufällig fand ich die Botschaft später.«

»Zufällig.«

»Im Papierkorb des Waschraums. Eine Stoffmaus war in einen Zettel gewickelt, auf dem stand: *Ich bin sicher, dass wir eine Einigung finden.*«

»Das war alles?«

»Am nächsten Morgen kam Lars aus der Hotelsauna. Er sah irgendwie angeschlagen aus. Er wurde von zwei Muskelpaketen begleitet, die ihn in die Mitte genommen hatten. Als ich mich näherte, senkten sie ihre Stimmen und flüsterten.«

Ich lehnte mich zurück und sah zwei Studentinnen im Minirock nach, die vorbeiradelten. »Ein Kuscheltier und ein Statement, das Zuversicht ausdrückt«, sagte ich skeptisch. »Das hört sich für mich nicht gerade bedrohlich an.«

»Verstehen Sie denn nicht: Das, was Sie für Zuversicht halten, kann in Wirklichkeit ein tödliches Ultimatum sein. Vor allem im Zusammenhang mit einer toten Maus.«

»Ich denke, es war eine Stoffmaus.«

Sie langte nach unten zu ihrer Handtasche und förderte ein kleines graues Stofftier zu Tage. »Ja, aber sie symbolisiert eine tote Maus!«

»Wie kommen Sie darauf?«

»Nur so macht es einen Sinn. Diese Art von Drohgebärden wird bekanntlich von der Mafia bevorzugt.«

»Sie meinen, von Hollywoodfilmen, die von der Mafia handeln.« Ich schüttelte den Kopf. »Sehen Sie sich doch um: Priesterseminare, Vikariate und Gotteshäuser, wohin Sie auch blicken. In einer rechtschaffenen Welt wie dieser können Sie vielleicht organisierte Fahrradtouren buchen. Aber organisiertes Verbrechen …«

Die Studentinnen kehrten zurück. Offenbar hatten sie sich für ein Eis entschieden und der einzige freie Tisch befand sich in unserer unmittelbaren Nachbarschaft. Ich verrückte meinen Stuhl entsprechend, um den besten Blick zu haben. »Wie sind Sie zum Hörspiel gekommen?«, erkundigte ich mich.

»Gar nicht. Mit dieser Veranstaltung habe ich nur am Rande zu tun.« Gerrit löffelte die restliche Sahne aus ihrer Tasse. »Ich bin freie Journalistin und arbeite an einem Feature über Dr. Papic. Sein Leben, sein Werk, sein Alltag.«

»Jetzt haben Sie auch noch das letzte Kapitel: sein Ende.«

»Das ist nicht komisch.« Sie erhob sich, warf einen Blick in die Speisekarte und zählte ein paar Münzen auf den Tisch.

»Sie wollen schon gehen?«, fragte ich.

»Grüßen Sie Bernie von mir. Die Sache hat sich erledigt.«

»Sie meinen, Ihrem Schützling droht keine Gefahr mehr?«

»In gewisser Weise, ja. Im Übrigen ist Lars Lilienthal nicht mein Schützling.«

»Was heißt ›in gewisser Weise‹?«

»Dass ich keinen Detektiv mehr brauche.«

»Aber wieso nicht?«

»Ich habe mir alles nur eingebildet. Sie haben mich gerade davon überzeugt.«

»Nein, halt! So habe ich das nicht gemeint. Ich habe lediglich eine Meinung geäußert, die ich natürlich noch überprüfen muss.«

»Nicht nötig. Wissen Sie, ich denke, jemand hat sich einen Scherz erlaubt. Keine Ahnung wieso. Wie ich Lars Lilienthal kenne, wird irgendeine läppische Frauengeschichte dahinter stecken, vielleicht Eifersucht. Aber nicht mehr.«

Damit wandte sie sich zum Gehen.

»Und was ist mit Papic?«, rief ich ihr nach. »Ist sein Tod vielleicht auch nur ein Scherz?«

»Natürlich nicht. Nur hat Lilienthal damit nichts zu tun.« Sie bestieg ihr Fahrrad und radelte los.

Als ich sie längst schon nicht mehr sehen konnte, hörte ich immer noch das rhythmische Scheuern des Schutzblechs am Reifen, bis es endlich im allgemeinen Geräuschpegel unterging. Ihr Vorderrad hatte also auch etwas abgekriegt.

Während die beiden Studentinnen ihre Bestellung aufgaben, drehte ich die Stoffmaus in den Händen, die Gerrit Maybach auf dem Tisch liegen gelassen hatte. Zwischen den Hinterbeinen baumelte ein kleiner Stoffstreifen, auf dem stand: *Waschen bis dreißig Grad, nicht schleudern, nicht trocknen.*

Es hätte nicht viel gefehlt und ich hätte Arbeit gehabt.

Ein Glück, dass mich diese Abfuhr nicht kalt erwischte. Ich hatte ja immer noch meinen Referentenjob. Bis spätestens morgen Nachmittag musste ich mir noch etwas einfallen lassen zum Thema: *PrivatdetektivIn – Ich-AG mit*

Zukunft. Die Sache ging bis Sonntag und fand in der Evangelischen Studentengemeinde statt. Veranstalter war der *Bund deutscher Detektive.* Reich würde mich der Job nicht gerade machen. Aber er konnte dazu beitragen, mich fürs Erste über Wasser zu halten, ohne vor Kittel zu Kreuze kriechen zu müssen.

Meine Laune hatte also nicht wesentlich gelitten, als ich das Treppenhaus zu unserer Wohnung hinaufstieg. Ich beschloss sogar, die Zeit zu nutzen, um mit Kittel einen Neuanfang zu wagen. Ich würde einfach bei ihm ins Büro platzen und ihm das Groschenheftchen, in dem er gerade schmökerte, aus der Hand nehmen. Lassen wir doch diesen Scheiß mit den Zettelchen, würde ich vorschlagen, gehen wir ein Bierchen trinken und reden über alles.

Der Vorsatz hielt genau bis zu dem Moment, als ich vor der Tür zu meinem Arbeitszimmer stand und ein grünes selbstklebendes Stück Papier von der Scheibe pulte:

> *Vielleicht könntest du deine Klientel netterweise darüber aufklären, dass es hier zwei Detektive gibt und nicht bloß einen namens Voss, der über ein Vorzimmer mit Schreibkraft verfügt. K.*

Ich drehte den Zettel um:

> *Von mir aus. Morgen so gegen sieben im* Berlusconi. *K.*

Eigentlich schade, dachte ich, dass Zettel immer nur zwei Seiten haben. Sonst könnte ich mit Kittel richtig lange Gespräche führen.

Dann fiel mein Blick durch das Milchglas auf die Silhouette eines Menschen mit einer auffälligen Kopfform, die mich entfernt an den Australopithecus erinnerte. Und ich ahnte, warum Kittel das Wort Klientel unterstrichen hatte.

Der Mann mit dem stechenden Blick saß auf dem Besucherstuhl vor meinem Schreibtisch.

Als ich eintrat, drehte er sich um. »Es war gar nicht so einfach, Ihre Adresse rauszukriegen«, sagte er mit einer Stimme, die sich dringend räuspern musste.

»Ich habe Ihnen doch gesagt, dass ich keine Zeit habe.«

»Ihr Chef nebenan hat gemeint, dass ich mir darüber keine Gedanken machen soll.«

Was bildete sich dieser Kerl ein? »Er ist nicht mein Chef«, sagte ich sauer. »Bis zum jetzigen Zeitpunkt war er mein Partner.«

»Bis zum jetzigen Zeitpunkt?«

»Lassen wir das. Was wollen Sie von mir?«

»Mein Name ist Frankenstein.«

Jetzt reichte es mir aber. »Hören Sie«, polterte ich los, »ich kann Ihnen keine Vorschriften darüber machen, was Sie für komisch zu halten haben und was nicht. Von mir aus greifen Sie ruhig bis zum Boden in die Mottenkiste. Nehmen Sie die abgegriffenste Masche der Welt – das geht mich nichts an. Nur lassen Sie mich in meinem eigenen Büro damit zufrieden, ja?«

»Götz Frankenstein«, wiederholte der Mann ungerührt. Er seufzte. »Was glauben Sie wohl, wie oft ich diese Litanei schon über mich ergehen lassen musste. In der Schule hat man mich deswegen gehänselt. Und eine Schauspielerkarriere konnte ich mir an den Hut stecken.«

»Sehr komisch.«

»Allerdings.« Sein Nicken war schicksalsschwer. »Sehr komisch, in der Tat.«

»Moment mal«, stutzte ich. »Nein, das kann doch nicht sein. Sie wollen im Ernst sagen, Sie haben diesen Namen, obwohl …«

»Obwohl ich auch so aussehe«, nickte der Mann wieder und runzelte seine monströse Stirn. Die Furchen waren so tief wie Gletscherspalten. »Leider kann man sich weder seinen Namen noch sein Aussehen aussuchen. Aber ich verstehe natürlich, dass das recht amüsant wirkt.«

»Nun, also ...«, ich wusste nicht so recht weiter. »Tut mir Leid. Es lag nicht in meiner Absicht, Sie zu beleidigen. Weshalb wollen Sie mich engagieren?«

»Finden Sie heraus, wer hinter Papics Tod steckt.«

»Da ist die Polizei schon dran.«

»Die Polizei!« Der Mann, der Frankenstein hieß, grunzte verächtlich. »Die haben doch Angst, jemandem auf die Füße zu treten. Was wirklich hinter der Sache steckt, wollen die gar nicht wissen.«

»Wie kommen Sie darauf?«

»Ich weiß, was ich weiß.«

»Und das wäre?«

»Am Tatort wurde ein Blatt Papier gefunden, auf dem etwas von einem Licht am Ende des Tunnels steht.«

Ich war beeindruckt. »Wofür brauchen Sie mich denn noch, wenn Sie schon alles wissen?«

»Ein Bekannter von mir arbeitet bei der Kripo. Er sichert Spuren.«

Mir fiel der junge Spund ein, der Bondts Zorn auf sich geladen hatte.

»Zufällig«, fuhr Frankenstein fort, »hörte ich neulich in den Räumen des WDR ein seltsames Telefongespräch mit an.«

»Was verschlägt Sie in die Räume des WDR?«

»Ich habe für den Sender gearbeitet. In der Produktion von Lilienthals Hörspiel, *Agamemnons Tod.*«

»Sind Sie Regisseur?«

»Ich mache Geräusche. Sehen Sie, eigentlich wollte ich Schauspieler werden, aber aufgrund meines Äußeren kam nur der Hörfunk für mich infrage. Zuerst hatte ich ein paar Sprechrollen, später verlegte ich mich auf das Geräuschemachen. Ich meine, echte Geräusche, nicht die aus der Konserve. Das ist eine Kunst, die heutzutage kaum noch jemand beherrscht.«

»Gehört Gespräche abzuhören auch zu Ihrer Arbeit?«

»Ich habe nicht abgehört, sondern war auf dem Klo, als im Waschraum jemand telefonierte. Die Rede war von einem Licht am Ende des Tunnels.«

»Na und? Das ist eine bekannte Redensart. Da kann man nicht –«

»Moment!« Mein Besucher hob seine Pranke, ich verstummte augenblicklich.

»Die Rede war von einer Rechenstudie. Wenn das rauskommt, sagte der Mann, können wir einpacken. Wir können das Scheißlicht am Ende des Tunnels vergessen und dann gute Nacht allerseits. Also darf es nicht rauskommen. Das waren seine Worte.«

Ich wartete, aber er schien mit seiner Geschichte zu Ende zu sein. »Schade eigentlich«, sagte ich, »dass es nicht rausgekommen ist. Sonst wüssten wir jetzt mehr.«

Frankenstein war enttäuscht. »Etwas anderes fällt Ihnen dazu nicht ein?«

»Es ist ja auch nicht gerade viel, wozu mir etwas einfallen soll«, verteidigte ich mich. »Um was für eine Rechenstudie handelt es sich denn?«

Schulterzucken.

»Kam Ihnen die Stimme vielleicht bekannt vor?«

»Nein. Wie soll man flüsternde Stimmen erkennen?« Frankenstein wedelte mit einer Packung Zigaretten. »Darf ich hier rauchen?«

»Tun Sie sich keinen Zwang an.« Ich reichte ihm eine von Kittels Untertassen für die Asche. »Wenn ich Sie richtig verstehe, glauben Sie also an eine Art Verschwörung innerhalb des öffentlich-rechtlichen Rundfunks. Papic wusste zu viel und musste deshalb sterben.« Ich machte ein skeptisches Gesicht. »Diese Geschichte würde so gut wie jedem die Haare zu Berge stehen lassen, aber nicht etwa, weil sie so schrecklich ist.«

Auf dem Wohnungsflur hörte ich Schritte. Kittel hatte

sein Zimmer verlassen. Die Schritte verhielten für einen Moment auf der Höhe meines Büros und kurz darauf knallte die Klotür zu, dass das Haus in seinen Grundfesten erzitterte. Mir war klar, dass Kittel dachte, ich hätte mir eine Zigarette angesteckt, obwohl er schon einen ganzen Zettelblock dafür verschwendet hatte, mir klar zu machen, wie sehr der Qualm ihn störte. Seit etwa zwei Wochen gewöhnte er sich mal wieder das Rauchen ab.

»Könnte ich auch eine haben?«, bat ich Frankenstein.

Er hielt mir die Packung hin. »Mir egal, wie seltsam das klingt«, sagte er. »Deshalb komme ich ja auch zu Ihnen und spare mir die Kripo.« Er entließ aus seinem Rachen eine Qualmsäule, die kein Ende nehmen wollte. »Ich weiß nur, Papic hat es schon erwischt. Gerrit weiß höchstwahrscheinlich auch von der Sache. Also ist sie in großer Gefahr.«

Ich ging zum gekippten Fenster und schloss es. »Als Sie beide da oben im Hotelflur standen«, sagte ich, »sah es so aus, als seien Sie derjenige, von dem ihr Gefahr drohe.«

Hätte ich vorher gewusst, welche Lawine meine Bemerkung auslösen würde, hätte ich mich vielleicht vorsichtiger ausgedrückt.

Frankensteins Gesicht verrutschte. Seine eckigen Backen spannten sich und wurden rot. Er zerrte an seinen Haarbüscheln, als seien sie lästiges Unkraut, biss sich auf die Lippen und mahlte mit den Zähnen, dass mir ein Schauer über den Rücken kroch. Seine stechenden Augen blickten trübe an mir vorbei in eine imaginäre endlose Ferne. »Ich Idiot!«, stammelte der Riese. »Ich vollkommen dämlicher, schwachsinnsblöder, hoffnungslos unsensibler Idiot! Ich bin selbst schuld!«

»Kann ich Ihnen irgendwie helfen?«

»Sie stellte sich so an und wollte nicht gelten lassen, dass ich mir Sorgen um sie mache. Dann tat sie alles mit einer spöttischen Bemerkung ab. Da habe ich sie an der Schulter gepackt.«

»Und dann?«

»Nichts ›und dann‹. Gerrit kann es nicht leiden, wenn ich sie an den Schultern anfasse. Sie hasst es geradezu.« Er schüttelte verzweifelt den Kopf. »Gut möglich, dass sie auch mich hasst. Ich könnte es ihr nicht einmal verdenken.«

Er war so aufgewühlt, dass er vergaß zu rauchen. Achtlos hielt er die Zigarette zwischen den Fingern, während die Glut in Richtung Filter weiterwanderte. Bald war die Kippe nur noch ein einziger schrumpeliger Wurm aus Asche, die jeden Moment auf den Boden fallen würde. Ich nahm eine weitere Untertasse und bugsierte sie zum mutmaßlichen Aufschlagspunkt.

»Haben Sie ein Taschentuch?«, schnaufte Frankenstein.

Er war drauf und dran, sich in Tränen aufzulösen. Ich reichte ihm eine Rolle Haushaltstücher.

Frankenstein warf einen Blick darauf und richtete sie anklagend auf mich. »Wie nett!«, spottete er schniefend. »Bei der monströsen Gurke in seinem Gesicht braucht er kein Taschentuch, sondern gleich eine ganze Tapete, was?«

»Haben Sie schon mal daran gedacht«, gab ich kühl zurück, »dass Sie bei einer Frau eher ankommen könnten, wenn Sie sich etwas weniger Leid tun würden?«

»Sie haben doch keine Ahnung. Nicht den Funken einer Ahnung.« Er fuchtelte mit seiner Kippe herum. Ich spürte, wie die Glut mein Ohr streifte. Dann stand er auf und trat zur Tür. »Ich wollte Ihnen nicht den Tag vermasseln.«

»Warten Sie doch«, sagte ich. »Was ist jetzt mit dem Auftrag?«

Frankenstein wirkte misstrauisch. Offenbar war er nicht bereit, mir so schnell zu vergeben.

»Wenn Sie wollen, werde ich rauskriegen, was rauszukriegen ist«, bot ich an. »Ich kann Ihnen nur nicht versprechen, ob ich wirklich mit einer Intrige dienen kann. Auf dem Klo aufgeschnappte Sachen hören sich oft schlimmer an, als sie in Wirklichkeit sind.«

Er sah mich an, als hätte ich ihn an etwas erinnert, mit dem er sich schon seit Ewigkeiten nicht mehr befasst hatte. »Na schön«, nickte er. »Versuchen wir's.« Seine Pranke fuhr in die Tasche und kam mit einem Bündel Scheine wieder heraus. »Ich werde mich bei Ihnen melden.«

Götz Frankenstein warf das Bündel auf den Schreibtisch. Ein letztes Mal fixierten mich seine stechenden Augen. »Übrigens ist dieser Lilienthal Ihr Mann«, sagte er.

»Wieso?«, wollte ich wissen. »Haben Sie dafür irgendwelche Anhaltspunkte ...?«

Aber er war schon verschwunden, ohne die Tür zu schließen.

Es roch verbrannt, aber die Quelle des Gestanks konnte ich erst orten, als ich die aufsteigende Qualmsäule entdeckte. Der Glutwurm war zwischen diversen Papieren auf dem Schreibtisch niedergegangen. Vergeblich versuchte ich, den Brandherd mit Haushaltskrepp zu ersticken, das machte es nur noch schlimmer. Teile des Zellstoffs entzündeten sich, die Glut fraß sie in Windeseile auf und ließ unzählige kleine Glühwürmchen über dem Schreibtisch aufsteigen, in verschiedene Richtungen davonfliegen und an den entlegensten Ecken der Schreibtischlandschaft wieder landen. Bald qualmte es allerorten und ich spürte, dass die Lage mehr und mehr meiner Kontrolle entglitt. Als die Feuersbrunst auf meinen Vorschuss zukroch, griff ich zu einer drastischen Maßnahme: Ich schnappte die Flasche mit Blumenwasser von der Fensterbank und leerte sie über dem Krisengebiet aus.

Es zischte und dann war Ruhe. Abgesehen davon, dass mir das Wasser relativ dickflüssig vorkam, fiel mir auf, dass sich meine Gießflasche nach wie vor auf der Fensterbank befand. Die Flasche, die ich in der Hand hielt, hatte daneben gestanden. An ihr klebte ein kleiner Zettel: *Ranziges Öl, pfui! So was gehört nicht in den Kühlschrank. K.*

»Scheiße!«, fluchte ich und fischte die versauten Geldscheine vom Tisch. Dann bemerkte ich Kittel, der grinsend in der Tür stand.

»Du mit deinen blöden Zetteln!«, fuhr ich ihn an. »Wie hast du es bloß geschafft, so zu werden und doch am Leben zu bleiben?«

»Und da sagen die Leute, Geld stinkt nicht, was?«, entgegnete er hämisch und entfernte sich.

Mit etwas Mühe zählte ich das glitschige Bündel durch. Es waren ungefähr neunhundert Euro.

Ich hatte mich in dem Riesen getäuscht. Er hatte durchaus Qualitäten. Seine zugeknöpfte Angebetete hatte einen Detektiv bestellt, wollte ihn dann aber nicht engagieren. Jetzt sprang er in die Bresche und geizte nicht mit einem Vorschuss.

In der Küche versuchte ich, das Geld mit heißem Wasser zu reinigen. Da klingelte das Telefon.

Mit Ölfingern nahm ich den Hörer ab. Er flutschte mir zwei Mal aus der Hand, bevor ich ihn zu fassen bekam.

»Haben Sie schon was rausgekriegt?« Es war Hauptkommissar Bondt.

»Wie denn wohl?«, gab ich vorwurfsvoll zurück. »Nachdem Sie mich erst achtkantig hinausgeworfen und mir dann noch den Rundfunkfritzen hinterhergeschickt haben, um sich zu vergewissern, dass der Maulkorb, den Sie mir verpasst haben, auch hält.«

»War nicht so gemeint«, entschuldigte sich der Kommissar. »Aber ich kann es nicht leiden, von Stümpern umgeben zu sein.« Offenbar hielt er dieses Gefühl für Beweis genug, dass er selbst keiner war. »Das mit dem Maulkorb war außerdem nicht meine Idee. Mir wollen sie auch einen verpassen.«

»Ich dachte, Sie leiten die Ermittlungen?«

»Ermittlungen! Kaum hat man eine heiße Spur, heißt es, dass andere Sachen Vorrang haben. Wenn man einen Bullen zurückpfeift wie einen lästigen Spürhund, dann ist da irgendeine Sauerei am Stinken.«

Ich fragte mich, ob ein Telefon in besonders penetranten Fällen auch Gerüche übertrug. »Sie haben also einen Verdächtigen?«

»Nicht direkt«, wiegelte er ab. »Der Tod ist zwischen ein und zwei Uhr nachts eingetreten. Papic hatte ein Einzelzimmer und das war nicht abgeschlossen.«

»Jeder konnte also zu ihm hinein.«

»Exakt. Und da gibt es eine gewisse Carola Dutschke. Sie hält sich für den Star dieser Veranstaltung und Papic hatte die Absicht, sie in den Boden zu stampfen. Erst vorgestern hat sie sich mit ihm gefetzt, dass es nur so gerappelt hat. Diese Frau hatte Motiv und Gelegenheit. Wenn sie auch noch die passende Körbchengröße hat, ist sie so gut wie fällig.«

»Tja, Herr Kommissar, wenn sonst nichts mehr ist ...«

»Doch, eine andere Sache wäre da noch: Haben Sie mal was von so genannten *Real-life*-Hörspielen gehört?«

»Was soll das sein?«

»So was Ähnliches wie *Snuff*-Videos. Das sind illegale Dinger, auf denen Sie sehen können, wie einer vor laufender Kamera abgemurkst wird. Leute, die krank im Kopf sind, bezahlen ein Vermögen dafür. Anscheinend kursieren CDs, auf denen Sie sich so was auch anhören können.«

»Sind denn diese Videos ohne Ton?«

»Nein, aber die CDs können Sie eben nur anhören. Zwei von den Dingern haben wir am Tatort sichergestellt.«

»Weshalb erzählen Sie mir das?«

»Nur, damit Sie das im Hinterkopf behalten. Ich dachte mir, so ein Schnüffler kriegt manchmal Sachen zu hören, die wir gerne wissen würden.«

»Wenn ich nicht wüsste, dass Sie das sind, Herr Kommissar, würde ich glauben, Sie wollten mich engagieren.«

»Herr Voss, Sie wissen doch aus dem Fernsehen, wie wenig wir verdienen.«

»Und Sie wissen aus dem Fernsehen, wie geldgierig wir Schnüffler sind.«

»Was würden Sie denn zu Naturalien sagen?«

»Naturalien?«

»Genauer gesagt: Pflanzen. Ich hätte da eine Klematis.«

»Wie schön für Sie.«

»Das ist eine Kletterpflanze mit weißen oder violetten Blüten. Kennen Sie bestimmt.«

»Und?«

»Meine Schwägerin hat mir eine zum Geburtstag geschenkt. Dabei habe ich ihr vorher gesagt, dass ich schon eine habe. Na, wie wär's damit?«

5

Dass ein Prominenter vom Schlage Papics von Leuten umgeben war, die ihn am liebsten tot gesehen hätten, war nichts Ungewöhnliches. Bondts Problem war, dass er sich viel zu früh auf eine weibliche Täterin fixierte, die er noch dazu glaubte, anhand ihrer Körbchengröße entlarven zu können.

Am Nachmittag trieb ich mich schon wieder im *Westfälischen Frieden* herum. Einige Kripobeamte waren immer noch mit der Spurensicherung beschäftigt. Sie waren nicht sehr mitteilsam, aber durch ein paar harmlose Fragen gelang es mir, den Mann aufzutreiben, der den Toten gefunden hatte. Es war ein Hotelangestellter, der dem Kritiker morgens um Viertel nach zehn das Frühstück ans Bett bringen sollte. Ich traf ihn in einem der Zimmer, die für einen neuen Gast fit gemacht wurden.

Der Page war ein kleiner, schlanker Brillenträger unbestimmbaren Alters, der ziemlich grüblerisch dreinschaute.

»Sie haben den Toten also gefunden?«, erkundigte ich mich.

»Stimmt genau«, nickte er und kaute nachdenklich auf seiner Unterlippe.

»Ist Ihnen irgendetwas aufgefallen?«

»Das schon, ja.«

Ich wartete, aber er hielt die Frage offenbar für beantwortet.

»Was denn?«

»Sein Zimmer hat eine sehr gediegene Ausstattung.«

»Finden Sie?«

»Logisch.« Er grinste. »Es kostet schließlich auch einen Batzen mehr als die anderen, nicht wahr?«

»Ja, und weiter?«

»Sie fragten, ob mir etwas aufgefallen sei, und ich sagte, die Austattung des Zimmers –«

»Ja, ja«, winkte ich ab. »Vergessen Sie's.« Genervt ließ ich ihn stehen.

»Moment, Herr Voss, da ist noch etwas.«

Ich wartete wieder.

»Auf dem Bett hat jemand gesessen.«

»Auf Papics Bett? Wer?«

»Das weiß ich nicht.«

»Können Sie die Person beschreiben?«

»Leider nicht.«

»Nicht ausführlich, ich meine: Frau oder Mann, groß oder klein?«

Schulterzucken. Der Mann machte mich wütend.

»Hatte er eine Nase, einen Kopf?«

»Bedauere.«

»Sie trafen also jemanden neben dem Ermordeten an und können nicht einmal sagen, ob er einen Kopf hatte?«

»Ich traf ihn ja nicht. Er war schon weg. Aber er hatte seinen Abdruck auf dem Federbett hinterlassen.«

»Hat die Kripo den Abdruck vermessen?«

»Das würde mich ziemlich wundern.«

»Was heißt das: Es würde Sie wundern?«

»Nun, ich habe mir erlaubt, das Federbett wieder zu glätten.«

»Was haben Sie?«

»Es tut mir Leid, aber es gehört nun einmal zu meinen Aufgaben, den pfleglichen Zustand der Räumlichkeiten dieses Hotels stets im Auge zu behalten.«

»Das wird Sie aber in Teufels Küche bringen. Sie haben einen wichtigen Hinweis in einem Mordfall beseitigt!«

»Dass Herr Papic nicht mehr am Leben war, konnte ich zu diesem Zeitpunkt doch noch nicht wissen.«

Ich wünschte dem Mann noch einen schönen Tag. Dann begab ich mich nach unten in die Hotelhalle.

»Ich bin von der Presse«, sagte ich der netten Dame am Empfang, glücklicherweise war es nicht die von gestern, sondern eine Kollegin. »Herr Lilienthal war so freundlich, mich für ein Interview herzubestellen.«

»Einen Moment.« Sie griff zum Telefonhörer und ließ ihn wieder sinken. Stattdessen reckte sie den Hals. »Da drüben«, sagte sie und ihr Finger deutete vage in den Raum.

Ich entdeckte eine Sitzgruppe aus weißem Leder. Dort saßen mehrere Leute.

Das Telefon klingelte, sie nahm ab.

»Welcher ist es denn?«, erkundigte ich mich, aber sie hob die Hand zum Zeichen, dass ich warten sollte.

Dazu hatte ich aber keine Lust. Die Mitte der Sitzgruppe bildete ein fünfeckiger Glastisch. Auf der einen Seite saß ein Pärchen, auf der anderen ein einzelner Mann, der in seine Lektüre vertieft war. Er war schlank und trug einen silbergrauen Anzug.

»Guten Tag«, wandte ich mich an ihn. »Ich bin auf der Suche nach Herrn Lilienthal.«

Er sah nicht einmal von seiner Zeitung auf. »Na und?«

»Nun, ich zog in Erwägung, dass Sie möglicherweise der Gesuchte sein könnten.«

»Haben Sie denn keine Augen im Kopf?«

Der Mann war in Wirklichkeit eine Frau. Im ersten Moment war ich perplex. »Ja, doch«, stammelte ich ziemlich blöde. »Entschuldigen Sie, eh … bitte, aber ich …«

»Mein Name ist Carola Dutschke«, flaumte die Person mich an. Sie war tatsächlich eine Frau, obwohl sie wie ein Bankangestellter gekleidet war, eine dunkle Stimme hatte und eine eckige Stirn, die von kurzem hellblondem Haar eingerahmt wurde. Ich schätzte sie auf Ende vierzig.

»Ich bin Privatdetektiv«, sagte ich. »Darf ich Sie etwas fragen?«

Ihre dünnen Lippen pressten sich geringschätzig aufeinander. »Der Mord, was? Ich kann es schon nicht mehr hören.«

»Mich würde interessieren, welche Meinung Sie zu Herrn Papics Tod haben.«

»Wie kommen Sie darauf, dass ich mich an dem allgemeinen Klatsch beteilige?«, brauste sie auf. »Sehe ich so aus?«

»Nein«, versicherte ich eilig. Wie eine Klatschtante sah sie wirklich nicht aus, eher wie der Personaltrainer einer privaten Krankenkasse. »Was verstehen Sie unter allgemeinem Klatsch?«

Frau Dutschke stopfte ihre Finger, zwischen denen sie den mikroskopisch kleinen Rest einer Zigarette hielt, in den Aschenbecher, der vor ihr auf dem Tisch stand. »Ich bin hergekommen, um über Hörspiele zu sprechen. Um künstlerisch zu arbeiten. Und jetzt dreht sich alles ausschließlich um diese hässliche Geschichte.«

»Je eher die aufgeklärt ist, desto eher können Sie wieder künstlerisch arbeiten.«

»Geschenkt.« Frau Dutschke rümpfte die Nase und gab einen verächtlichen Schnaufer von sich. »Diese Veranstaltung ist so oder so ein einziger Witz. Nichts weiter als ein Werbegag, um die Region aufzuwerten. Sehen Sie sich diese Künstler an: Wenn man ihnen ein bisschen schmeichelt, lassen sie sich vor jeden Karren spannen. Sie setzen sich in einen Glaskasten, damit man ihnen beim Schreiben zusehen kann. Der Autor als Karpfen, zum Totlachen! Und jetzt beißt zu allem Überfluss auch noch Papic ins Gras. Das ist wieder mal typisch.«

»Hört sich so an, als hätte er das nicht zum ersten Mal getan.«

»Haha.«

»Kannten Sie Papic persönlich?«

»Sagen wir so: Der Mann blieb einem nicht erspart. Alle kannten ihn, keiner konnte ihn ausstehen. Trotzdem erfüllte er eine wichtige Funktion.«

»Die wäre?«

»Er sorgte dafür, dass man echte Künstler von angepassten Opportunisten unterscheiden konnte. Echte Könner von Speichelleckern. Hirnlosen Quasslern, die banalen, aber gefälligen Mist produzieren, nur um ihre Umwelt damit auf unerträgliche Weise zu unterhalten.« Ihre Stimme wollte unbeteiligt und kühl klingen, aber sie hatte es doch mitgerissen. »Die Letzteren waren nämlich seine besonderen Lieblinge.«

»Ich gehe mal davon aus«, sagte ich, »dass Sie sich zur Gruppe der echten Künstler zählen.«

»Künstlerinnen!«, verbesserte sie mich. Noch ein solcher Schnitzer und es passiert was, warnte mich das Blitzen in den Augen. »Der Punkt ist, dass echte Hörkunst hier nicht gefragt ist. Dafür interessiert sich kein Mensch. Und das ist Papics Schuld.«

»Worin besteht denn echte Hörkunst?«

Carola Dutschke hob ihren nikotingelben Zeigefinger. »Beispielsweise in einem Agitationsforum gegen das System und ihr vordergründiges Regelwerk. In einem offensiven Verzicht auf Sinn und Verständlichkeit, der dieses System infrage stellen, manchmal sogar demontieren kann.«

»Sie meinen also, eh …«, sagte ich, weil ich nicht den geringsten Schimmer hatte, wovon sie sprach.

»Machen Sie zum Beispiel Hörspiele für Gehörlose.«

»Wie soll das gehen? Die hören ja nichts.«

»Eben. Überlegen Sie mal. Darum geht's mir, dass Sie anfangen zu überlegen, verstehen Sie?«

»Nein«, sagte ich. Sie holte Luft. »Doch, natürlich«, verbesserte ich mich gerade noch rechtzeitig. »Jetzt fällt's mir wieder ein.«

»Was im Übrigen Papic angeht, so hat der alte Bock bekommen, was er verdiente«, sagte sie. »Er hat es schlicht zu weit getrieben.«

»Was hat er denn getrieben?«

»Sie haben keine Ahnung, wer dieser Mann wirklich war. Ein perverser Opa mit einer Fantasie, die so schweinisch war, dass selbst Hartgesottenen übel wurde.«

»Sprechen Sie aus eigener Erfahrung?«

Frau Dutschke rammte sich eine weitere *Gitane* in den Mund und legte am äußeren Ende Feuer. »Kein Kommentar«, brummte sie kompromisslos. »Für Klatsch bin ich nicht zu haben.«

»In meiner Kindheit«, ließ ich wie beiläufig einfließen, »war ich begeisterter Radiohörer. Diese Verzichthörspiele hatten es mir übrigens besonders angetan.«

Sie musterte mich misstrauisch.

»Sie wissen doch, die ohne Sinn und Verstand, aber gegen das System. Ich habe keines von ihnen ausgelassen.«

An ihrem schrägen Blick konnte ich ablesen, dass Carola Dutschke mir gern geglaubt hätte. Aber so dumm war sie nicht. »Rein zufällig«, kam sie wieder zum Thema, »habe ich das Zimmer schräg gegenüber von Papic. Da bleibt einem keine andere Wahl, als etwas mitzubekommen. Ich könnte Ihnen so einiges erzählen.«

»Wenn Sie sich damit nicht zwangsläufig am Klatsch beteiligen würden«, führte ich ihren Gedanken zu Ende. »Verstehe.«

»Die literarische Welt nannte diesen Menschen den Papst! In seinem Schlafzimmer gingen die Bräute ein und aus, fesselten ihn, peitschten ihn aus und kreischten dabei vor Lust, dass die Nachbarn nicht schlafen konnten!«

»Kennen Sie eigentlich Lars Lilienthal?«, kam ich zum Ausgangspunkt unseres Gesprächs zurück.

Erneut schnaufte sie abfällig. »Der Kerl hat nicht davor zurückgeschreckt, Papic hinten hineinzukriechen. Um den diesjährigen Hörspielpreis zu ergattern, hat er seinem Gönner sogar die Mätresse ausgeliehen.«

»Welche Mätresse?«

»Die grünhaarige Schlampe zum Beispiel. Und da war noch eine Superblondine mit Riesentitten. Mich geht das ja nichts an.«

»Können Sie sich zufällig erinnern, wann diese – Damen bei ihm zu Gast waren?«

»Lilienthal«, fuhr sie fort, ohne meine Frage zu beachten, »ahmt seinen großen Guru in allem nach. Erzählt seinen Mäuschen, sie seien begabte Autorinnen, nur um sie ins Bett zu kriegen.«

»Worum ging es bei der Auseinandersetzung, die Sie mit Herrn Papic hatten?«, erkundigte ich mich so unschuldig wie möglich.

»Ach, hören Sie doch auf.« Carola Dutschke war offenbar am Ende ihrer Mitteilungsfreudigkeit angelangt. »Jetzt geht das wieder los. Klar, der Mann hatte mich auf dem Kieker und wollte mir literarisch gegen den Karren fahren, also habe ich ihn umgebracht!«

»Auf dem Kieker? Was –«

»Der Täter wurde ermordet, also wird das Opfer zum Täter, was?«

»Ich habe gar nicht behauptet, dass Sie der Mörder sind. Ich –«

Ihr eiskalter Blick ließ mich verstummen.

»Mörder*IN!*«, schleuderte sie mir so hasserfüllt entgegen, dass ich spürte, wie ich zwei Zentimeter kleiner wurde. Obwohl ich mich duckte, trafen mich zwei Speichelspritzer mitten ins Gesicht. »So eine gequirlte systemerhaltende Scheiße! Du schwimmst nicht mit dem Strom, also bist du gleich verdächtig. Sie können dir nichts anhängen, also finden sie wie zufällig deine Reitpeitsche neben dem Bett des Ermordeten. Natürlich weiß keiner, wie sie dahin kommt.«

Bondt hatte also doch mehr als nur eine Körbchengröße.

Er hatte außerdem eine Peitsche mit Frau Dutschkes Fingerabdrücken darauf.

»Haben Sie denn eine Erklärung dafür?«

»Jemand will mich fertig machen, ist doch klar.«

»Aus welchem Grund?«

»Was weiß ich? Fragen Sie Lilienthal. Ihm käme es wie gerufen, wenn man mich aus dem Verkehr ziehen würde. Dann hätte er freie Bahn.«

»Freie Bahn wofür?«

Carola Dutschke warf ihre Zigarette in den Aschenbecher, wo sie weiterqualmte. »Mir reicht's jetzt.« Sie erhob sich abrupt. »Belästigen Sie, wen Sie wollen, aber kommen Sie mir nicht länger mit dieser …«

»Systemerhaltenden Scheiße«, half ich ihr aus. »Trotzdem danke für das Gespräch.«

Der Abend wurde mild und warm. In den Straßen der Innenstadt duftete es nach italienischen Gewürzen. Die Plätze an der frischen Luft waren begehrt, nur in der *Trattoria Berlusconi* waren noch Tische frei.

Das kleine Restaurant an der Promenade war nämlich stolz darauf, einen besonderen Geschmack zu bedienen, und servierte raffinierte italienische Küche zu raffinierten Preisen. Zwar fand man auf der Speisekarte alle erdenklichen Pizzasorten, aber es galt als verpönt, eine zu bestellen. An diesem Abend hatte man mithilfe des *Reserviert*-Kärtchens künstlich für freie Plätze gesorgt. Die Gäste sollten das Gefühl haben, im Trend zu sein, ohne sich in der Masse drängeln zu müssen.

Da mein Fahrrad einen Platten hatte, kam ich später als geplant. Kittel war schon da, aber ich war mir zunächst unsicher, ob er meine Ankunft überhaupt bemerkte. Sein Blick ging durch mich hindurch bis zur Straße, wo ein kleiner roter Sportwagen parkte. Kittel, dem Autos nicht das Geringste bedeuteten, starrte den Flitzer an, als sei er der Heilige

Gral persönlich, nur um mir nicht Hallo sagen zu müssen. Ich nahm ihm gegenüber Platz und wartete eine Weile.

»Redest du mit mir oder willst du erst nach Hause, deinen Zettelblock holen?«

Er gab ein zischendes Geräusch von sich, das ich als spöttisches Lachen auffasste.

»Hast du schon bestellt?«

Kittel betrachtete eingehend seine Fingernägel, erst von oben, dann von unten. Das war seine einzige Reaktion.

Nach weiteren vier Minuten beschloss ich, dass ich darauf keine Lust hatte. »Dann will ich nicht weiter stören«, sagte ich und deutete auf seine Finger. »Kann übrigens nicht schaden, sie regelmäßig durchzuzählen. Hab ich neulich erst gelesen.«

In diesem Moment eilte der Kellner an unseren Tisch. »Einmal die Fettuccine«, sagte er und platzierte mit einem gekonnten Schlenker einen Teller direkt unter Kittels Nase.

Damit schaffte er, was mir nicht vergönnt gewesen war: Er brachte den Kerl zum Reden.

»Augenblick«, beschwerte sich Kittel. »Ich hatte Linguine bestellt, nicht Fettuccine.«

Der Italiener runzelte die Stirn »Die bekommen Sie aber nicht mit Hähnchenstreifen.«

»Ich wollte auch keine Hähnchenstreifen«, sagte Kittel sauer, »sondern Lachs. Linguine mit Lachs.« Seine Hand schnappte nach der Speisekarte, die ich ihm reichte. »Da. Die Nummer vierundsiebzig.«

Der Keller zog einen Schmollmund, nahm den Teller und trat wortlos den Rückzug an.

»Herr Ober?«, rief ich ihm nach, da ich auch etwas bestellen wollte.

»Danke für die Karte«, brummte Kittel.

»Da nicht für«, sagte ich. »Können wir jetzt endlich das kindische Getue sein lassen und reden?«

»Von mir aus. Ich warte jetzt schon fast eine halbe Stunde darauf.«

»Also gut«, meinte ich. »Was ich auf dem Herzen habe, dauert nur zwei Minuten. Es geht nur um deine Zettelch…«

»Es ist gerade mal zweieinhalb Wochen her«, unterbrach er mich schroff, »dass Angelina weg ist. Trotzdem durftest du bei mir einziehen.«

»Was heißt ›trotzdem‹?«

»Das kann ich dir genau sagen: Obwohl deine Babsi mit ihrer giftigen Zunge dafür gesorgt hat, dass Angelina mit mir Schluss gemacht hat. Trotzdem.«

»Was kann ich denn dafür? Denkst du vielleicht, ich hätte Babsi darum gebeten, mit mir Schluss zu machen?«

»Weiß ich doch nicht, aber die Sache hättet ihr allein unter euch austragen können.«

»Jetzt fängt das schon wieder an.«

»Was fängt schon wieder an?«

»Ich soll schuld daran sein, dass Angelina dich abserviert hat. Du machst es dir sehr einfach, Kittel.«

Er lachte nur.

»Wenn du willst«, sagte ich, »ziehe ich sofort aus. Bitte, ein Wort von dir und du siehst mich nicht wieder.«

»Das sieht dir ähnlich.«

»Was sieht mir verdammt nochmal ähnlich?«

»Jeder tröstet sich eben auf seine Weise, was?«

Der Ton, in dem er das sagte, missfiel mir. »Was willst du damit sagen?«

»Ach, Scheiß drauf.«

»Nein, nicht ›Scheiß drauf‹! So kommst du mir nicht davon. Ich will wissen, was du damit meinst, dass sich jeder auf seine Weise tröstet!«

»Jetzt tu doch nicht so, Henk. Von mir aus kannst du es treiben, so oft und mit wem du willst. Aber ich habe ein Recht darauf, mir in meinem eigenen Badezimmer die Zähne putzen zu können, ohne dass mir eine deiner Eroberungen dabei splitternackt zusieht.«

Endlich dämmerte es mir: Das Mädchen war vorgestern

Nacht zu Besuch gewesen. Seitdem hing der Haussegen schief. »Wenn es nur das ist, Kittel, sie wollte nur duschen. Deine Zahnbürste hat sie gar nicht beachtet.«

»Jedenfalls scheint dir das mit Babsi sehr nahe gegangen zu sein.«

»Ach, nun wird mir klar, was hier abläuft. Du bist neidisch.«

»Neidisch!« Wieder lachte er auf diese affektierte Weise. »Nur weil ich unter Trennungsschmerz etwas anderes verstehe, als mit der nächstbesten Tussi ins Bett zu steigen?«

Obwohl uns ausschließlich leere Tische, die angeblich reserviert waren, umgaben, standen wir inzwischen im Mittelpunkt der Aufmerksamkeit. Die Leute gafften regelrecht zu uns herüber, einige von ihnen hatten sogar das Kauen eingestellt.

»Nein«, sagte ich und dämpfte meine Stimme. »Weil du darunter verstehst, verdorbene Lebensmittel mit kleinen Zetteln zu versehen und in deiner Wohnung zu verteilen, anstatt sie in den Müll zu schmeißen. Jeder auf seine Weise, was?«

»Blödsinn, Henk! Aber, wo du es schon ansprichst: Wir hatten eine Vereinbarung. Jeder kümmert sich um die Küche. Und was machst du? Lässt deine angebissenen Butterbrote auf dem Boden herumliegen, dass man hineintreten muss. Du versuchst, die Schweinerei wegzuwischen, aber es klebt noch tagelang. Und als ob das noch nicht genug wäre, finde ich im Kühlschrank deinen Aschenbecher!«

»Jetzt mach aber mal einen Punkt!«

»Einen Punkt? Ich soll einen Punkt machen? Wir reden über dich, Henk!«

»Na, und wenn, was hat der Aschenbecher mit ranzigem Öl zu tun?«

Kittel resignierte seufzend und begnügte sich damit, heftig den Kopf zu schütteln. Von einem der Tische ertönte verhaltener Szenenapplaus herüber.

»Aber ich kann doch wohl erwarten«, fing er, glücklicherweise etwas leiser, wieder an, »dass du dich für diesen

Haushalt mitverantwortlich fühlst. Vor allem, wo du ständig irgendwelche Mädels anschleppst, die deine Töchter sein könnten.«

»Was heißt hier ›könnten‹?«, gab ich spöttisch zurück. »Wie sollten sie das denn wohl anstellen? Im Ernst, Kittel, wenn ich es nicht besser wüsste, würde ich denken, du bist eifersüchtig.«

»Eifersüchtig!«, quiekte er. »Von mir aus kannst du jede Nacht eine andere vögeln! Ist mir doch egal!«

Ich bemerkte den Kellner, der an Kittels Seite stand und darauf wartete, den Teller dort abzustellen, wo Kittel hektisch einen Bierdeckel in unzählige kleine Schnipsel zerlegte.

»Signore? Eh, darf ich ...«

»Moment noch!«, blaffte Kittel ihn an, ohne sich von mir abzuwenden. »Wenn Babsi dir schon egal ist, dann solltest du wenigstens auf mich Rücksicht nehmen.«

»Oh, hat die Kleine dir etwas getan?«, heuchelte ich Betroffenheit. »Hat sie deine Zahnbürste angegrapscht? Sag's mir, Kittel. Ich werde dafür sorgen, dass sie künftig ihre Finger bei sich behält.«

»Klar, dass das nicht nochmal vorkommen wird«, schimpfte er. »Du weißt ja nicht mal, wie die Dame heißt.«

»Prego, Signore«, grinste der Kellner mit rotem Kopf. »Die Hähnchenstreifen, aber mit Linguine. Extra für Sie.«

Kittels Blick fixierte seinen Teller und kurz darauf den Kellner, der unbehaglich dastand. »Das habe ich nicht bestellt.«

Das wohl gepflegte Gesicht des Italieners zerknitterte wie ein Blatt Papier auf dem Weg in die Mülltonne. »Sie sagten doch Linguine ...«

Kittel lachte wieder auf seine eigene Weise.

»Aber nicht mit Huhn«, mischte ich mich freundlich ein, »sondern mit Fisch.«

»Mit Lachs«, präzisierte Kittel wütend.

»Also dann«, resignierte der Kellner untröstlich. »Darf ich Ihnen dann vielleicht etwas ...«

»Zahlen«, entschied Kittel.

»Ein Bier, wenn Sie haben«, sagte ich. »Aber bitte ohne Beilagen.«

»Zwei«, erhöhte Kittel.

»Frieden?«, ergriff ich die Gelegenheit. »Dann übernehme ich das Bier.«

So leicht war die Sache nicht. Mein Partner ließ sich Zeit, bis die Getränke kamen. Aber dann stieß er zögernd mit mir an.

»Also, hier ist mein Angebot«, sagte ich. »Ab heute kommen nur noch Nonnen zu Besuch, und wenn sie mal duschen wollen, dürfen sie sich nicht ausziehen. Dafür hörst du auf, mich mit deinen Zettelchen zu quälen.«

Kittel zuckte mit den Schultern. »Gerade heute habe ich neue besorgt, in Gelb und Orange ...«

Wir tranken noch einige Bier. Der Abend kam langsam in Gang und entwickelte sich besser, als er begonnen hatte. Kittel sprach wieder mit mir, allerdings starrte er weiter den roten Flitzer an.

»Typisch Spaßgeneration«, lästerte ich und deutete in die Richtung, in die er starrte. »Die Leute haben zu viel Geld, kaufen sich Spielzeugautos und lassen sie überall herumstehen.«

Kittel zog wortlos einen Schlüssel aus der Tasche, richtete ihn auf das Auto und betätigte einen Knopf, worauf der Wagen wie zur Begrüßung mit den Rücklichtern blinkte.

»Ihr kennt euch?«, staunte ich.

»Eigentlich ist das Calderonis Wagen.« Kittel genoss meine Fassungslosigkeit. »Aber er braucht ihn zurzeit nicht.«

»Calderoni ...« Den Namen hatte ich irgendwo schon mal gehört. »Wer ist das?«

»Der Mann, für den ich arbeite. Wenn du willst, kannst du die Kiste mal Probe fahren. Die geht ganz schön ab.«

»Toller Auftraggeber, der dir einfach so sein Cabrio ausleiht.«

Kittel machte eine vage Handbewegung. »Er hält sich für eine große Nummer und macht einen auf Paten. Dabei hat er seinen sizilianischen Akzent von der Volkshochschule in Coesfeld. Abgesehen davon ist er ganz in Ordnung.«

»Und was sollst du für ihn tun? Die untreue Ehefrau beschatten?«

Mein Partner hob die Augenbrauen. »Seine Freundin ist allerdings sehenswert. Eine ehemalige Pornoqueen, die ihr Herz für die Literatur entdeckt hat. Die Frau ist ein echter Brummer, aber sie ist leider nicht mein Ressort.«

»Aurora, nicht wahr?« Jetzt fiel es mir wieder ein. »Ich hatte bereits das Vergnügen.«

»Calderoni macht in Möbeln. Momentan hat er ein paar Probleme mit Chaoten, die seine Ware verschandeln und Drohbriefe schreiben. Um die soll ich mich kümmern.« Kittel leerte sein Glas. »Und jetzt zu dir: Arbeitest du für Frankenstein?«

Ich nickte. »Woher kennst du den Mann?«

»Wie kommst du darauf, dass ich ihn kenne?«

Allmählich konnte ich verstehen, welche Leiden mein Klient durchzustehen hatte. »Schöne Grüße von Gerrit.«

Kittel zog ein Gesicht. »Hat sie dich engagiert?«

»Sie wollte, aber dann hat sie's sich anders überlegt.«

»Ist auch besser so.«

»Was soll das heißen?« Meine Neugierde war geweckt. »Wieso habt ihr euch damals eigentlich getrennt?«

»Das ist lange her.«

»Aber die Schnarcherei war es doch nicht, oder?«

»Ich sage dir, Henk, diese Frau ist Weltmeisterin im Einschnappen. Ein einziges falsches Wort und sie redet nicht mehr mit dir. Du bist Luft für sie. Das mag sich harmlos anhören, aber wenn du es ein paarmal mitgemacht hast, denkst du anders darüber.«

»Wirklich?«, fragte ich ungläubig.

»Ein richtiger Crash ist ab und zu ja nicht schlecht. Aber

schweigen und sich aus dem Weg gehen – das ist Gift für eine Beziehung.«

»Danke für den Rat, Kittel«, grinste ich. »Ich werd's mir merken.«

6

Am nächsten Morgen stand ich erst gegen zehn auf, tappte in die Küche und fand einen kleinen orangen Schnipsel, der am Glas mit der Erdbeermarmelade klebte: *Musste schon weg. Kaffee ist noch da. K.*

Mein Partner hatte es sich also nicht verkneifen können, die neuen Zettel zum Einsatz zu bringen. Ich kämpfte einen kleinen Anflug von Hass nieder. Immerhin kam dieser Zettel in friedlicher Absicht.

Nach dem strengen Geruch des Kaffees zu urteilen war Kittel ziemlich früh aufgestanden. Während ich Toast konsumierte, sah ich hinunter in den verwilderten Innenhof und bemerkte ein seltsames Kriechtier im ungemähten Gras, deutlich größer als eine Katze. Ein riesiges, klobiges Ding mit merkwürdig verschwommenen Konturen, das ruckartige Bewegungen machte. Es dauerte lange, bis ich feststellte, dass es sich um ein Silberfischchen handelte, das direkt vor meiner Nase auf der staubigen Fensterscheibe krabbelte.

Das Telefon klingelte. Ich nahm ab.

»Bondt hier, Mordkommission. Wie kommen Sie voran?«

»Danke der Nachfrage«, sagte ich. »Der Toast mit Marmelade hat keine Probleme bereitet. Aber jetzt schmiere ich mir ein Brötchen, das schon Tage alt ist.«

»Ich meine den Fall Papic. Mir wurde zugetragen, Sie hätten sich am Tatort herumgetrieben.«

»Habe mich mit Ihrer Hauptverdächtigen unterhalten. Übrigens eine reizende Person.«

»Sie dürfen sie nur nicht für einen Mann halten«, berichtete der Kommissar. »Das findet sie gar nicht komisch.«

Ich war also nicht der Erste, der in das Fettnäpfchen getreten war. »Glauben Sie, dass ihre Peitsche mit der Tat in Zusammenhang steht?«

»Möglich. Vielleicht wollte aber auch jemand der Frau den Mord in die Schuhe schieben.«

»Das behauptet sie selbst auch.«

»Tja, und inzwischen hat man blondes Haar am Tatort gefunden.«

»Frau Dutschke erwähnte eine Blondine. Vielleicht sollten wir –«

»Das Haar schließt sie nicht aus. Es stammt nämlich von einer Perücke.«

Ich versuchte, mir die Autorin als Femme fatale vorzustellen, die ihren grauen Anzug ablegte, um einen Mann um den Verstand zu bringen.

»Sie mögen das für unwahrscheinlich halten«, erriet der Kommissar meine Bedenken. »Aber so was ist schließlich Geschmackssache.«

Ich wedelte mit meiner Brötchenhälfte und das Silberfischchen ergriff die Flucht.

»Inzwischen hat der Fall aber noch eine andere Dimension«, fuhr Bondt fort. »Wir haben Hinweise, dass ein Möbelfritze aus Bösensell seine Finger im Spiel hat.«

»Bösensell? Was ist das?«

»Ein Kaff, das hauptsächlich aus Möbelmärkten, Baumärkten, Küchenmärkten und Teppichmärkten besteht. Leider ist der Mann relativ unangreifbar.«

»Wieso?«

»Er hat ein untadeliges Image und ist Förderer der Künste sowie wohltätiger Zwecke. Sie kennen diesen Typ.«

»Er heißt nicht zufällig Calderoni?«

»Na sehen Sie, Voss, Sie haben ihn also auch schon im Visier. Das ist ja ein Ding!«

»Nein, es ist so, dass mein Partner für ihn arbeitet. Er hält Calderoni für eine Art Möchtegernmafioso.«

»Das ist interessant. Wissen Sie was, Herr Voss? Wir sollten uns gemütlich unterhalten. Was halten Sie vom Theatercafé? Die haben leckeren Apfelstrudel.«

»Warum nicht?«

»Also abgemacht.«

»Da fällt mir ein, mein Fahrrad hat einen Platten.«

»Kein Problem. Ich schicke Ihnen einen Wagen.«

Ich wartete gerade mal drei Minuten am Straßenrand, als ein weißer BMW heransauste und neben meinen Fußspitzen stoppte. Die rechte Hintertür schwang auf, ich stieg zu und begrüßte die beiden Beamten. Der Wagen fuhr rasant an und ich wurde sanft in die Ledergarnitur gedrückt.

»Wirklich nett von eurem Boss«, lobte ich. »Nicht alle bei der Kripo sind so aufgeschlossen, wenn es um Privatdetektive geht.«

Die beiden lächelten mir zu, schenkten mir eine Zigarette, waren aber nicht besonders gesprächig. Nach weniger als einer Minute hatten wir die engen, von Autos verstopften Äderchen des Kreuzviertels verlassen und fuhren die Weseler Straße in südlicher Richtung.

Ich lehnte mich zurück, freute mich an der Aussicht und bewunderte das Schloss und den Aasee, die rechter Hand vorüberzogen. Noch kannte ich mich in der Stadt nicht gut aus, sodass es seine Zeit dauerte, bis mir Zweifel kamen, ob wir wirklich den direkten Weg zum Theatercafé nahmen. Genauer gesagt kamen sie erst, als wir auf die Autobahn fuhren.

»Das leidige Parkplatzproblem, was?«, testete ich vorsichtig. »Man muss die abenteuerlichsten Umwege fahren.«

Keine Antwort.

»Hat euch der Hauptkommissar denn nicht darüber informiert, dass er das Theatercafé in Münster meinte?«

Der Beifahrer, ein junger Typ mit Pferdeschwanz, drehte sich zu mir um. »Welcher Hauptkommissar?«, erkundigte er sich freundlich und fragte seinen Nebenmann: »Kennst du einen Hauptkommissar?«

»Na welcher wohl?«, sagte ich. »Bondt natürlich.«

»Bond?« Der dicke Kollege am Steuer zuckte mit den Schultern. »Doch nicht etwa James Bond?« Er wieherte. »Da geht mir aber der Arsch auf Grundeis.«

»Und dem gehört das Theatercafé?«, staunte der andere. »Das is' ja 'n Ding.«

Ich betätigte die Türklinke. Sie war verschlossen. »Was wird hier eigentlich gespielt?«

»Der Boss möchte mit Ihnen reden.«

»Welcher Boss?«

»Na, wer denn wohl?« Nun prustete der Jüngere los. »Dschingis Khan natürlich.«

Wir verließen die Autobahn über die erste Abfahrt in Richtung Senden. Nach ein paar Kilometern Landstraße erreichten wir ein hässliches Industriegebiet. Abrupt war Schluss mit den Äckern und Weiden, auf denen Kühe grasten. Wir passierten Möbelwelten, Teppichparadiese und Sanitär-Eldorados, die wie Trutzburgen inmitten weitläufiger Parkplätze aufragten. Unzählige mit Zollstöcken bewaffnete Kunden bepackten ihre Kleinwagen mit sperrigen Möbeln, während andere in aller Eile Bratwürste in sich hineinstopften. Wir umkurvten eine Autoschlange, die sich vor einer der vielen Warenausgaben gebildet hatte, bogen hinter einer Tankstelle rechts in eine Privatstraße ein. Bald hatten wir die Einkaufshektik hinter uns gelassen und durchquerten einen kleinen Wald und einen parkähnlichen Garten. Nach circa zwei Kilometern stoppte der Wagen auf einer Kiesauffahrt.

Der mit dem Pferdeschwanz stieg aus und öffnete meine Tür wie ein vollendeter Chauffeur. »Wenn Sie uns bitte folgen würden …«

Wir standen vor einer Villa, die nicht in diese Gegend passte. Sie war ganz und gar im italienischen Stil gebaut, weiß verputzt mit filigranen Fensterläden aus hellem Holz. Dem Erdgeschoss war ein Säulengang vorgelagert, den wilder Wein überwucherte. Im Obergeschoss zählte ich allein drei große Balkone mit römischen Amphoren, die als Blumentöpfe dienten.

Wir durchquerten einen großen Garten und betraten eine Terrasse mit blitzsauberen cremefarbenen Fliesen, die sich an einen großen Swimmingpool schmiegte. Wenn man sich auf eine der Holzliegen flezte, unter einen Sonnenschirm in den italienischen Landesfarben grün, weiß und rot, konnte man sich zweifellos der Illusion hingeben, dass nicht weit entfernt, dort wo sich in Wirklichkeit Menschenmassen durch die Möbelabteilungen drängten, das Meer auf einen endlosen weißen Strand rollte.

Innen hatte sich die Liebe zum römischen Detail leider nicht ungestört durchsetzen können. Es herrschte ein stilistisches Chaos aus rustikalem münsterländischem Mobiliar und mediterraner Terrakottakultur. Bereits in der weitläufigen Diele mussten sich zwei etruskische Vasen ein und dieselbe Wand mit einem Hirschgeweih und einem deftigen Blumengebinde teilen.

Wir traten in einen mit hellem Parkett ausgelegten ovalen Raum, in dessen Mitte sich ein riesiger runder Tisch aus massivem Holz befand. Darüber baumelte ein tonnenschwerer Kronleuchter, der einer Sklavenhaltervilla der amerikanischen Südstaaten entstammen konnte. An den Wänden hingen großflächige Gemälde mit abstrakten Klecksereien.

»Und wie geht's jetzt weiter?«, fragte ich. Meine Stimme hallte ein wenig.

Eine der zahlreichen Türen öffnete sich. Ein Mann betrat den Raum, der sich ein schwarzes Badetuch um seinen beachtlichen nackten Bauch gebunden hatte. Er war nicht besonders groß, fast einen Kopf kleiner als ich. In der Hand hielt er ein rotes Handtuch, mit dem er sich sein Gesicht abtrocknete. »Ich wollte Sie nicht warten lassen«, sagte er, während er auf mich zukam. »Aber baden ist meine Leidenschaft. Dabei kann ich am besten nachdenken.«

Der Spalt, den die angelehnte Tür hinterließ, gab den Blick auf einen Whirlpool frei.

»Mein Name ist Calderoni«, sagte der dicke Mann und reichte mir eine weiche, badewasserwarme Hand. »Nennen Sie mich Giuseppe. Es freut mich, dass Sie meiner Einladung gefolgt sind.«

»Ich nehme es als gutes Zeichen, dass Sie von Einladung sprechen«, entgegnete ich. »Andere hätten es wahrscheinlich Kidnapping genannt.«

Calderoni trat einen Schritt zurück und richtete seinen Zeigefinger auf mich. »Sehr schlagfertig«, freute er sich. »So etwas mag ich.« Noch während das Grinsen auf seinem runden Gesicht blühte, wurde mir klar, wieso Kittel ihn für einen Möchtegernpaten hielt: Der Mann erinnerte an Edward G. Robinson in einer seiner Rollen als Unterweltboss, der sich frisieren, maniküren oder massieren ließ, während er mit seinen Gegnern verhandelte, Untergebene maßregelte oder Morde in Auftrag gab. Allerdings fand ich, dass Giuseppes südländischer Akzent sehr überzeugend war.

»Sie sind Italiener?«, erkundigte ich mich.

»Nur zur Hälfte. Meine Mutter stammt aus Neapel und mein Vater aus Amelsbüren. Ich bin ein Kind zweier Kulturen. Die Hitze Süditaliens und der Nieselregen des Münsterlandes vereinigen sich hier drin.«

Ich bekam nicht mit, wo ›drin‹ er meinte, weil mein Blick von einer Bewegung abgelenkt wurde, die ich durch den schmalen Türspalt zum Badezimmer wahrnahm. Für den Bruchteil eines Augenblicks hatten meine Augen den nackten Körper einer Frau erhaschen können, die dem Whirlpool entstieg.

»Ich hoffe, Sie empfinden es nicht als unverschämt, wenn

ich mich nach dem Grund Ihrer – Einladung erkundige«, sagte ich.

»Nein, ganz und gar nicht. Möchten Sie etwas trinken?«

»Gern, wenn wir vorher zum Grund meines Besuchs kommen könnten.«

Auf ein Handzeichen Calderonis hin eilte der Dicke, der den Wagen gefahren hatte, mit einem seidenen Morgenmantel herbei. Der Boss drückte ihm das rote Handtuch in die Hand und hielt ihm die Schultern hin, um sich den Mantel umlegen zu lassen. »Sie sind ein Freund meines Freundes«, sagte er. »Sehen Sie, Herr Voss, für mich sind die Freunde meiner Freunde mehr als nur Freunde von Freunden. Sie sind wie meine eigenen Freunde.«

»Nun, das bedeutet aber doch nicht, dass die Partner von Leuten, die für Sie arbeiten, Leute sind, die auch für Sie arbeiten.«

»Sie scherzen. Das imponiert mir.« Sein Grinsen reichte vom einen Ohr zum anderen. »*Scusi,* Herr Voss, wenn meine Mitarbeiter es an guten Manieren haben fehlen lassen. Aber da der gute Bernardo gestern erwähnte, dass Sie sich im Fall Papic engagieren, dachte ich, dass es nicht schaden könnte, wenn wir uns mal zusammensetzen.«

Das war es also! Kittel, der seinen Mund nicht hatte halten können, hatte mir diesen unfreiwilligen Abstecher in die Provinz eingebrockt.

Die Frau trat aus dem Badezimmer. Es war Aurora Daponte. Sie hatte ein Handtuch um ihr Haar gewickelt und sich in ein gelbes Kleid gezwängt, das über ein für ihren Geschmack recht sparsames Dekolletee verfügte. Während sie zu Calderoni trat und sich mit dem Rücken sanft an ihn schmiegte, bedachte sie mich mit einem begrüßenden Nicken.

»Hallo«, sagte ich.

»Sie kennen sich bereits?«, wunderte sich Calderoni. Eine winzige Portion Misstrauen schwang in seiner leutseligen Stimme mit.

»Und wie«, antwortete ich und imitierte sein Grinsen. »Sie müssen verstehen, die Geliebten meiner Freunde sind nämlich auch meine Geliebten.«

Ich täuschte mich nicht: Seine Kinnlade sackte ein wenig ab. »Das war nur ein Scherz«, beschwichtigte ich ihn. »So etwas imponiert Ihnen doch.«

Aurora sagte nichts. Sie schmiegte sich nur.

»Dieser Frau«, erklärte Calderoni leise, während er sie sanft kraulte, »verdanke ich nicht nur, dass mein Leben wieder einen Sinn hat. Sie hat mir außerdem die Augen geöffnet.«

»Wofür?«

»Für die Einsicht, dass man niemals aufgeben soll. Und sich schon gar nicht von irgendwelchen Dummschwätzern dreinreden lassen darf.«

Einer seiner Angestellten balancierte ein Tablett mit Drinks herein, die nach Fruchtsaft mit Alkohol aussahen. Bunt, mit einer Zitronenscheibe verziert und nicht gerade mein Fall. Aus Höflichkeit nahm ich trotzdem einen.

Auch Aurora griff nach einem Glas, aber ihr Gebieter hielt ihre Hand zurück.

»Nun warte doch, mein Engel«, hauchte er. »Wolltest du dir nicht erst das Haar machen?«

Aurora gab einen Laut von sich, der an das Schnurren einer Katze erinnerte. Sie winkte mir zu und entschwand lautlos in Richtung Bad.

»Ich verstehe nicht viel von Literatur«, sagte Calderoni, während er mir zuprostete. »Aber ich verstehe etwas von Aurora. Als ich sie kennen lernte, stand sie für diese – Filme vor der Kamera. Das hast du nicht nötig, habe ich ihr gesagt. Du kannst viel mehr als das. Sie glaubte mir nicht, aber ich gab keine Ruhe. Na bitte: Inzwischen weiß auch Aurora, dass ihre Zukunft nicht im Pornogeschäft liegt.« Er trat zu einer Kommode, nahm einen Stapel Blätter und wedelte damit. »Das wird ihre erste wirkliche Rolle. Und sie wird ein Knaller.«

Er reichte mir den Stapel. Es war ein Manuskript. *Agamemnons Tod. Von Lars Lilienthal.*

»Behalten Sie es, wenn Sie wollen. Ich habe noch mehr Kopien davon.«

»Sind Sie sicher, dass Aurora in dieser Produktion mitwirken soll?«, fragte ich skeptisch. »So, wie ich es verstanden habe, ist sie doch längst abgeschlossen.«

»Lilienthal«, erklärte Calderoni sanft, »ist der Freund eines Freundes von mir.« Er lächelte. »Und der Freund eines Freundes ...«

»Ist auch Ihr Freund, ich verstehe.«

»Ich schickte sie zum Sprechunterricht«, nahm er seinen Gedanken von vorhin wieder auf. »Vergessen Sie's, hat der Lehrer gesagt. Bringen Sie ihr erst mal das Lesen ordentlich bei, das Sprechen kommt viel später.« Der Mann im Bademantel grinste bitter. »Also habe ich ihn gefeuert und drei Gutachter bezahlt. Es wäre den Versucht wert, meinten die. Schon besser, aber noch nicht gut genug. Und jetzt schreibt sie eine Serie zusammen mit dem berühmten Lars Lilienthal. Was sagen Sie dazu?«

»Dass Sie offenbar Großes mit ihr vorhaben.«

»Davon können Sie ausgehen, Voss. Du hast mir geholfen, habe ich ihr gesagt, als ich da unten war, und jetzt bin ich dran. Ich werde dafür sorgen, dass die Leute dich anhimmeln, ohne dass du dich vor laufender Kamera vögeln lassen musst.«

Ich nippte an meinem Drink und stellte ihn auf dem Holztisch ab. »Ich frage mich immer noch, weshalb ich hier bin.«

»Herr Voss ...« Calderoni breitete die Arme aus, als wollte er mich umarmen. »Wenn Sie sich mit diesem hässlichen Mordfall befassen, möchte ich, dass Sie sich hin und wieder meine Sicht der Dinge vor Augen halten.« Die Arme kamen wieder zusammen, die Hände umfassten und drückten einander, als hätten sie sich lange nicht gesehen. »Bevor ich Sie nach Hause fahren lasse, möchte ich Ihnen gern etwas zeigen. Es dauert nicht lange.«

Ein paar Minuten ließ mich der Hausherr allein, die ich und seine Leibwächter damit verbrachten, uns nicht anzugucken. Als Calderoni wieder erschien, sah er aus wie aus dem Ei gepellt. Weißes Hemd, Anzug, Krawatte. Und eine dicke Zigarre im Mundwinkel.

Zum zweiten Mal nahm ich auf dem weichen Rücksitz des weißen BMW Platz, aber dieses Mal begleitete mich der Boss persönlich. Er ließ sich von seinem Fahrer Feuer geben und hüllte den Fond seiner Luxuslimousine in dichten Qualm. Sein Al-Capone-Gehabe war übertrieben und lächerlich.

Im Schritttempo durchquerten wir das Möbelviertel Bösensells und hielten vor dem klotzigsten Betongebäude. *Calderonis Möbelwelt* stand in Riesenbuchstaben auf der grauen Fassade.

Er sagte nichts, sah mich aber herausfordernd an. Offenbar erwartete er eine anerkennende Äußerung.

»Das ist also Ihr Laden«, sagte ich, höflich staunend.

Er nickte. »Wussten Sie, dass die Menschen diesen Ort Möbelsell nennen? Viele glauben, das sei ein reiner Spottname, aber es schwingt Bewunderung darin. Möbel prägten das Leben der Menschen hier seit Jahrzehnten, so wie der Bergbau das der Einwohner von Bochum-Wattenscheid geprägt hat oder der Walfang das der Menschen auf den Lofoten. Eines Tages ist es Zeit, eine neue Ära einzuläuten.«

Auf ein Zeichen Calderonis gab der Fahrer Gas. Wir verließen den Möbeltempelbezirk. Die Bebauung endete und begann wieder.

Wir befanden uns auf einem riesigen Terrain aus vermessenen Grundstücken, ausgehobenen Baugruben und Rohbauten. Eine ganze Kolonne Lastwagen kam uns entgegen, mehr als fünf Kräne ließen ihre Arme über das Areal gleiten und nicht weit weg wütete ein Bulldozer.

»Was passiert denn hier?«, fragte ich.

Der Möbelboss stieg aus dem Wagen und bedeutete mir, ihm zu folgen. »Ich weiß, dass Aurora das Zeug zu etwas Großem hat«, sagte er, als ich neben ihn getreten war. »Nicht dieses Mal vielleicht, aber ganz gewiss wird sie eines Tages einen Preis gewinnen. Nur darauf kommt es an.«

»Auf den Preis?«

»Auf das Wissen. Darauf, dass ich an sie glaube. Die arroganten Typen vom Rundfunk waren sich zu schade, ihre Ideen auch nur zur Kenntnis zu nehmen. Aber wir brauchen sie nicht. Sie brauchen vielmehr mich.« Calderoni ließ seinen Arm feierlich über die Baustelle schweifen. »Deswegen.«

Er stand da wie ein Haziendabesitzer, der sein endloses Weidegebiet inspizierte. »Hier entstehen Hörspielstudios«, verkündete er, »in einer Größenordnung, in der die Rundfunkbosse nicht einmal zu träumen wagen. Was das Hörspiel angeht, wird man Ohrensell eines Tages mit Hollywood vergleichen.«

»Ohrensell?«, wiederholte ich ungläubig.

»Oder wie immer man es dann nennen mag.« Mein Gastgeber kniff plötzlich die Augen zusammen, etwas schien seine Aufmerksamkeit auf sich zu ziehen. Im nächsten Augenblick ließ er mich stehen und nahm mit großen Schritten Kurs auf einen der Rohbauten, den nächsten, von uns aus gesehen. »Das darf doch wohl nicht wahr sein …«

Wieselflink rannte der kleine Mann einen provisorischen Weg aus Holzplanken entlang, setzte über eine Grube und überwand einen Bauzaun. Dann verschwand er hinter dem Gebäude.

Ich konnte ihm nur langsam folgen und glaubte schon, ihn aus den Augen verloren zu haben, da sah ich ihn plötzlich wieder. Mit in die Hüften gestemmten Fäusten stand er da und starrte auf die Fassade seines künftigen Studios.

BLUT IST EIN GANZ BESONDERER LEIM!, hatte jemand mit grellgelber Farbe darauf gesprüht. Jeder Buchstabe war mindestens einen Meter hoch.

»Wer hat das denn fertig gebracht?«, fragte ich neugierig. »Die müssen ja einen ganzen Lastwagen voller Sprühdosen dabeigehabt haben.«

Calderoni schnaufte wütend. »Gangster! Schwedenlümmel! Na wartet ...!«

Unter den großen Buchstaben bemerkte ich eine Art Emblem, das mithilfe einer Schablone aufgesprüht worden war. Ich erkannte ein Möbelstück, das wie ein Vitrinenschrank aussah. Darin steckte eine mächtige Axt. *WAF* stand darunter.

»WAF«, las ich. »Seit wann unterschreiben Täter mit ihrem Autokennzeichen?«

»Der Kerl hat behauptet, er habe die Sache im Griff«, schimpfte Calderoni, ohne meine Frage zu beachten. »Er hat gesagt, ich soll mir keine Sorgen machen. Das Problem sei vom Tisch. Blödsinn! Nichts ist vom Tisch!«

»Welcher Kerl?«

»Sie nennen sich WAF. Westfälische Antipressholzfraktion. Nur eine kleine Gruppe von Wirrköpfen, behauptet jedenfalls Ihr Herr Partner. Wirrköpfe!« Calderoni lachte böse. »Und jetzt sehen Sie sich das an.« Er spuckte aus. Dann machte er kopfschüttelnd kehrt und trat den Rückweg zu seiner Limousine an, wo seine beiden Angestellten schon nach ihm Ausschau hielten.

»Sie glauben also nicht an Wirrköpfe?«, fragte ich, während ich neben ihm herlief.

»Quatsch!« Calderoni war immer noch auf hundertachtzig. »Das habe ich auch Ihrem Herrn Partner gesagt: Profis sind das, keine Wirrköpfe. Logisch, sie wollen sich hier breit machen, weil sie den Braten gerochen haben. Sie haben mir schon Drohbriefe geschrieben. Unterschrift: Karlsson vom Dach.«

»Wer ist denn das?«

»Wer das ist, interessiert mich nicht, aber Karlsson ist ein Schwede! Die schrecken vor nichts zurück, um die Möbelbranche weltweit unter ihre Kontrolle zu bekommen. Aber davon wollte der Herr Privatdetektiv nichts hören. Er schien das sogar komisch zu finden.«

»Tja, wissen Sie, manchmal schaltet Kittel etwas langsam.« Ich erkannte die Chance, es meinem Herrn Partner heimzuzahlen. »Das mag daran liegen, dass er immer so spät aufsteht. Frühstück bis mittags und danach ein Nickerchen. Die Sorte kennen Sie bestimmt.« Ich klopfte ihm auf die Schulter. »Überlassen Sie das nur mir, Giuseppe. Ich werde schon dafür sorgen, dass der gute Bernie spurt.«

Auf der Rückfahrt nach Münster dachte ich immer wieder an den roten Sportwagen. Nichts gegen meinen Partner, aber Kittel so einen Flitzer zu überlassen, bedeutete, Perlen vor die Säue zu werfen. Ich musste es nur richtig anstellen, dann würde der dicke Giuseppe mir gegenüber bestimmt noch großzügiger sein. Alles in allem war er nämlich kein schlechter Kerl.

Ich träumte noch, als ich die Wohnung betrat. Dann klingelte das Telefon in meinem Büro.

»Voss«, sagte ich in den Hörer.

»Du, hier ist Tamara.«

»Tamara?« Ich kannte keine Frau mit diesem Namen. »Ich wüsste nicht, woher, ehm …«

»Das Seminar. Du, wir warten jetzt schon seit zehn Minuten und fragen uns, ob du noch kommst.«

Das hatte ich völlig vergessen! Hastig legte ich auf und machte auf dem Absatz kehrt, als das Telefon erneut klingelte.

»Hab leider im Stau gesteckt«, entschuldigte ich mich.

»Hier ist Frankenstein«, sagte eine traurige Stimme. »Haben Sie schon etwas herausgefunden?«

»Nicht jetzt«, bat ich. »Ich bin in Eile.«

»Wann dann?«

»Heute Abend bestimmt«, versprach ich. »Dann treffe ich Lars Lilienthal auf einer Schreibung. Ich rufe Sie an.« Ich legte auf.

Glücklicherweise war die Evangelische Studentengemeinde nur wenige Minuten von unserer Wohnung entfernt.

Ein paar weitere Minuten irrte ich durch kahle Flure mit Linoleumfußboden, bis ich eher zufällig den Seminarraum fand.

Draußen auf dem Flur traf ich einen jungen Mann in fleckigen Jeans, der eine Zigarette rauchte.

»Hallo«, sagte ich.

»Tag, ich bin Udo«, nuschelte er.

»Voss«, sagte ich.

Er machte große Augen. »Du bist also der Detektiv?«

Wir gingen hinein. Der Raum hatte den gleichen Fußboden wie der Flur und machte auch sonst keinen einladenden Eindruck. Bis auf ein paar hässliche Tische und Stühle, die wild durcheinander standen, war er fast leer. Hier und da saßen einzelne Leute an den Tischen.

Tamara entpuppte sich als gut aussehende Theologiestudentin, um deren schlanken Hals ein goldenes Kettchen mit einem kleinen Kreuz baumelte. Aus irgendeinem Grund schien sie sich für den Fortgang der Veranstaltung verantwortlich zu fühlen. Mit ihr und Udo waren es nur schlappe vier Teilnehmer. Ich schlug vor, zu warten, ob noch mehr kämen, aber gewartet hatten sie ja schon.

Ohne sich um mein Einverständnis zu kümmern, setzten sich die vier in einem Stuhlkreis zusammen und bildeten eine Runde, in der jeder sagen sollte, wer er war und was er sich von dem Wochenende erwartete.

Außer der Theologin war da noch Imke, eine spindeldürre bürstenhaarige Politologiestudentin, die jede Form der Investigation, also auch die des Privatdetektivs, per se für subversiv und damit für antikonformistisch hielt. Torsten Kelzenberg war ein schon leicht ergrauter Anfangvierziger, der sich selbst als ewiger Student bezeichnete, weil er offen für alles sei, und schließlich gab es noch Udo, den Raucher. Er habe lange als Bademeister gearbeitet, erklärte er, aber zurzeit sei er ohne Job. Das Arbeitsamt habe das Seminar als Fortbildungsmaßnahme eingestuft und damit gedroht, ihm das Arbeitslosengeld zu sperren, wenn er nicht teilnähme.

»Irgendwie finde ich das echt schofel, wenn du nicht aus Interesse hier bist«, mäkelte Imke.

»Na gut, dann bin ich eben aus Interesse hier«, kam ihr Udo entgegen.

Imke fühlte sich nicht ernst genommen, aber Tamara schlichtete souverän, indem sie zunächst an Imkes Solidarität mit den Arbeitslosen appellierte und dann mich bat, mit der Veranstaltung zu beginnen.

Während der folgenden zehn Minuten erzählte ich ungeschminkt vom harten Leben eines Privatdetektivs und legte Wert auf die Feststellung, dass der Job lange nicht so spannend sei, wie manche sich das vorstellten. Leider fanden meine Zuhörer solche Fakten auch nicht spannend. Imke initiierte ein Brainstorming über gängige Detektivbilder und Tamara notierte begeistert jeden noch so schwachsinnigen Geistesblitz auf einem plakatgroßen Karton, den sie bald darauf an die Wand pinnte. Fazit: Während amerikanische Detektive hauptsächlich Alkohol trinken und sich von Mafiabossen zusammenschlagen lassen, sind europäische meist weibliche Singles, sehen gut aus und haben ein Verhältnis mit ihrer Katze.

Torsten hob die Hand. »Wissen Sie, ich fände es schöner, wenn Sie uns etwas über Mordfälle erzählten.«

»Mordfälle? Damit beschäftigt sich die Kripo.«

»Und wenn nicht?«

»Was soll das heißen, ›wenn nicht‹?« Irgendetwas war seltsam an dem Kerl, aber ich konnte nicht so recht sagen, was.

»Nehmen wir mal an, der Papst würde ermordet«, sagte er.

»Wie kommen Sie ausgerechnet auf den?«, erkundigte ich mich.

»Nur ein Beispiel.« Sein Mundwinkel zuckte. »Wen würden Sie verdächtigen? Sie würden sich fragen, wer von dem Mord profitiert, nicht wahr?«

»Der CIA zum Beispiel«, schlug Imke vor.

»Ich frage mich«, gab ich zugeknöpft zurück, »warum ich hier stehe, wenn Sie doch alles besser wissen als ich.«

Es war die Zuckerei, die mich an dem ewigen Studenten nervte. War es ein zwanghafter Krampf oder eine viel sagende Geste, um mich auf etwas hinzuweisen? Ich versuchte, nicht hinzusehen.

»Manchmal haben Sie es auch mit einem nützlichen Idioten zu tun«, fuhr Kelzenberg fort und zuckte viel sagend.

»Einem was?«

»Jemandem, der glaubt, von der Tat zu profitieren. Aber in Wirklichkeit sind es andere.«

»Wer?«

»Hintermänner. Drahtzieher. So was in der Art. Leute, die sich ihre Hände nicht schmutzig machen wollen. Sie wissen schon, wen ich meine.«

»Nein, weiß ich nicht.«

»Der CIA«, wiederholte Imke monoton.

Torsten lächelte verkrampft. »Sehen Sie, Herr Voss. Wenn Sie nichts davon wissen, dann können Sie ganz schnell selbst einer werden.«

»Was denn?«

»Ein nützlicher Idiot.« Er zuckte, was das Zeug hielt. »Darüber sollten wir uns mal unterhalten.«

Ich schüttelte den Kopf. »Ich finde, wir sollten uns nicht verzetteln.«

»Du, könnten wir nicht einen Mordfall durchnehmen?«, begeisterte sich auch Tamara. »So wie du das rüberbringst, ist es bestimmt superspannend.«

»Wir sind nicht in der Schule«, entgegnete ich barsch, »also nehmen wir auch nichts durch.«

Udo drehte sich eine Zigarette. »Sie müssten mir dann noch bestätigen, dass ich teilgenommen habe.«

»Die Frage, wer dahinter steckt, ist meistens die entscheidende«, versicherte Imke fachmännisch.

»Für das Arbeitsamt sind andere Fragen wichtiger«, widersprach Udo.

Ich fand mich endlich damit ab, dass auch ein bescheidenes Honorar nicht immer leicht zu verdienen war, und machte den Vorschlag, einen hinlänglich bekannten Mordfall durchzuexerzieren. Daraufhin zerstritten sich die vier Kursteilnehmer in eine Marilyn-Monroe-Fraktion und eine W.-A.-Mozart-Fraktion. Tamara schlug vor, den Kurs zu teilen, sodass jeder auf seine Kosten kommen konnte.

»Also gut«, stöhnte ich, »dann eben keiner von beiden.« Ich zog das Skript aus der Tasche, das Calderoni mir überlassen hatte, und warf es auf einen der Tische. »*Agamemnons Tod.* War es Mord oder nicht? Selbstmord vielleicht oder ein tragischer Unfall? Findet es heraus.«

Tamaras Augen leuchteten. »Okay«, sagte sie und griff nach den Blättern. »Ich werde das sofort für alle kopieren.«

7

Lars Lilienthal schreibt. 20.00 Uhr Hotel Westfälischer Friede, *großer Kongresssaal. Karten an der Abendkasse,* stand schwarz auf weiß auf einem schlichten Plakat. Darunter war ein Pfeil gemalt, dem man folgen sollte.

Als ich eintraf, hatte die Veranstaltung schon begonnen. Trotzdem ließ man mich noch ein.

Lilienthal war ein dünner Mann mit langen Gliedmaßen. Seine Finger waren wie Spinnenbeine und die Nase ragte hornartig aus dem schmalen Künstlergesicht. Um den runden Mund erstreckte sich eine flaumige Bartlandschaft, wodurch diese Gesichtspartie an das Hinterteil eines Rehs erinnerte.

Obwohl ich so spät war, ergatterte ich noch einen Platz in der dritten Reihe.

Lange Zeit geschah nicht viel. Der Autor schrieb. Man hörte Räuspern im Saal, Hüsteln und das monotone Tappern einer Computertastatur. Man hätte die Stimmung als andächtig bezeichnen können, wenn nicht irgendwo hinter mir ein penetrant knurrender Magen alles zunichte gemacht hätte. Ein Mann vor mir bohrte ungehemmt in der Nase. Das Räuspern geisterte stetig wie ein Wanderecho durch das Publikum und irgendwann fing auch ich damit an. Nach einer Ewigkeit rückten Stühle hinter mir. Der Zuhörer mit dem knurrenden Magen gab auf und verließ den Saal, weil ihm die Gluckserei in aller Öffentlichkeit wohl peinlich war. Kurz darauf verebbte das Klappern der Tastatur.

Verhaltener Applaus brandete auf.

Die Schreibung war zu Ende. Vor dem allgemeinen Aufbruch bekam das Publikum allerdings Gelegenheit, Fragen zu stellen. So wollte man wissen, wie viele Worte der Autor am Tag so zu Papier bringe und ob es bestimmte Buchstaben gäbe, die er bevorzuge. Lilienthals leisen, wenn auch ausschweifenden Antworten mündeten in ein flammendes Plädoyer gegen die Überschwemmung unseres Alltages mit billigen Reizen durch die triviale Fernsehkultur. Wie er auf seine Ideen komme, wollte die Dame neben mir wissen. Der Autor machte ein zerknirschtes Gesicht und gab an, tagelang mit einer Idee schwanger zu gehen. Manchmal wochenlang. Nach dem Gesichtsausdruck zu urteilen, hatte man sich das durchaus als schmerzhaften Prozess vorzustellen. Aus Anteilnahme folgten gleich mehrere Fragen zu diesem Thema, worauf Lilienthal versprach, bei der nächsten Schreibung live mit einer Idee schwanger zu gehen. Für alle Interessierten fände dies schon übermorgen im Bürgerhaus Kinderhaus und einen Tag später im Fachwerk Gievenbeck statt.

Noch einmal gab es Applaus. Der Autor verbeugte sich bescheiden, dann zündete er sich einen Zigarillo an und ließ sich an einem Tisch neben der Bühne nieder, um CDs zu signieren.

Ich kaufte eine Agamemnon-CD und reihte mich in die Schlange ein.

»Welchen Namen darf ich schreiben?«, erkundigte sich Lilienthal, als ich dran war.

»Schreiben Sie, ›für meinen Busenfreund, den großen Lars Lilienthal‹.«

Der Autor legte den Kopf schief. »Soll das ein Witz sein?«, fragte er misstrauisch.

»Und als Unterschrift schreiben Sie: ›von Giuseppe‹«, vollendete ich meinen Vorschlag und schubste die CD mit dem Finger in seine Richtung. »Die dürfen Sie dann behalten.«

Ich winkte zum Abschied, begab mich in die *Relaxing Zone* und wartete bei einem Kaffee auf eine Reaktion des Autors.

»Sieh mal an, der Herr Bulle«, sagte jemand neben mir. Eine junge Frau mit einem grünen Bürstenkopf. Es war die Hörspielschaffende, deren Bekanntschaft ich am Mordtag im Foyer gemacht hatte.

»Nicht Bulle«, korrigierte ich. »Schnüffler.«

»Gibt es da etwa einen Unterschied?«

»Und Sie sind Ohrenkünstlerin, soweit ich mich erinnere?«

»Hörspielmacherin.«

»Gibt es da einen Unterschied?«

»Nicht für einen Opa wie Sie. Wir sind eine Gruppe junger Künstlerinnen, die sich zum Ziel gesetzt haben, neuen Wind in die Bude zu lassen und die alten, wurmstichigen Möbel ein für alle Mal rauszuschmeißen.«

»Möbel?« Ich wurde hellhörig. »Haben Sie etwas damit zu tun?«

»Das war nur ein Bild.« Die Grünhaarige verzog genervt das Gesicht. »Dafür, dass wir neue Wege gehen.«

»Verstehe. So wie Carola Dutschke?«

»Dutschke.« Die Grüne schmatzte abfällig. »Kettenrauchen allein macht noch kein Genie. Die Frau ist Spießerin vom Scheitel bis zu Sohle.« Sie nippte an ihrer Cola. »Haben Sie schon herausgefunden, wer der Mörder ist?«

»Noch nicht.«

»Eigentlich schade.« Ihr mürrisches Gesicht bekam einen schwärmerischen Ausdruck. »Dieser Mord wäre der ideale Stoff für ein Hörspiel.«

»Warum greifen Sie ihn dann nicht auf?«

»Aufgreifen«, seufzte sie angeekelt. »Das hat man vielleicht zu Ihrer Zeit getan. Heutzutage greift man nicht mehr auf. Man ist zur Stelle.«

»Sie meinen live?«

»Genau das. Am Tatort sozusagen.«

»Halten Sie es für möglich, dass eine Produktion hinter dem Mord steht?«

»Eine Produktion?«

»Kennen Sie den Film *Snuff*? Der handelt von Leuten, die zur Stelle waren. Vielleicht wurde Papic umgebracht und jemand hat ihm das Mikro hingehalten, als er seinen letzten Atemzug tat. Könnte doch sein.«

»Und wenn?« Die Frau grinste säuerlich. »Was würde Sie mehr schockieren? Dass es sein letzter Atemzug war oder die Art, wie er ihn tat? Nackt, ans Bett gefesselt, mit einem weißen Büstenhalter um den dunkelroten Hals?«

»Das war nicht meine Frage. Gibt es eine solche Aufnahme?«

Sie zuckte mit den Schultern. »Wäre doch geil, oder?«

In diesem Moment näherte sich Lilienthal. Mit finsterem Gesicht kam der dünne Mann geradewegs auf mich zugestampft, als sei er wild entschlossen, mich ungeachtet seiner eher mückenhaften Figur umzurennen. Im letzten Moment drehte er bei und landete am Nebentisch.

»Da bist du ja endlich«, motzte meine Tischnachbarin.

Lilienthal warf mir einen finsteren Blick zu. »Was wollen Sie von Melissa?«, schimpfte er. »Lassen Sie wenigstens sie aus dem Spiel, ja?«

»Aus welchem Spiel?«

»Jetzt tun Sie bloß nicht so.«

»Henk Voss«, stellte ich mich vor. »Privatdetektiv. Ich hätte nur die eine oder andere Frage.«

»Privatdetektiv! Das ist ja bizarr.« Unerwarteterweise entspannte sich sein Gesichtsausdruck und sein Ärger verpuffte. »Wieso nicht?«, sagte er aufgeräumt und setzte sich zu uns. Er deutete auf das Mädchen. »Das ist Melissa von Braun, meine Lebensgefährtin.«

»Wir haben schon ein wenig geplaudert«, sagte ich.

»Darf ich Sie zu etwas einladen?«

»Gern«, sagte ich und bestellte noch einen Kaffee.

»Also, was kann ich für Sie tun, Herr Voss?«, flötete Lilienthal. Er musste ein Faible für Privatdetektive haben.

»Gerrit Maybach macht sich Sorgen um Sie. Sie erzählte, dass man Ihnen eine tote Maus geschickt hat.«

»Nicht tot, sondern aus Stoff.« Lilienthal lächelte. »Ein Geschenk einer alten Freundin. Nicht besonders geschmackvoll.«

»Frau Maybach sagte, sie hätten es kurz darauf weggeworfen.«

»Nun ...« Lilienthal lächelte müde. »Ich behaupte nicht, dass es sich um eine gute Freundin handelt. Nichts gegen Gerrit Maybach, aber sie ist Expertin im Sich-Sorgen-um-jemanden-machen.« Er stützte die Ellenbogen auf den Tisch und massierte mit seinen Spinnenfingern die Stirn. Mit der anderen Hand winkte er wie eine Majestät, die einen Kammerdiener entlässt. »Haben Sie sonst noch Fragen?«

»Wie standen Sie zu Herrn Papic?«

»Er war ein guter Freund. Das, was man einen Weggefährten nennen würde.« Lilienthal nickte bestürzt. »Sie können sich vorstellen, wie sehr mich sein Tod getroffen hat.«

»Sagt Ihnen *Das Licht am Ende des Tunnels* etwas?«

»Was soll das sein?«

»Der Titel eines Manuskriptes, an dem er offenbar schrieb.

Oder haben Sie schon einmal etwas über eine Rechenstudie gehört?«

»Rechenstudie? Meinen Sie eine Steuererklärung, oder was?«

»Etwas, das mit Papics Tod zu tun hat. Dass er davon gewusst hat und deshalb sterben musste. So in der Art.«

»Wie bizarr.« Der Autor schüttelte enttäuscht den Kopf. »Kümmern Sie sich etwa ernsthaft um solche wilden Spekulationen? Das ist doch das Gleiche wie dieses Gerede um die Real-Kassetten. Die Dinger sind genauso real wie das Monster von Loch Ness.«

»Etwas realer. Die Polizei hat in Papics Zimmer welche gefunden.«

»Ach, wirklich?« Lilienthal richtete sich plötzlich auf und klopfte mit der Handfläche sanft, aber bestimmt auf den Tisch. »Jedenfalls habe ich heute einiges zu tun und ...«

»Verstehe. Sie arbeiten an der neuen Produktion zusammen mit Aurora Daponte, nicht wahr?«

Lars Lilienthal hüstelte. Er bemühte sich um einen nichtssagenden Gesichtsausdruck, aber mir entging nicht, dass sich der Mund, der an einen Rehhintern erinnerte, vor Abscheu geradezu kräuselte. »Wer hat Ihnen denn das erzählt?«

»Herr Calderoni. An dieser Arbeit scheint sein Herz zu hängen.«

»Es handelt sich dabei um völlig unausgegorene Ideen, die ...«

»So wie ich Herrn Calderoni verstand, sind sie schon ziemlich ausgegoren. Setzt er Sie vielleicht unter Druck?«

Lilienthals Gesicht verfinsterte sich noch mehr. »Wie kommen Sie darauf, dass er mich unter Druck setzt?« Er lachte zischend auf. »Das ist bizarr, wirklich bizarr.«

»Mir war so, als hätte Ihr Gesicht deutlich an Farbe verloren, als ich seinen Namen erwähnte.«

»Giuseppe Calderoni ist ein Mann, der sich gern etwas in den Kopf setzt. Das macht ja auch seine Stärke aus. Aber

Möbel zu verkaufen und von Kunst etwas zu verstehen ist eben nicht das Gleiche.«

»Soll das heißen, Sie beabsichtigen nicht, mit dem Expornostar zusammenzuarbeiten?«

Lilienthal war aufgestanden. »Darüber, glauben Sie mir, ist noch rein gar nichts entschieden.«

»He!«, ertönte plötzlich hinter mir eine bekannte Stimme. »Ich habe mit Ihnen zu reden.«

Ich drehte mich zu Frankenstein um. »Einen Augenblick noch«, bat ich mir aus. »Ich sagte Ihnen doch, dass ich mich melden werde.«

In diesem Moment stieß Lilienthal mit ihm zusammen.

Frankenstein hatte, wie mir im selben Moment klar wurde, gar nicht mich gemeint und bei dem Zusammenstoß handelte es sich nicht um ein Versehen.

Der Autor wollte an ihm vorbei, aber der Hüne ließ ihn nicht. »Ich habe mit Ihnen zu reden«, wiederholte er mit einem drohenden Unterton.

»Ich aber nicht mit Ihnen.« So mutig diese Abfuhr war, Lilienthals Stimme zitterte. Und blasser war er auch geworden. »Lassen Sie mich endlich in Ruhe, verstanden?«

»In Ruhe?«, zischte Frankenstein. »Ganz im Gegenteil: Sie lassen sie in Ruhe!«

»Sie? Wen, zum Teufel, meinen Sie?« Lilienthal machte einen Schritt vor. »Was erlauben Sie sich …«

»Hilfe, Polizei!«, kreischte Melissa und sprang auf.

Frankensteins Riesenpranke langte vor und schnappte den zarten Schriftsteller. Sie packte ihn am Kragen seines Seidenhemdes und hob ihn scheinbar ohne Mühe hoch, bis Lilienthals Füße in der Luft baumelten. So was hatte ich bisher nur in Filmen gesehen.

»Frankenstein, lassen Sie doch den Mann los!«, fuhr ich den Großen an, da ich fürchtete, er könnte sein Opfer zerbröseln wie einen Schokoladenhasen. »Was soll denn der Unsinn?«

»Sie halten sich da raus, Voss.«

Lilienthal fiel der Zigarillo aus dem Mund. »Er hat aber Recht«, stimmte mir der Autor hysterisch zu.

»Du lässt deine spindeldürren Finger von ihr«, kommandierte Frankenstein.

»Hören Sie auf damit«, flehte der Autor. »Von mir aus können wir alles so machen, wie er will, sagen Sie das Ihrem Chef ...«

»Solltest du sie noch einmal angrapschen oder auch nur von hinten schief ansehen, dann ...«

Eine Traube Schaulustiger hatte sich inzwischen um uns gebildet. Sie bestand wahrscheinlich aus den Leuten, denen der Autor eben noch sein Werk signiert hatte, und die hielten den Auftritt des Muskelpaketes für eine weitere Veranstaltung im Rahmen der Hörkunsttage. Erst auf den zweiten Blick fiel auf, dass sich unter den Zuschauern in wachsender Anzahl Leute in grüner Uniform befanden. Sie arbeiteten sich in die erste Reihe vor, dann lösten sie sich aus der Masse und griffen routiniert zu.

Frankenstein ließ den Schriftsteller fallen und gab dem ersten Polizisten eine Ohrfeige, dass der sich mit einem Plumps auf den Boden setzte. Der zweite flog der Länge nach über den Nachbartisch und begrub eine Vorspeisenplatte und zwei Hörspielschaffende unter sich. Aber dann kamen die Grünen von allen Seiten. Der Riese wehrte sich wie ein verwundeter Bär gegen eine Meute Jagdhunde und demolierte einen Großteil der Einrichtung in der *Relaxing Zone.* Aber schließlich musste er sich der Übermacht geschlagen geben.

»Kennen Sie den Mann?«, fragte mich einer der Beamten schwer atmend, während der Riese von fünf seiner Kollegen abgeführt wurde.

Ich beschloss, Frankensteins Rat zu beherzigen und mich herauszuhalten. »Kennen wäre wohl zu viel gesagt. Er ist nur ein entfernter Klient von mir.«

»Aber natürlich kennen Sie ihn!«, rief Lilienthal schrill.

»Sein Name ist Frankenstein«, sagte ich.

»So, Frankenstein?« Der Beamte in Grün betupfte mit einem Papiertaschentuch eine hässliche Schramme auf seiner Stirn. »Ich an Ihrer Stelle«, wandte er sich drohend an mich, »würde mir blöde Scherze jeder Art verkneifen.«

»Er kennt ihn wirklich«, versicherte der Autor.

»Und Sie?«, gab ich zurück. »Was meinten Sie damit, dass Sie alles so machen würden, wie sein Chef es will?«

»Scheißbulle!«, motzte Melissa von Braun mich an. »Ihr seid doch alle gleich.«

»Kein Bulle«, verbesserte ich sie. »Privatdetektiv.«

»Ja, dann kommen Sie mal mit«, forderte der Polizeibeamte mich auf.

8

Frankenstein schien mit seiner Attacke den göttlichen Zorn heraufbeschworen zu haben. Aus dem Fenster des Streifenwagens sah ich schwarze Wolkenberge, die den Himmel mit ihrem ganzen Gewicht auf die Erde drückten. Der lauschige Frühlingsabend verwandelte sich binnen kurzer Zeit in etwas, das an einen Nachmittag im Advent erinnerte.

Auf dem Revier konnte die Angelegenheit, was mich anging, zwar sehr schnell geklärt werden. Aber merkwürdigerweise taten die Polizeibeamten weiterhin so, als hätte ich die ganze Prügelei eingefädelt und das nur, um mich über sie lustig zu machen. Sie ließen mich erst gehen, als es draußen wie aus Eimern schüttete.

Es war gar nicht so leicht, wieder nach Hause zu kommen. Zwar erwischte ich einen Bus, dafür verpasste ich aber die Haltestelle, die Kittels Wohnung direkt gegenüberlag. Also musste ich drei Straßen zurücklaufen. Nirgends traf ich ein lebendes Wesen. Die gesamte menschliche Rasse schien vor dem Wolkenbruch in Deckung gegangen zu sein. Hinter den erleuchteten Fenstern bemerkte ich einige Kinder, die das Unwetter, in das man nicht einmal einen Hund hinausjagen mochte, fasziniert beobachteten. Daumendicke Regentropfen fielen nicht, sondern hämmerten auf den Asphalt, als treibe sie irgendjemandes Wut dazu an. Der Lärm, den das Wasser machte, war ohrenbetäubend. Ich blinzelte, als ich vor der Haustür eine Gestalt ausmachte. Ich blinzelte nochmal und achtete nicht auf meinen Fuß, der prompt in eine knöcheltiefe Pfütze geriet. Fluchend humpelte ich die letzten Meter.

Durch den Regenschleier erahnte ich ein schlankes Geschöpf in einem grauen regenfarbenen Umhang, das unbeweglich vor der Haustür stand und tropfte. Ich erinnerte mich, als Kind von einem Regengespenst gelesen zu haben. Als ich an dem Geist vorbeihasten wollte, um das Haus zu betreten, sprach er mich an.

»Haben Sie einen Moment Zeit für mich?« Die Frau lüftete ihre überdimensionale Kapuze. »Ich hoffe, es ist nicht zu spät am Abend«, sagte Aurora Daponte.

Ich schob sie in den Hausflur. In meinen Schuhen stand Wasser. »Sie können froh sein, dass Sie Ihr Regenzeug dabeihaben«, sagte ich neidisch.

Aurora fuhr den Reißverschluss ihres Capes hinunter. Darunter kam ein Ausschnitt zum Vorschein, der nicht mehr enden wollte. Sie trug ein dünnes, sommerliches Kleid und sonst nichts weiter, was unschwer zu erkennen war, da das Kleid tropfnass war und am Körper klebte. »Der Regen hat mich mitten auf der Straße erwischt«, jammerte sie.

»Also gut, kommen Sie mit hinauf«, sagte ich.

Ich führte sie in mein Büro. Dann machte ich mich auf die Suche nach trockenen Socken. Aurora nahm inzwischen auf meinem Schreibtisch Platz.

»Was haben Sie auf dem Herzen?«, fragte ich.

»Ich wollte nur, dass Sie etwas wissen: Giuseppe ist ein wirklich guter Mensch.«

»Wenn Sie meinen«, sagte ich und gab die Suche auf. Es dauerte eine Weile, bis ich begriff, dass sie ihr Anliegen bereits losgeworden war.

»Es gibt nur wenige, über die man so etwas sagen kann«, bekräftigte sie.

»Um mir das mitzuteilen, haben Sie eine Ewigkeit im Regen ausgeharrt?«

»Er ist nicht so gefährlich, wie er tut. Sehen Sie, für Giuseppe ist es wie Theaterspielen. Er liebt die Capone-Nummer. Wenn sie ihm jemand abkauft, freut er sich wie ein Kind.«

»Alles war also nichts als Theater?«

»Nur deshalb hat er Ihnen gedroht. Nehmen Sie es nicht ernst.«

»Er hat mir doch gar nicht gedroht.«

Frau Daponte wirkte überrascht. »Nicht?«

»Was erwarten Sie eigentlich von mir?«

»Dass Sie ihn nicht verdächtigen.«

»Wer sagt, dass ich ihn verdächtige?«

»Sie untersuchen doch diesen Mordfall.«

»Das ist richtig.«

»Wenn Sie ihn nicht verdächtigen, weshalb haben Sie ihn aufgesucht?«

»Ich habe ihn nicht aufgesucht. Er hat mich gekidnappt.«

Aurora öffnete den Mund und holte stoßweise Luft, während sie in meine Richtung starrte. Dann nieste sie, dass ich zusammenzuckte. »Ich glaube, ich habe mir einen Schnupfen eingefangen.« Sie stand auf und hinterließ einen nassen Abdruck auf meiner Schreibtischunterlage.

Ich reichte ihr eins von meinen Taschentüchern.

»Haben Sie vielleicht eine warme Decke für mich?«, fragte sie.

Ich holte eine Wolldecke aus dem Kabuff neben der

Wohnungstür. Als ich zurückkehrte, hatte sie sich ausgezogen. Dass eine Hörspielkarriere eine Verschwendung war, war offensichtlich, wenn auch nur für die paar Sekunden, die sie brauchte, um sich in die Decke zu wickeln.

»Ob ich eine kurze Dusche nehmen darf?«, bat sie. »Nur zum Aufwärmen. Danach wird's mir wieder besser gehen.«

»Warum nicht?«, sagte ich. »Warten Sie einen Moment ...«

Ich ging zur Badezimmertür und lauschte. Man hörte das Geräusch einer elektrischen Zahnbürste. »Mein Mitbewohner ist leider noch da drin«, sagte ich. »Wenn Sie sich ein paar Minuten gedulden ...«

»Ach, der stört mich nicht«, versicherte Aurora, die mir gefolgt war, und noch ehe ich sie aufhalten konnte, war sie im Badezimmer verschwunden. Kurz erwog ich, Kittel die Situation zu erklären. Dann verstummte die Zahnbürste und das Wasser begann zu rauschen. Es war zu spät.

Aurora brauchte nicht lange. Als sie wenige Minuten später in eins von Kittels Badetüchern gehüllt wieder in meinem Büro erschien, hatte ich die Heizung aufgedreht und ihre Klamotten darüber gehängt.

»Wenn Sie wollen, mache ich uns einen Tee«, bot ich an.

Sie folgte mir in die Küche. Von Kittel war weder etwas zu sehen noch zu hören. Kein gutes Zeichen.

Frau Daponte hielt einen rosa Zettel in der Hand. »K«, las sie vor. »Ist das Ihr Mitbewohner?«

»Kittel«, erklärte ich und nahm das Papier an mich. *Ich dachte, man könnte sich auf dich verlassen. Falsch gedacht. K.*, stand darauf. Ich warf ihn in den Müll.

»Ein netter Kerl«, meinte Aurora. »Richtig süß. Wissen Sie, dass er dem Detektiv ähnlich sieht, der für meinen Giuseppe arbeitet?«

»Er ist dieser Detektiv. Aber erzählen Sie mir lieber etwas von Ihrem Kollegen«, wechselte ich das Thema, während ich drei Teebeutel in die Kanne stopfte und Wasser aufsetzte. »Herrn Lilienthal.«

»Oh, ja«, quiekte sie, »er ist cool. Ich glaube, er ist ein genialer Mensch. Eine Person der Zeitgeschichte sozusagen.«

»Ich hatte den Eindruck, dass ihn die Zusammenarbeit mit Ihnen gar nicht so besonders reizt.«

Aurora nickte verständnisvoll. »Herr Lilienthal ist ein berühmter Mann und ich nur eine blutige Anfängerin. Bestimmt braucht er etwas Zeit, sich mit einem neuen Stil anzufreunden. Sagte jedenfalls Herr Papic.«

Ich wunderte mich. »Sie haben mit Herrn Papic darüber gesprochen?«

»Ich nicht, aber Giuseppe.«

»Wie standen die beiden zueinander?«

»Gut. Sie waren dicke Freunde. Giuseppe war stolz darauf, den berühmten Kritiker zu seinen Freunden zählen zu können. Deshalb machte er auch hin und wieder seine Scherze.«

»Scherze?«

»Einmal bezeichnete er Papic als einen eingebildeten Gockel, der immer dann krähe, wenn er, Giuseppe, auf einen Knopf drücke.« Sie kicherte. »So etwas liebt er.«

»Was meinte er damit?«

»Es war ein Scherz. Wenn Giuseppe solche Scherze macht, kann man sicher sein, dass er denjenigen mag.«

»Da sind Sie sich sicher?«

»Er ist fest davon überzeugt, dass Papic und er so etwas wie Weggefährten waren.«

»Genau wie Lilienthal.«

Aurora seufzte erleichtert. »Das beruhigt mich allerdings.«

»Es beruhigt Sie? Wieso?«

»Neulich wollte ich mich frisch machen und die beiden standen um die Ecke auf dem Flur, ohne mich zu bemerken. Wie die sich gestritten haben, dachte ich, gleich macht einer den anderen kalt. Verrückt, was? Und dann ist es ja wirklich passiert.«

»Was?«

»Papic wurde ermordet. Noch in derselben Nacht. Seltsam, nicht wahr?«

»Sie wissen nicht zufällig, worüber sich die beiden gestritten haben?«

»Es ging um einen Dolch.«

»Um einen Dolch?«

»Herr Lilienthal war sehr aufgebracht. Wenn du den Dolch achtlos herumliegen lässt, dann darfst du dich nachher nicht wundern, wenn du ihn selbst im Rücken hast, hat er gesagt. Das andere habe ich nicht mehr verstanden.«

»Aber es gab keinen Dolch.«

»Nein«, bestätigte Aurora. »Außerdem, wie soll man sich wundern, dass man einen Dolch im Rücken hat, wenn man schon tot ist?«

»Haben Sie der Polizei davon erzählt?«

»Ja. Es wurde kein Dolch gefunden, haben die gesagt.« Sie reichte mir ihre leere Tasse.

»Wollten Sie mir eigentlich noch etwas mitteilen, außer dass Herr Calderoni ein netter Mensch ist?«, fragte ich.

Mein Gegenüber schien angestrengt zu überlegen. »Wenn überhaupt, hat er nur einen wunden Punkt.«

»Und der wäre?«

»Ich.« Aurora Daponte lächelte kokett. »Giuseppe ist wahnsinnig eifersüchtig.« Sie schlug ein Bein über das andere, wodurch das Badetuch, nach wie vor ihr einziges Kleidungsstück, auf atemberaubende Weise verrutschte. »Wenn er wüsste, dass ich jetzt hier bin, dann wäre er nicht zu Scherzen aufgelegt.«

»Wo, denkt er denn, dass Sie sind?«

»Beim Sprechunterricht. Manchmal ruft er meinen Lehrer an, weil er ihm nicht traut.« Sie seufzte. »Tja, so ist er eben. Aber er meint es nicht böse.«

»Trotzdem sollten Sie ihn nicht zu lange warten lassen.« Ich zeigte auf ihre Kleidung, die über der Heizung hing. »Das dürfte jetzt auch getrocknet sein.«

Aurora stand auf, wickelte sich aus dem Badetuch und reichte es mir. »Vielen Dank für die Hilfe aus der Not«, quiekte sie.

»Keine Ursache«, sagte ich. »Das gehört meinem Partner.«

»Grüßen Sie ihn schön. Er ist wirklich süß.«

Während ich den letzten Schluck Tee hinunterkippte, kam mir der Gedanke, dass ihr Girlie-Gehabe, die Quiekstimme und das bodenlos naive Gemüt eine Spur zu perfekt waren. »Ich hoffe«, sagte ich, »Sie freuen sich ebenfalls wie ein Kind, wenn ich Ihnen die naive Monroe-Masche abkaufe.«

»Eine Masche?«, quiekte Aurora entsetzt. »Wie kommen Sie darauf?«

Sie hatte nicht viel anzuziehen, deshalb stand sie in wenigen Sekunden fix und fertig vor mir.

Als sie schon aus der Tür war, lehnte sich ihr Oberkörper noch einmal zu mir zurück. »Übrigens«, belehrte sie mich, »Marilyn Monroe war eine ernsthafte Schauspielerin. Sozusagen eine zeitgeschichtliche Person.«

Aurora Dapontes Stöckelschritte verhallten im Treppenhaus. Jetzt kam der unangenehme Teil. Ich klopfte an Kittels Tür.

Keine Reaktion.

»He, Kittel«, rief ich. »Ich habe ihr gesagt, dass besetzt ist, aber sie ist einfach ins Bad gegangen.«

Stille.

»Jetzt komm schon, gib mir eine Chance«, sagte ich.

Nichts.

»Du verdammter Dickschädel ...«

Ich öffnete und ging hinein. Kittel war nicht da. Nicht einmal ein Zettel, der an seiner Stelle sprach.

Es klingelte an der Tür. Draußen stand mein Klient.

»Wirklich schade, dass das eben so gelaufen ist«, sagte der Mann mit dem Elefantenschädel traurig.

»Was haben Sie sich nur dabei gedacht?«

»Ich dachte mir, wir könnten vielleicht reden.«

Ich sah auf die Uhr. »Es ist halb elf.«

»Wollten Sie schon schlafen gehen?«

»Na schön.« Ich holte meine Jacke. Der Regen hatte aufgehört. Die Sterne funkelten wieder am Himmel. Ich lotste Frankenstein zum *Berlusconi,* weil ich hoffte, dort vielleicht auch Kittel zu treffen.

Leider waren wir zu spät. Der schöne Kellner war schon damit beschäftigt, die Stühle aufeinander zu stapeln. »Wir haben geschlossen«, sagte er.

Frankenstein sah ihn ernst an. »Wir haben aber noch zu reden.«

»Ich bin untröstlich, Signore ...«

»Zwei Bier«, orderte Frankenstein und sein Gesicht sah jetzt bedrohlich ernst aus.

Der Kellner stellte den Stuhl, den er in der Hand hielt, vorsichtig wieder zurück. Er grinste. »Es dauert einen kleinen Moment«, sagte er und eilte los.

Wir nahmen Platz.

»Sie haben gesagt, dass dieser Lilienthal mein Mann sei«, begann ich. »Was meinten Sie damit?«

Frankenstein zuckte mit seinen mächtigen Schultern. »Ich war der Ansicht, dass er mit dieser Angelegenheit zu tun hat.«

»Aber das hat er nicht?«

»Was weiß ich? Tatsache ist jedenfalls, dass er mit Gerrit herummacht.«

»Wie kommen Sie darauf? Zufällig weiß ich, dass er eine andere hat. Sie heißt Melissa von Braun.«

»Na und?«

»Ich meine nur, wenn Sie das vorher gewusst hätten, dann hätten Sie den zarten Lilienthal im Hotel nicht auf den Boden werfen müssen.«

Frankenstein stierte stumpf in sein Bierglas. »Er macht mit ihr herum.«

Wahrscheinlich verschwendete ich meine Zeit. »Hören Sie«, schlug ich vor, »wenn Sie lieber allein vor sich hin brüten wollen, dann brauchen Sie das nur zu sagen …«

»Ich habe sie neulich darauf angesprochen«, beharrte er. »Und sie hat ausgesehen wie immer, wenn sie etwas weit von sich weist, das aber trotzdem stimmt.«

»Vielleicht irren Sie sich.«

»Ich kenne Gerrit. Sie hat diesen Blick gehabt.«

Frankenstein bestellte sich noch etwas zu trinken. Seine Biere waren viel größer als meine und er schaffte sie in weniger als der halben Zeit. »Ich kenne sie schon seit einer Ewigkeit«, sagte er. »1999. Die Hörspielmeisterschaft in Willich-Schiefbahn.«

»Da haben Sie sich kennen gelernt?«

»Damals stellten wir fest, dass wir die gleichen Interessen haben. Die ganze Nacht diskutierten wir über den Existenzialismus und seinen nachträglichen Einfluss auf die Vorsokratiker.« Mein Gegenüber lächelte erinnerungsselig. »Sie meinte, einen nachträglichen Einfluss könne es nicht geben.«

»Scheint mir plausibel.«

»Das sei so ähnlich wie ein präventiver Verteidigungskrieg.« Frankenstein beugte sich plötzlich über den Tisch. »Und das hier«, er deutete mitten in sein Gesicht. »Denkst du, dass ihr das damals was ausgemacht hat? Einen Scheiß hat es ihr ausgemacht!«

»Sie wollen damit sagen«, vermutete ich, »dass Gerrit sich später an Ihrem Äußeren stieß?«

»Ihretwegen habe ich mich operieren lassen, und nicht nur einmal. Das tat verdammt weh und hat ein Vermögen gekostet.« Mein Gegenüber schluckte ein halbes Bier hinunter. »Und was hat es gebracht? Einen Scheiß! Es hat alles nur noch schlimmer gemacht!«

»Nach allem, was ich gehört habe«, versuchte ich, ihn zu trösten, »achten Frauen nicht auf Äußeres. Sie konzentrieren sich lieber auf Wesentliches.«

Mein Klient stutzte und fixierte mich mit diesem unbehaglichen Blick, der mich nervös machte. »Und das wäre?«

»Na das, was übrig bleibt, denke ich.« Etwas ratlos zuckte ich mit den Schultern. »Wenn man das Äußere weglässt.«

Er wartete.

»Innere Werte«, vermutete ich. »Organe vielleicht. Was weiß ich?«

»Innere Werte ...« Frankenstein schüttelte den Kopf. »Ich habe sogar darüber nachgedacht, meinen Namen zu ändern.« Er nickte trübe. Die Biere taten allmählich seine Wirkung, nicht nur bei ihm. »Nach der letzten Schönheitsoperation war sie weg«, brummte er. »Zuerst hab ich mir nichts Böses gedacht, aber dann traf ich sie zufällig mit einem Typen.«

»Ich kann mir schon denken, was passierte«, sagte ich. »Sie haben ihn auf den Boden geworfen.«

»Ich wurde eingebuchtet und danach habe ich sie gesucht, aber dieses Mal hatte sie sich so gut wie unsichtbar gemacht. Dann musste ich feststellen, dass sie mit Lilienthal angebändelt hatte.«

»Das hat sie doch gar nicht«, widersprach ich müde. »Wenn Sie meine Meinung wissen wollen, dieser Mann hat gar keine Zeit für Frauen. Er geht ständig schwanger mit einer Idee. Eine literarische Gebärmaschine.«

»Immerhin ist der Hosenscheißer in eine dunkle Intrige verwickelt.«

»Das glauben Sie doch nicht wirklich.«

Frankenstein hob sein fast leeres Glas und knallte es gegen meins. »Übrigens, ich heiße Götz«, sagte er.

»Henk«, prostete ich zurück.

Wir tranken aus und zahlten. Der Kellner knipste das Licht aus.

»Diese Rechenstudie«, fing Frankenstein noch einmal an, als ich schon aufgestanden war. »Die heißt eigentlich Sechtemstudie.«

»Ach, wirklich?«

»Sechtem, das ist so ein Kaff im Rheinland.«

»Bin hin und wieder mit dem IC durchgedonnert. Und weiter?«

»Es war ein Hörfehler. Ich war auf dem Klo und nebenan ging die Spülung. Da habe ich eben Rechen statt Sechtem verstanden.«

»Und Sie, ich meine, du glaubst immer noch, dass diese ominöse Studie mit dem Mord zu tun hat?«

»Ich wüsste ganz gern, was du glaubst.«

»Tja, ich zerbreche mir neuerdings den Kopf darüber, ob Herr Papic nicht mit einem Dolch ermordet wurde.«

»Ich kenne den Inhalt der Studie nicht genau. Aber mein Informant sagt, dass sie ein Motto hat.«

»Ein Informant?« Ich wurde neugierig. »Das ist ja ganz was Neues.«

»Das Motto lautet ›Licht am Ende des Tunnels‹.«

»Wer ist dein Informant?«

»Das kann ich nicht sagen. Ich habe schon versucht, ihn dazu zu bringen, mit dir zu reden. Aber er hält es für zu gefährlich.«

»Ich werde ihm schon nichts tun.«

»Er bildet sich ein, auf der Abschussliste zu stehen.«

»Auf der Abschussliste? Das wird ja immer bizarrer«, sagte ich und ärgerte mich darüber, Lilienthals Lieblingswort benutzt zu haben.

»Er glaubt nun mal, dass man ihn umbringen will. Deswegen ist er abgetaucht und hält alle für nützliche Idioten.«

Das kam mir bekannt vor. »Spielt dieser Mann zufällig mit dem Gedanken, eine Detektivlaufbahn einzuschlagen?«

Frankenstein sah mich schief an. Er kramte in seiner Tasche. »Dann gibt es da noch einen gewissen Herrn Söding«, sagte er. »Der hat Dreck am Stecken.«

»Söding, der Redakteur? Wie kommst du jetzt wieder darauf?«

»Es ist so eine Ahnung.« Mein Klient reichte mir ein Bündel Banknoten. »Ich bezahle dich ja dafür, dass du Genaueres herausfindest.«

»Moment!«, sagte ich. »Was mich angeht, so halte ich diese Spur im Großen und Ganzen für wenig Erfolg versprechend.«

»Im Großen und Ganzen?«

»Ich meine damit, dass ich sie für völlig verkehrt halte.«

»Macht nichts«, winkte Frankenstein unbeeindruckt ab. »Glaub mir, die Sache stinkt gewaltig.«

Es war kühl geworden. Zwischen den Bäumen der Promenade verfingen sich Nebelfetzen. Frankenstein stapfte leicht schwankend los und war schnell im Dunst verschwunden.

Ich wog das Bündel in meiner Hand und schätzte, dass es ein ähnliches Gewicht wie das erste hatte. Dann machte auch ich mich auf den Rückweg durch den nächtlichen Nebel.

Aber ich hatte nicht lange Freude an der weißen Pracht. Hinter dem dritten Baum, den ich passierte, trat eine dunkle Gestalt hervor und den Bruchteil einer Sekunde später knallte etwas Hartes gegen meinen Kopf, dass ich zu Boden ging. Als ich meine Sinne wieder beisammen hatte, lag ich rücklings auf dem Asphalt.

Über mir stand die dunkle Gestalt. In der Hand hielt sie eine dieser martialischen Ketten, mit denen betuchte Fahrradbesitzer ihre edlen Untersätze vor Diebstahl sicherten.

»Passe bloße aufe!«, zischte der Fremde.

Ich blinzelte. Überall lagen Geldscheine herum, als hätte es in den Sekunden meiner Ohnmacht Geld geregnet. Mein Honorar. »Für die paar Kröten brauchst du mir doch nicht gleich den Schädel einzuschlagen.«

»Were Nase steckte ine fremde Dinge«, wisperte der Fremde, »iste snelle tott. *Comprende?*«

In der Nähe ertönte eine Fahrradklingel.

Der Angreifer zischte noch etwas und verdrückte sich.

»Überhaupt nicht *comprende!*«, rief ich dem Schatten, der im Nebel verschwand, mit schwacher Stimme nach. »Was ist mit dem Geld? Willst du nicht wenigstens ein bisschen davon stehlen?«

9

»Du bist selbst schuld«, begrüßte mich Kittel am nächsten Morgen, als ich in die Küche tappte. Er meinte meine ramponierte Stirn. »Wer sich mit Calderonis Braut vergnügt, darf sich nicht wundern, wenn es Ärger gibt.«

»Quatsch«, gab ich zurück. »Sie wollte nur duschen. Durchnässt vom Regen, wie sie war. Und durchgefroren. Ich konnte sie nicht da stehen lassen.«

»Klar, du hast sie nur ein bisschen gewärmt«, feixte Kittel. »Aber das solltest du wohl besser Calderoni erklären, nicht mir.«

Ich füllte meine Kaffeetasse. »Behauptetest du nicht kürzlich, seine rechte Hand zu sein? Dass er dir vertraut wie seinem eigenen Sohn?«

»Schon. Aber nicht, was seine Aurora angeht. Da ist er eigen.«

»Der Rüpel gestern Nacht auf der Promenade«, sagte ich, »war zwar Italiener, aber er faselte etwas von einer Nase, die man in fremde Dinge steckt. Irgendwie habe ich nicht das Gefühl, dass er Aurora meinte.«

»Glaube mir«, beharrte mein Partner. »Wenn es um sie geht, hört bei Calderoni der Spaß auf.«

»Genauso, wenn es um schwedische Sprayer geht«, fügte ich hinzu.

»Schwedische Sprayer!« Kittel gluckste. »Das hat er dir erzählt, stimmt's?«

»Wir hatten gestern das Vergnügen, gemeinsam ihr neuestes Werk zu bewundern. Übrigens hat er nicht gerade von dir geschwärmt.«

»Giuseppe hat sich in den Kopf gesetzt, dass die WAF eine von Schweden gesteuerte Invasionstruppe ist, die die feindliche Übernahme seiner Firma vorbereiten soll.« Kittel biss in seinen Toast, dass es nur so krachte. »Hirnverbrannter Blödsinn, aber davon ist er nicht abzubringen.«

»Du weißt natürlich, worum es sich in Wirklichkeit handelt?«

»Die Spur geht in die Westfälische Wilhelms-Universität. Vor eineinhalb Jahren führten dort Sozialpsychologen einen Modellversuch durch mit dem Thema: Gruppendynamik konspirativer Sozialgebilde. Man bildete eine interdisziplinäre AG mit der Fakultät für Möbeldesign. Die Sache wurde ein Selbstläufer.«

»Ich verstehe kein Wort.«

Kittel stand auf, trat ans Fenster und ließ seinen Blick in eine ungewisse Ferne schweifen. »Stell dir eine Gruppe junger Studenten vor. Zwar sind sie immatrikuliert, doch ohne Orientierung. An ihnen nagt ein Hunger, den keine Mensa stillen kann, weil er nichts anderes ist als die Sehnsucht nach einem sinnerfüllten Leben. Nach einer Sache, für die es sich lohnt zu kämpfen.«

Mein Partner schwang seinen Toast wie einen Dirigentenstab. »Sie lesen Bücher über den Klassenkampf«, fuhr er fort, »aber die Schule haben sie ja gerade erst hinter sich. Guerillas suchen sie vergeblich auf den Speisekarten spanischer Restaurants und Che-Guevara-Poster gibt es nirgends mehr zu kaufen. Statt Dschungel westfälische Weiten, gut durchdachte Radwanderwege und saubere Dorfbauernschaften. Hin und wieder eine Demo gegen die Erhöhung der Studententarife in städtischen Hallenbädern. Aber schließlich und endlich findet sich doch noch etwas: Calderonis Möbelimperium.«

»Kittel, das glaubst du doch selbst nicht!«

»Die Biologen verseuchen die Umwelt mit genmutiertem Gemüse und die Sozialpsychologen mit Revolutionären aus der Retorte.«

»Weißt du was? Wenn ich dein Chef wäre, würde ich dir auch nicht zuhören.«

»Er hört mir aber zu. Vielleicht macht er mich demnächst sogar zu seinem Leibwächter.«

»Gratuliere. Dann bekommst du bestimmt auch einen satten Rabatt auf seine Möbel.«

Auf der Arbeitsplatte, zwischen Kaffeemaschine und Spülbecken, lag ein Haufen Geldscheine: Frankensteins üppiges Honorar, die Hälfte davon hatte ich gestern im Schein der Straßenlaterne von der Promenade aufgesammelt, die andere Hälfte roch immer noch nach ranzigem Öl. Ich beschloss, mir das Geld zu verdienen und mich bei dem Hörspielredakteur zu erkundigen, ob er, wie mein Klient behauptete, Dreck am Stecken habe.

Bevor ich mich ins Hotel *Westfälischer Frieden* aufmachte, ließ ich mich mit Söding verbinden und fühlte vor, ob er mir etwas über eine Sechtemstudie sagen konnte.

»Was wollen Sie denn darüber wissen?«, erkundigte er sich aufgeräumt.

Das hörte sich überhaupt nicht nach Dreck am Stecken an. »So viel wie möglich«, sagte ich, etwas enttäuscht.

»Also gut.« Söding schien freudig überrascht zu sein. »Darf ich fragen, weshalb Sie sich für die Arbeit interessieren?«

»Ich habe Anhaltspunkte dafür, dass sie mit dem Mordfall in Zusammenhang steht.«

»Das wäre ja ein Ding«, sagte er amüsiert.

»Vielleicht könnten wir uns gleich treffen.«

»Gern, warum nicht?«

Schon zehn Minuten später traf ich im Hotel ein, scheiterte aber wieder einmal an der Frau am Empfangstresen.

»Tut mir Leid«, sagte sie und lächelte gnädig. »Herr Söding ist leider nicht auf seinem Zimmer.«

»Aber ich habe doch eben einen Termin mit ihm vereinbart.«

»Das sagten Sie neulich auch schon. Dann stellte sich heraus, dass Herr Lilienthal nichts davon wusste.«

»Dieses Mal stimmt es aber. Hat er vielleicht etwas hinterlassen?«

»Nur, dass er nach Hause gefahren ist.«

»Haben Sie zufällig seine Adresse?«

»Bedaure.«

»Vielen Dank für Ihre Hilfe«, sagte ich ärgerlich. Als ich den Rückzug antreten wollte, stieß ich mit einer Frau zusammen, die gerade telefonierte. Ihr Handy fiel zu Boden. Wir bückten uns beide im selben Moment und stießen noch einmal zusammen, dieses Mal mit den Köpfen.

»Passen Sie doch auf!«, ärgerte sich Gerrit Maybach und rieb sich die Stirn.

Ich reichte ihr das Handy. »Ist ja nochmal gut gegangen.«

»Sie schon wieder! Das darf doch nicht wahr sein.« Prüfend hielt sie das Ding ans Ohr, dann betätigte sie einige Tasten. Schließlich schüttelte sie es. »Es gibt keinen Ton mehr von sich.«

»Warten Sie ab«, sagte ich. »Es kann nichts dafür, dass keiner anruft.«

»Sehr witzig! Vor zwei Sekunden habe ich mit meinem Chef telefoniert. Und jetzt kommt kein Freizeichen mehr.«

»Darf ich Sie als Entschuldigung zu etwas einladen?«

Sie machte ein genervtes Gesicht. »Nein, belästigen Sie mich nicht. Ich brauche keinen Detektiv und damit Schluss.«

»Macht überhaupt nichts. Inzwischen hat mich Ihr Freund schon engagiert.«

Gerrit runzelte die Stirn. »Mein Freund?«

»Herr Frankenstein. Er glaubt übrigens, dass Sie in Gefahr sind.«

»Gott bewahre.« Sie seufzte. »Götz ist doch nicht mein Freund.«

»Was haben Sie denn gegen ihn?«

»Nichts. Nur dass er sich einbildet, mich ständig beschützen zu müssen.« Ihre Hand strich an ihrem Hals entlang und vergewisserte sich, dass die Bluse wirklich zugeknöpft war.

»Es ist nicht zufällig so, dass Sie sich an seinem Aussehen stoßen?«, zweifelte ich.

»Ich wüsste nicht im Entferntesten, was Sie das angeht.«

»Herr Frankenstein glaubt, dass Papic sterben musste, weil eine Sache vertuscht werden sollte. Und er hält es für möglich, dass der gute Lilienthal darin verwickelt ist.«

Sie lachte spöttisch, auf eine Art, die mir klar machte, dass Frankenstein anstellen konnte, was er wollte, er würde bei ihr immer ins Leere laufen.

»Zufällig weiß ich«, fuhr ich fort, »dass hinter dem etwas groben Äußeren ein sehr feinfühliger und sensibler Mann steckt.«

»Ach, wirklich? Götz bildet sich ein, dass Lars Lilienthal etwas von mir will, was nicht der Fall ist«, stellte sie fest. »So einfach ist das. Und deshalb muss Lars natürlich auch in einen Mord verwickelt sein.«

»Es wäre doch immerhin denkbar.«

»Was wäre denkbar?«

»Dass er in den Mord verwickelt ist, obwohl Götz Frankenstein sich das einbildet.«

Gerrit Maybach wollte etwas antworten, dann besann sie sich anders. Sie schüttelte nur den Kopf und lächelte abfällig.

»Was ist so amüsant?«, erkundigte ich mich.

»Ich weiß nicht, wie die Kripo die Sache angeht. Und wie Sie das anstellen, will ich schon gar nicht wissen. Aber ich befasse mich auch mit der Angelegenheit, da ich an Papics Biografie schreibe.«

»So hat die Sache wenigstens ein Gutes für Sie«, spottete ich.

»Ich habe keinen Grund, die Umstände seines Todes zu beschönigen. Dieser Mann hatte Sex, bevor er starb. Offenbar liebte er es, gefesselt zu werden, und das wurde ihm zum Verhängnis. Jemand wollte ihn erwürgen, war aber nicht stark genug. Also nahm dieser Jemand ein Kissen. Finden Sie nicht, dass das alles auf eine Frau hindeutet?«

»Das glaubt die Polizei auch.«

»Na, sehen Sie.«

»Wo sind Sie denn zur fraglichen Zeit gewesen?«

Gerrit rückte ihren Hals gerade. »Ich habe mir weiße Reizwäsche angezogen, dann bin ich in Papics Zimmer gegangen und habe es ihm besorgt. Kurz bevor er kam, habe ich ihn erwürgt.«

Ich sah sie schräg an. »Ohne Scheiß?«

»Was dachten Sie denn?« Sie ließ mich stehen.

»Übrigens spricht Kittel oft von Ihnen«, sagte ich. »Sie sollten ihn vielleicht mal anrufen.«

Da klingelte es.

Frau Maybach blieb stehen und hielt ihr Handy ans Ohr. »Ja?«, meldete sie sich.

Es klingelte wieder.

Gerrit war verzweifelt. »Sie haben es kaputtgemacht ...!«

»Das ist für mich«, beruhigte ich sie und holte mein Handy aus der Tasche. »Wer ist dran?«, fragte ich.

»Ich bin's«, kam Kittels Stimme aus einem starken Rauschen.

»Kittel, was gibt's denn?«

»Ich dachte, das könnte dich vielleicht interessieren«, sagte er. »Ich bin hier im alten Möbellager. Diese Wohnzimmerrevoluzzer dachten, sie könnten mich abhängen.«

»Wie kommst du darauf, dass mich das interessieren könnte?«

»Die nehmen da irgendwas auf. Wenn das nette desorientierte Studenten sind, dann bin ich Heino persönlich. Einer von ihnen quiekt und wimmert grässlich, als würde er bei lebendigem Leib gegrillt, dabei fehlt ihm nichts. Daneben steht ein anderer und tunkt eine Wurst in eine Fritteuse und dann nehmen die das Gebrutzel auf. Du müsstest dir das ansehen! Keine Ahnung, was die hier veranstalten. Vielleicht haben die jemanden entführt und wollen ein Lösegeld erpressen. Wenn du mich fragst, stinkt da etwas gewaltig, aber ich werde jetzt ... – He, was soll das, bist du bescheuert oder –«

Es rauschte stärker.

»Kittel?«, fragte ich. »Bist du noch dran?«

Rauschen.

»Probleme?«, erkundigte sich Gerrit teilnahmsvoll.

»Das war Kittel«, erklärte ich. »Er wollte was erzählen und dann war er plötzlich weg.«

»So was aber auch«, sagte sie giftig, »Vielleicht haben Sie ja Ihre Telefonrechnung nicht bezahlt.«

10

Da mir die Empfangsdame des *Westfälischen Friedens* nicht hatte weiterhelfen wollen, entnahm ich August G. Södings Adresse dem Telefonbuch. Der Redakteur wohnte weit im Osten der Stadt in einer Gegend, die mit Fug und Recht als ›beste Gegend‹ galt. Man kannte dort noch große, weitläufige Grundstücke, auf denen sich morgens ungestört der Nebel niederließ und angeheuerte Tagelöhner einen geschlagenen Tag brauchten, um mit Rasenmähern die ausgedehnten Grünflächen zu beackern. Wer vor sein Haus trat und seine Schritte nur ein wenig über den Kiesweg knirschen ließ, wandte sich vielleicht nach links, durchlief eine kleine Bahnunterführung und fand sich auf der anderen Seite wie verzaubert in ländlicher Idylle wieder, wo er Kühe in freier Wildbahn beobachten konnte und riesige Seniorenrudel, die auf Hollandrädern gen Horizont strampelten.

Oder er wandte sich nach rechts und erreichte über kurz oder lang unweigerlich das Gebäude des *Westdeutschen Rundfunks.* Anders als in Köln, wo der unersättliche Sender mehr und mehr drohte, wie ein Krebsgeschwür die gesamte

Innenstadt aufzufressen, musste sich die Anstalt hier mit einem eher bescheidenen Domizil am Stadtrand begnügen, wo sie zum Ausgleich ihre Bürgernähe auf exklusivere Art und Weise ausleben konnte. So oder so machte ihre Anwesenheit St. Mauritz zur idealen Wohngegend für Redakteure.

Der Name Söding stand in Messingschrift unter einem goldenen Klingelknopf. Obwohl ich keinen Ton hörte, drückte ich nur einmal, schließlich befand ich mich in einem Stadtteil, in dem niemand auf die Idee kam, die Klingel sei defekt, nur weil man sie nicht hörte.

Ein Teenager mit einem goldenen Ohrring und pomadisiertem Haar öffnete.

»Könnte ich vielleicht deinen Vater …«, startete ich, aber der Junge war schon an mir vorbei, bestieg sein Fahrrad und radelte los. Er hatte mich nicht hören können, weil seine Ohren über dünne schwarze Kabel mit zischenden Lauten beschallt wurden. Ein Kommunikationsschutz für Zeiten, in denen es nichts zu sagen gab.

»Guten Tag«, begrüßte mich eine Frau, die aus dem Haus trat. Eigentlich war es keine Begrüßung, sondern eine Frage.

»Mein Name ist Henk Voss«, stellte ich mich vor. »Ich hatte mich telefonisch mit Herrn Söding verabredet und dann erfuhr ich, dass er nach Hause gefahren ist.«

Die Frau war schlank, hielt sich kerzengerade und hatte grellen Lippenstift aufgetragen, der sie nicht geschminkt, sondern eher maskiert aussehen ließ. Der rote Mund war strichförmig und verzog sich nicht zu einem Lächeln. »August?«, rief sie, ohne sich von mir abzuwenden. »Hier ist jemand für dich.«

Einige Augenblicke geschah nichts. Wir standen uns gegenüber und blickten aneinander vorbei. Von einem der Nachbargrundstücke heulte der Motor eines Rasenmähers herüber.

»Hoffentlich störe ich nicht«, sagte ich, um die Wartezeit abwechslungsreicher zu gestalten. »Ich bin Detektiv und untersuche einen Mordfall, der sich im Rahmen der Hörkunsttage ereignete.«

Die mutmaßliche Frau Söding betrachtete mich so, wie man ein Insekt betrachtet, wenn man nichts gegen Insekten hat, sie aber auch nicht im Geringsten faszinierend findet. »Ich habe davon gehört«, sagte sie.

Sobald sich ihr Mann hinter ihr bemerkbar machte, gab sie den Eingang frei und zog sich ins Haus zurück.

»Tja, wir hatten wohl schon das Vergnügen«, begrüßte mich Söding etwas hektisch, indem er mir ausgiebig die Hand schüttelte. »Kommen Sie doch herein.«

Da es ein sonniger Tag war, trug er seine Strickjacke offen über einem gebügelten weißen Hemd. Dieses Mal war es eine grüne Strickjacke und die Lederaufnäher zur Verstärkung der Ellenbogen waren oval. Das Hemd betonte seinen Bauch. Wahrscheinlich musste er auf sein Cholesterin achten.

»Ich hoffe, Sie sind mir nicht böse, dass ich unsere Verabredung platzen ließ«, sagte er, während er mich ins Wohnzimmer führte. »Aber manchmal gibt es halt private Dinge, die vorgehen, und dann muss man delegieren.« Er sah mich an, als hätte ich ihn an etwas erinnert. »Kann ich Ihnen etwas anbieten? Tee vielleicht?«

»Vielleicht«, sagte ich.

Das Wohnzimmer war nicht protzig eingerichtet, eher bieder. Links ragten Bücherregale zur Decke und rechts befand sich eine Sitzgruppe mit schwarzen Ledermöbeln. In der Ecke, neben der Glasfront, die zur Terrasse führte, stand ein breiter Schreibtisch, auf dem sich Papiere stapelten.

Söding öffnete die Tür. »Lore?«, rief er. Seine Stimme hallte im Treppenhaus, aber es kam keine Antwort. »Tja, also wie wär's dann mit Wasser«, improvisierte er notgedrungen.

»Gern«, nickte ich. »Sie wollten mir etwas über die Sechtemstudie erzählen.«

»Die Studie, richtig.« Er schien erleichtert zu sein, das Thema Getränke auf sich beruhen lassen zu können. »Wissen Sie, es ist schrecklich genug, dass dieser Mord unsere Veranstaltung überschattet, aber ich bin immer froh, wenn sich einer für unsere Studie interessiert.«

»Können Sie mir vielleicht ein Exemplar überlassen?«

Söding wandte sich von mir ab und begann, auf dem Schreibtisch zu kramen. »Ihnen als Außenstehendem muss ich vorschicken, dass viele das Hörspiel für ein aussterbendes Genre halten. Alle reden vom Fernsehen, vom Film. Die Kunst für das Ohr, mein Metier, ist außer Mode gekommen. Vor diesem Hintergrund kann man das Sechtempapier als Licht am Ende des Tunnels bezeichnen. Es ist das Signal, das die arg gebeutelte Hörspielkultur braucht.« Er nahm einen Packen Blätter, hielt ihn hoch und raschelte damit. »Die Studie sollte die Frage beantworten: Stimmt es, dass das Medium Hörfunk in unserer von Bildern überfluteten Zeit zum Aussterben verurteilt ist? Die Antwort ist eindeutig Nein.«

»Nein?«

»Im Gegenteil. Es geht deutlich bergauf.«

»Hatte Herr Papic etwas mit der Sechtemstudie zu tun?«

»Nicht direkt. Herr Papic war eine Art Fackelträger. Man kann ihm nicht genug danken.«

»Danken? Wofür?«

Für einen Moment unterbrach der Redakteur das Kramen. »Wie wir heute wissen, hat er für das Hörspiel, das seine Leidenschaft war, sozusagen den Kopf hingehalten.«

»Das würde bedeuten, dass man das Mordmotiv auf dieser Tagung suchen muss. Käme Lilienthal infrage?«

»Lars Lilienthal?« Fassungslos faltete Söding die Hände. »Wie kommen Sie darauf? Die beiden standen Seite an Seite, sind sozusagen für dieselbe Sache durchs Feuer gegangen.«

Allmählich nervte mich seine Vorliebe für den Belagerungsjargon. »Nach dem, was ich gehört habe, gab es zwischen den beiden heftige Dispute.«

»Gehört?« Söding runzelte die Stirn. »Von wem, wenn ich fragen darf?«

»Spielt das eine Rolle?«

»Nun, Dispute gab es natürlich. Vielleicht waren sie auch heftig. Aber das gehört dazu.«

»Die Differenzen bezogen sich auf die geplante Zusammenarbeit Lilienthals mit Aurora Daponte, nicht wahr?«

Söding zuckte mit den Schultern. »Durchaus möglich. Alles in allem war da aber nichts, was sich nicht klären ließ.«

»Könnte es im Umfeld dieser Studie zu irgendwelchen Machenschaften gekommen sein?«

»Machenschaften?«

»Intrigen, Komplotte – irgendetwas, das nicht für die Öffentlichkeit bestimmt ist. Haben Sie da eine Idee?«

Söding zog eine Schnute und schüttelte den Kopf.

»Was meinten Sie denn damit, dass Herr Papic seinen Kopf hingehalten hat?«, fragte ich.

»Ich meine die Umstände dieses Mordes, die – unappetitlichen Einzelheiten, der Sexskandal. Es sieht doch so aus, als habe jemand Heiko Papic nicht nur ermorden, sondern vor aller Welt diskreditieren wollen. Und damit die Sache, für die er stand.«

»Papic hatte eine Art Formel auf sein Manuskript gekritzelt. E ist kleiner als U. Können Sie sich darauf einen Reim machen?«

Söding nickte fachmännisch. »U steht für Unterhaltung, also die Spaßkultur, die ihre Zeit hinter sich hat. Herr Papic schickte sich an, dem von den Medien totgesagten Hörspiel seinen Platz an der Spitze zurückzugeben. Den – wie ich es nenne – Sieg der U-Kultur über die E-Kultur zu vereiteln.«

»Wenn Sie es nicht nur so nennen würden«, bat ich ihn höflich, »sondern mir außerdem erklären.«

»Damals nach dem Krieg haben wir beim Rundfunk eine Unterscheidung getroffen«, erklärte Söding, obwohl er zu der Zeit noch den Kindergarten besucht haben musste. »E-Musik und U-Musik. Johann Sebastian Bach oder Gilbert O'Sullivan, Goethe oder Rummenigge, das ist ein gewaltiger

Unterschied.« Er machte eine abfällige Geste. »Die Kategorisierung betrifft nicht nur Musik, sondern unsere gesamte Existenz. Die Menschen wollen nicht mehr einfach konsumieren. Sie sind es leid, immer alles zu verstehen. Kunst soll wieder nachdenklich machen. Das Hörspiel ist wie geschaffen dafür. Wenn ein Stoff zu spannend ist, lenkt er doch nur vom Wesentlichen ab.«

»Worin besteht denn das Wesentliche?«

»Verlangen Sie keine simple Antwort von mir.« Ebenso fachmännisch, wie er gerade erst genickt hatte, schüttelte er jetzt den Kopf. »Ich mache meine Arbeit nun gute zwanzig Jahre und lasse mich immer wieder überraschen von etwas, was im Kern aber immer gleich bleibt. Darin besteht doch Kunst, oder nicht?«

»Sich überraschen zu lassen von etwas, was nicht überraschend ist?«

»Möglicherweise. Auch darin, sich selbst zu überraschen.«

Die Tür öffnete sich.

Lore Söding steckte ihren Kopf herein. »Der Braten ist fertig«, informierte sie kühl. »Man kann ihn nicht ewig warm halten.«

»Wie passt ein Mann wie Giuseppe Calderoni zu Ihren hehren Plänen?«, fragte ich, als sich die Tür wieder geschlossen hatte.

»Ich weiß, worauf Sie hinauswollen. Kunst und Kommerz, das darf nicht vermengt werden. Aber ich versichere Ihnen, dass Herr Calderoni sehr interessiert an unserer Arbeit ist und sie mit allen Kräften unterstützt.«

»Herr Lilienthal dagegen scheint nicht sehr begeistert über die Unterstützung seitens Aurora Daponte zu sein.«

»Sehen Sie, bei jedem großen Projekt gibt es Dispute und Animositäten. Manche streiten sich bis aufs Messer, aber sie bringen einander nicht um.«

»Demnach ist es also deswegen zwischen Lilienthal und Papic zum Eklat gekommen?«

»Eklat …« Abwiegelnd hob Söding die Hände und schaute auf seine Armbanduhr.

»Wenn Sie zu Tisch wollen«, sagte ich, »will ich Sie nicht weiter stören.« Für den Fall, dass ihm noch etwas einfiel, gab ich ihm meine Handynummer. Dann schüttelte ich seine Hand und machte mich auf den Weg.

Söding kam mir nach. Er wedelte wieder mit einem Schriftstück. »Das hätte ich fast vergessen«, sagte er und hielt mir das Papier unter die Nase. »Lesen Sie die Studie. Sie ist alles andere als banal. Bedenken Sie, dass sie für einen Mann wie Calderoni eine Initialzündung war.«

Sobald ich zu Hause war, blätterte ich die Sechtemstudie durch, die sich aber als wenig brisant erwies. Statistiken, Umfragen und Erhebungen, die allesamt zur Hoffnung Anlass gaben, obwohl gleichzeitig an allen Ecken und Enden vor überzogenen Erwartungen gewarnt wurde. Man feierte das Hörspiel als Kunstform der nahen Zukunft, in der ein posttelevisionäres Zeitalter anbrechen würde.

Ich legte die Blätter zur Seite. Für jemanden, der nach einem Mordmotiv suchte, war das Gutachten mehr als enttäuschend.

Frankensteins mysteriöse Verdächtigungen hatten sich damit als Luftnummern erwiesen. Wenn ich überhaupt etwas hatte, wo ich ansetzen konnte, dann war es dieser seltsame Eklat zwischen den beiden alten Weggefährten, Papic und Lilienthal, von dem Söding nichts wissen wollte, den Aurora aber plastisch genug bezeugt hatte.

Södings Bratengeruch hatte mich hungrig gemacht. Leider fiel das Mittagessen recht karg aus. Alles, was ich fand, war der Rest vom Frühstück, eine alte Gurke, von der ich nicht genau wusste, ob sie nicht schon im Biomüll gewesen war, und ein feuchter Zettel: *Wir müssten mal wieder einkaufen. K.*

Ich legte alles zurück.

Draußen, hinter dem Firmenschild unserer Detektei,

klemmte ein unfrankierter Brief, auf den mein Name gekritzelt worden war. Während ich ihn öffnete, klingelte mein Handy.

»Ja?«, meldete ich mich.

»Hier ist Tamara. Ich wollte dich nur daran erinnern, dass –«

»Ja, ja.« Schon wieder war ich zu spät. »Bin längst unterwegs.« Ich stopfte Brief und Handy in die Tasche und radelte zur Evangelischen Studentengemeinde.

Die anderen warteten schon. Nur Torsten fehlte.

Wer behauptete, dass Studenten von heute unmotiviert und antriebsschwach seien, kannte die evangelischen Studenten nicht. Tamara hatte den Fall Agamemnon in einem kurzen, aber präzisen Artikel skizziert, während sich Imke auf die politische Wirkungsgeschichte konzentriert und gleich mehrere Verschwörungsszenarios durchexerziert hatte. Selbst Udo, der Arbeitslose, hatte einen rosa Textmarker dabei, mit dem er verschiedene Worte in seinem Skript angestrichen hatte.

Agamemnon war König von Mykene gewesen, hoch geachtet wegen seiner Verdienste im trojanischen Feldzug, aber auch gefürchtet. Seine Frau Klytämnestra hatte angeblich etwas mit seinem Vetter Ägist, der die kriegsbedingte Abwesenheit des Gatten schamlos ausgenutzt hatte, um bei ihr zu landen. Für den Mord war er eindeutig der Hauptverdächtige, allerdings gab es auch Stimmen, die behaupteten, Klytämnestra habe die Tat in eigener Regie begangen. Nur sie habe schließlich Zutritt zum Bad gehabt, in dem sich Agamemnon labte, nachdem er aus dem Krieg zurückgekehrt war. Außerdem deute die feige Mordmethode – dem Opfer war ein Gewand über den Kopf geworfen worden, bevor man es mit der Axt erschlagen hatte – auf eine Frau.

»Natürlich«, argumentierte Imke vehement, »wieder ist es die Frau, die verdächtigt wird. Männer ziehen in den Krieg, Männer morden, aber Frauen werden verdächtigt.«

»So einfach ist die Sache nicht«, widersprach Tamara. »Es gibt auch andere Aspekte. Ägist zum Beispiel ist ein Liebhaber der Künste. Er schreibt sogar selbst Dramen.«

Das war mir völlig neu.

»Was ist mit dem Militär?«, beharrte Imke. »Wenn wir uns die Umstände des Mordes ansehen, die unappetitlichen Einzelheiten. Es ist doch ziemlich klar, dass jemand nicht nur den Mann ermorden wollte, sondern auch das, wofür er stand: das mykenische Patriarchat.«

»Agamemnon war ein Machtmensch«, nahm die Theologiestudentin ihren Faden wieder auf, »der keinen Schimmer von Literatur hatte, obwohl er sich das natürlich anmaßte. In einer Szene droht er, seinen Vetter, den zart besaiteten Schreiberling, wie eine Wanze zu zerquetschen.«

Machtmensch gegen Schreiberling … Mir kam die Idee, dass es vielleicht nicht schaden konnte, einen Blick in Lilienthals Hörspielskript zu werfen.

Imke warf es vor sich auf den Tisch, als sei es Schmutz. »Agamemnon ist frauenfeindlich wie nur etwas. Er hält sich Dirnen wie Haustiere und geilt sich daran auf, sie zu erniedrigen.«

»Ich wollte nochmal auf die Anwesenheitsbescheinigung zurückkommen«, meldete sich Udo. »Das Arbeitsamt besteht darauf.«

»Die Geschichte«, dozierte Imke, »ist eine Geschichte der Verdächtigungen von Frauen. Und ihrer Erniedrigung.«

Tamara nickte eifrig. »Ich glaube trotzdem, dass Klytämnestra ihren Mann getötet hat, und zwar aus Liebe. Leider empfand Ägist nichts für sie, er wollte nur König werden. Da er von ihrer Leidenschaft für ihn wusste, hat er sie kaltblütig benutzt, damit er sich die Hände nicht schmutzig machen musste.«

»Der Gegensatz zwischen den beiden Männern«, beharrte die Politologiestudentin, »bildet das Herzstück der Geschichte.«

Da war er wieder, der Eklat. »Fassen wir zusammen«, dachte ich laut nach. »Agamemnon, der kulturlose Machtmensch, hat sich mit Frauen in weißer Reizwäsche vergnügt. Außerdem hat er seinem alten Freund und Weggefährten Lilienthal gedroht, ihn zu zerquetschen wie eine Wanze. Nur warum …?«

»Lilienthal doch nicht«, wunderte sich Tamara. »Der ist doch der Autor.«

»Ich meine Ägist«, verbesserte ich mich und packte meinen Kram zusammen. »Bevor wir hier weitermachen«, sagte ich, »werde ich noch ein paar Unstimmigkeiten mit dem Autor klären müssen.«

Udo kam mir nach. »Die Bescheinigung«, sagte er und hielt mir den Wisch zum Unterschreiben hin. Während ich meinen Namen hinkritzelte, klingelte mein Handy.

»Voss?«, meldete ich mich.

»Wenn Sie mehr über die Studie wissen wollen, kommen Sie nach Bösensell«, sagte eine fremde Stimme. »*Calderonis Möbelwelt.* Abteilung Bad- und Sanitärartikel, sechzehn Uhr.«

»Will ich gar nicht«, gab ich zurück. »Ich halte die Studie in meiner Hand. Sie ist eine einzige Lobhudelei. Die einzige Gefahr, die von ihr ausgeht, ist tödliche Langeweile.«

»Vergessen Sie den Wisch, der ist eine schamlose Fälschung.« Nun erkannte ich die Stimme wieder. Es war Torsten, der Mann mit dem zuckenden Mundwinkel. »Ich warte auf Sie.«

Es knackte. Die Verbindung war unterbrochen.

Vor mir auf dem Boden lag ein zerknülltes Blatt Papier. Es musste mir aus der Tasche gefallen sein, als ich das Handy herausgezogen hatte.

Ich hob den Brief auf.

Er war eine Art Rechnung:

Betrifft: unversehrte Rückerstattung des entführten Privatdetektivs B. Kittel

Für unsere Bemühungen erlauben wir uns zu berechnen:

B. Kittel	*€ 250.000,00*
Verpackungsaufwand (Fesseln, Knebeln etc.)	*€ 140,00*
Div. Disziplinierungsmaßnahmen	*€ 1.100,00*
Catering	*€ 3,90*
	€ 251.243,90

Bitte besorgen Sie den Betrag umgehend und übergeben ihn an dem von uns noch zu benennenden Übergabeort. Ansonsten kann die o. g. Unversehrtheit nicht garantiert werden. Dass sich ein Einschalten der Strafverfolgungsbehörden auf drastische Weise auswirken würde, braucht wohl nicht erwähnt zu werden.

Ohne Skrupel, aber
mit solidarischem Gruß

Ihre
WAF – Westfälische Antipressholzfraktion,
Kommando Karlsson v. Dach

11

Fünfzehn, vielleicht zwanzig Sekunden überlegte ich. Dann radelte ich zu unserem Wohnbüro, holte aus meiner Schreibtischschublade den Revolver, der dort auf Anlässe wie diesen wartete, und verließ das Haus.

Die Fahrt wurde ziemlich anstrengend, denn Bösensell schien heute weiter weg zu sein als beim letzten Mal. Ich machte die Erfahrung, dass sich die viel gelobte münsterländische Parklandschaft durch das Fenster einer Limousine viel besser bewundern ließ als vom quietschenden Sattel eines Fahrrads aus. Es war schwülwarm, und als ich schließlich schwitzend und japsend vor dem italienischen Landhaus vorfuhr, standen Calderonis Mitarbeiter rauchend da und feixten.

»Sieh mal an, ein Walross auf einem Fahrrad«, sagte der eine.

»Soll ja Glück bringen«, meinte der andere.

Ich ließ das Rad in ein Blumenbeet fallen und schleppte mich keuchend über die riesige Terrasse ins Haus. An der weißen mediterranen Fassade prangte eine hässliche schwarze Schrift, die aus einer Spraydose stammte: *Licht am Ende des T…* stand da. Den Rest hatten zwei Angestellte, die eifrig mit dem Scheuerlappen zugange waren, schon entfernt.

»Welch unerwarteter Besuch«, begrüßte mich Calderoni, der wie beim letzten Mal nur mit einem Badetuch bekleidet war, jetzt war es ein auberginefarbenes. Entweder kam er schon wieder aus der Wanne oder er trug diese Badetücher wie andere Leute ihre Anzüge.

»Ich würde gern wissen, was Sie zu unternehmen gedenken.«

»In welcher Angelegenheit?«

Ich zog die Geldforderung der Entführer aus meiner Hemdtasche. Sie war nass vom Schweiß. »Einer Ihrer Freunde«, sagte ich, »ist in Schwierigkeiten.«

Calderoni nickte. »Ja, so ein Schreiben habe ich auch erhalten.«

»Umso besser. Am besten wir zahlen das Geld, so gewinnen wir Zeit. Ich werde die Kerle schon schnappen.«

»Wir?«

»Ich habe keine Viertelmillion.«

Er legte sein Gesicht in Sorgenfalten. »Das ist aber wirklich ärgerlich.«

»Sie bekommen das Geld wieder.«

»Nein, mein Freund. Was Sie dem Schweden in den Rachen werfen, ist verloren. Altes italienisches Sprichwort.«

»Das heißt, Sie weigern sich zu zahlen? Immerhin wurde Kittel entführt, während er sich für Sie in Gefahr begab.«

»Berufsrisiko.« Calderoni lächelte.

»Sie sind ja ein schöner Freund.«

»Ich habe schon Sorgen genug«, entgegnete er. »Diese Chaoten haben es nun auf mein Leben abgesehen.«

Calderoni trat an den Tisch und betätigte den Knopf eines Kassettenrekorders.

»Haben Sie meine Nachricht erhalten?«, ließ sich die unangenehm schnarrende Stimme einer Frau vernehmen. So stellte ich mir die Stimme der bösen Hexe im Märchen vor. »Sie kommen nicht davon, glauben Sie mir, Signore. Das ist sicher.«

»Davonkommen?«, fragte ich. »Was meint sie?«

»Um das herauszufinden, habe ich Ihren Partner engagiert.«

»Wenn Sie sein Freund sein wollen, kümmern Sie sich um seine Freilassung!«

Der Möbelkönig sah mich an. Ein Anflug von Traurigkeit lag in seinem Blick. »Anscheinend wissen Sie nicht, was Freundschaft ist«, sagte er. »Sie ist kein Zustand. Sie ist eine Philosophie.« Er nickte. »Und ich dachte, Sie seien gekommen, um sich zu entschuldigen. Um Abbitte zu leisten.«

»Abbitte leisten? Wofür denn?«

»Nun, ich sah die Enttäuschung in Ihrem Gesicht, als Sie nur mich antrafen, noch dazu in diesem«, er zupfte kokett an seinem Badetuch, »seltsamen Aufzug. Mir war gleich klar, Sie hatten jemand anderen erwartet. Nur ist Aurora leider nicht da, sie ist zum Sprechunterricht.«

»Aber das ist doch Unsinn!«

»Herr Voss, ich habe viele tüchtige Mitarbeiter. Sie versehen verschiedene Aufgaben. Manche haben nur hinzusehen. Und davon verstehen sie was.«

»Andere wiederum«, fügte ich hinzu, »haben sich eher darauf spezialisiert, einem nachts auf der Promenade hinterrücks den Schädel einzuschlagen.«

»Ihr kleines Techtelmechtel mit Aurora konnte mir nicht verborgen bleiben. Verstehen Sie, Herr Voss? Selbst wenn ich ein oder zwei Augen zudrücken würde, so würden andere Augen hinschauen.« Sein Blick wurde plötzlich stahlhart. »Davon abgesehen habe ich allerdings auch nicht die Absicht, ein Auge zuzudrücken. Es sei denn, es ist Ihres.«

»Gehört das auch zu Ihrer Freundschaftsphilosophie?«

Das Grinsen ging in seinem Gesicht wieder auf wie die Sonne nach einem heftigen Gewitter. »Wir schließen einen kleinen Vertrag, abgemacht? Sie lassen Ihre Hände, wo sie sind, was Aurora betrifft –«

»Das ist lächerlich. Ich habe nicht im Geringsten –«

»Und ich erkläre Ihnen das mit der Freundschaft. Schließlich sind Sie ein Freund meines Freundes Bernardo.«

»Hören Sie auf damit!«

»Zunächst sind Ihre Mitmenschen einfach nur Menschen. Manche von ihnen nützen Ihnen, manche schaden Ihnen jedoch. Deshalb machen Sie sie zu Ihren Freunden. Und wie? Nun, ganz einfach, Sie beschenken sie.«

»Zu welchem Zweck?«

»Wenn Sie sie beschenken, können Sie sie später um etwas bitten. Und dann können sie es nicht ablehnen. Sie sind ja Ihre Freunde.«

»Sie kaufen Sie also.«

»Kaufen?« Der Dicke verzog das Gesicht, als hätte ich ihm vor das Schienbein getreten. »Herr Voss …«

»Papic hatten Sie auch gekauft, nicht wahr? Bezeichneten Sie ihn nicht als Gockel, der kräht, wenn Sie auf einen Knopf drücken?«

»Wer hat Ihnen das erzählt?«

»Spielt das eine Rolle? Frau Daponte hat –«

»Frau Daponte!« Der kleine Mann erstarrte. Dann schnellte sein dicker Zeigefinger empor. »Treiben Sie es nicht zu weit, Herr Voss«, zischte er. »Treiben Sie es nicht zu weit!«

Kittel hatte erwähnt, dass diese Frau sein wunder Punkt sei. Aber anscheinend handelte es sich nicht um einen Punkt, sondern um einen Schalter, mit dem man seine Vernunft ausknipsen konnte. Nur sollte Giuseppe Calderoni nicht denken, dass er mir Angst machen konnte. »Hören Sie mir mal zu!« Ich rückte ihm so nahe auf die Pelle, dass ich den Badezusatz riechen konnte. »Falls Sie glauben sollten, Sie könnten mich behandeln wie einen Ihrer Angestellten, nur weil Sie dieses dämliche Handtuch um Ihren Bauch tragen, dann täuschen Sie sich gewaltig.« Damit wandte ich mich zum Gehen.

»Wo wollen Sie hin?«

»Ich werde jetzt meinen Freund aus der Klemme befreien. Sie sollten sich vielleicht inzwischen nach einem neuen Mitarbeiter umsehen.«

»Sehen Sie.« Calderoni nickte bedächtig. »Sie glauben also auch nicht, dass Sie ihn so einfach …«

»O doch. Ich werde ihn schon finden. Aber glauben Sie nicht, dass er dann noch für Sie arbeitet.«

Calderoni hatte sein Geschäft als ›Möbelwelt‹ bezeichnet, und das mit gutem Grund. Das Haus war eine Welt für sich mit eigenen Gesetzen und Gepflogenheiten.

Es war Freitagnachmittag. Legionen von Kunden, Rentner in kurzen Hosen, Familien mit quengelnden Kindern und Heimwerkerpärchen in blauen Overalls, schoben sperrige Einkaufswagen vor sich her, in denen man mühelos ganze Garagen und Gartenhäuser verstauen konnte. Der dichte Verkehr zwischen den Verkaufsregalen machte die Navigation schwierig und ständig gab es Staus, weil jemand in zweiter Reihe parkte. Die Mitarbeiter, ganz in Grün gekleidete Damen und Herren mit der Aufschrift *Calderonis Möbelwelt,* liefen gestresst vor den Kunden davon, während sie mit Handys telefonierten. Die Kunden ihrerseits rückten den Mitarbeitern rudelweise auf die Pelle und drängelten sich um die Computermonitore an den Informationsständen wie Zocker um einen Roulettetisch. An den ebenfalls hoffnungslos belagerten Kassen flammten immer wieder kleine Scharmützel zwischen Vordränglern und Schlangestehern auf, die jederzeit in Tätlichkeiten umschlagen konnten. Draußen war es heiß und die Stimmung im Möbelmarkt kochte.

Kittel hatte sich beim letzten Telefonat nicht gerade präzise über seinen Aufenthaltsort ausgelassen. Er hatte etwas von einem alten Möbellager gesagt. Das war nicht viel, aber irgendwo musste ich schließlich anfangen.

Der erste Angestellte, dessen Aufmerksamkeit ich erregen konnte, wies mir den Weg zur Reklamation, der zweite vertröstete mich für zwei Sekunden, um dann zu verschwinden, und der dritte erklärte mir den Weg zum *Take-away*-Lager: Schrankwandabteilung in Richtung Kundentoiletten, kurz vorher links am Bistro vorbei, hinter den Duschen und Badewannen eine kleine Treppe hinunter, Spülen und Unterschränke passieren, die breite Tür direkt hinter dem Zuschneideservice.

Ich betrat ein Labyrinth aus meterbreiten Regalen, die bis in den Himmel zu reichen schienen. Das Licht war abgedämpft. Kunden navigierten ihre schiebbaren Schlachtschiffe seltsam andächtig die Gänge entlang. Dabei hatten sie ihren Blick starr auf kleine Zettel in ihrer Hand geheftet, auf denen die Artikelnummern standen, die sie sich in der Verkaufsausstellung notiert hatten. Im Gegensatz zur aufgeladenen Hektik dort herrschte hier kontemplative Stille. Nur hin und wieder krachte und ächzte es, wenn jemand ein in Plastikfolie eingeschweißtes hölzernes Monstrum auf seinen Einkaufswagen wuchtete und zufrieden von dannen schob.

Dreimal durchschritt ich das Labyrinth und kam dann zu dem Schluss, dass dies nicht der Ort sein konnte, an dem Kittel gefangen gehalten wurde. Also ging ich den Weg zurück, den ich gekommen war. In der Sanitärabteilung stieß ich mit einer Mitarbeiterin zusammen und ergriff sofort die Gelegenheit: »Entschuldigung. Haben Sie auch ein altes Möbellager?«

»Alt?« Sie musterte mich angeekelt. »Wir haben nur einwandfrei neuwertige Ware.«

»Würden Sie mir vielleicht jetzt auch endlich mal helfen?«, unterbrach uns ein junger Typ mit Baseballkappe.

»Ich warte hier aber schon seit zehn Minuten«, beschwerte sich ein alter Mann hinter ihm.

Ich gab es auf und nahm Kurs auf die Kundeninformation.

»Das alte Möbellager ist drüben im Neubaugebiet«, zischte eine Stimme, die aus einem der Spiegelschränke in der Nähe zu kommen schien. »Es soll demnächst abgerissen werden.«

»Danke«, sagte ich. »Genau das habe ich gesucht.«

»Warten Sie!«

Ich blieb stehen. »Wer sind Sie?«

Einer der Duschvorhänge in der Verkaufsausstellung öffnete sich. Ein Mann trat auf mich zu. Es war Torsten Kelzenberg.

»Sie haben sich also entschlossen zu kommen.«

»Sagen wir«, sagte ich, »ich war zufällig in der Nähe. Was haben Sie mir zu sagen?«

»Frankenstein ist auf dem richtigen Weg.«

»Werden Sie deutlicher.«

Kelzenberg zuckte. »Eigentlich wollte ich es Ihnen im Seminar erzählen. Aber das Dumme ist, diese rothaarige Tussi ist nicht koscher.«

»Sie meinen Imke?«

»Sie ist eine von denen.«

»Von wem?«

»Jede Wette. Jedenfalls ziemlich wahrscheinlich. Man kann nie vorsichtig genug sein.«

»Entschuldigen Sie!« Eine Kundin berührte meinen Arm. »Könnten Sie uns bei den Kloschüsseln beraten?«

»Ich bin hier nicht angestellt«, sagte ich.

Kelzenberg zerrte mich ein paar Meter weiter. Wir standen in einem komplett eingerichteten Modellbadezimmer.

Torsten sah sich vorsichtig um, öffnete alle Schränke und sah hinter dem Duschvorhang nach. »Genauso wie dieser Söding«, tuschelte er. »Der Kerl plustert sich wer weiß was auf und ist doch nur ein nützlicher Idiot.«

»Machen Sie es nicht so spannend«, sagte ich ungeduldig. »Was ist mit der Sechtemstudie?«

»Sechtem«, nickte er und checkte ein Bidet auf Wanzen. »Sie fragen sich wahrscheinlich, woher der Name stammt.«

Ich seufzte. »Ein winziges Nest im Rheinland zwischen Hürth-Kalscheuren und Bornheim. Schätzungsweise nicht mal so groß wie diese Sanitärabteilung. Haben Sie den Wirbel nur veranstaltet, um mir das mitzuteilen?«

»Falsch geraten«, flüsterte Kelzenberg tadelnd.

»Hören Sie mal«, ärgerte ich mich. »Ich weiß, wovon ich rede, denn ich bin x-mal da durchgefahren. Hören Sie auf mit dem Geheimagentengetue.«

»Dr. Ernst Magnus Sechtem«, hauchte mein Gegenüber bedeutungsvoll. »Er ist der Vater der Sechtemstudie. Raten Sie mal, was ihm passiert ist.«

»Nein, jetzt ist Schluss mit Raten.«

»Er kam ums Leben. Und zwar unter äußerst seltsamen Umständen. Für die Polizei war die Sache schnell erledigt, aber die hat ja auch nicht gew...«

Zweimal kurz hintereinander ertönte ein gedämpft klopfendes Geräusch. Noch im selben Augenblick war mir klar, dass es ein Schuss aus einer Waffe mit Schalldämpfer gewesen war, denn ich sah die beiden Einschusslöcher in Kelzenbergs Brust.

Frankensteins geheimnisvoller Informant sank leblos in sich zusammen und stürzte in eine Badewanne. Seine toten Augen waren auf die silberne Armatur gerichtet.

Geistesgegenwärtig zog ich meine Waffe, ließ ich mich auf den Boden fallen und rollte hinter die Duschkabine, um Deckung zu haben. Aber es fielen keine Schüsse mehr.

Vorsichtig kam ich wieder hoch. Als ich aufgestanden war, bemerkte ich, dass ich mich in Gesellschaft befand: Mir gegenüber stand die Kundin, die sich für Kloschüsseln interessierte, ihr Mann und ein Mitarbeiter des Möbelmarkts. Die Kundin starrte mich an, während sie den Mund auf- und zumachte.

»Haben Sie den Mann gesehen?«, fragte ich schnell.

»Machen Sie sich nicht unglücklich«, bemühte sich der Grüne mit zitternder Stimme um Deeskalation. »Legen Sie die Waffe weg.«

»Blödsinn!«, schrie ich. »Ich war's doch nicht!«

In diesem Augenblick bemerkte ich aus den Augenwinkeln eine Bewegung hinter dem Duschvorhang. »Alle auf den Boden!«, brüllte ich und hechtete hinüber. Aber der Mann war schon weg in Richtung Schrankwände. Ich hinterher, sah ihn über einen Einkaufswagen stolpern und glaubte schon, ihn zu haben. Aber dann schlug er plötzlich einen Haken auf die Schlafzimmer zu. Wie ein Schrat hüpfte er mit riesigen Sätzen von Matratze zu Matratze. Die Doppelbetten wollten kein Ende nehmen. Er konnte seinen Vorsprung ausbauen, weil das fünfte der Betten, auf dem ich landete, mit einem Krachen unter mir zusammenbrach. Obendrein stellten sich mir einige Mitarbeiter in den Weg und versuchten, mich mit Gardinenstangen und Zollstöcken zu Fall zu bringen. Kunden liefen schreiend vor mir davon. In der Wohnzimmerabteilung kollidierte ich mit einem Küchenwagen, den die Kollegen extra zu diesem Zweck aus der entsprechenden Abteilung hergekarrt hatten. Beinahe wäre es ihnen gelungen, mich zu überwältigen, aber ich schleuderte ihnen ein Schuhregal in den Weg. »Hört auf damit, er ist der Böse!«, schrie ich und fuchtelte mit meiner Waffe, was sofort wirkte.

Vor uns ragten wie ein Gebirge die Schrankwände auf und ich kam dem Flüchtenden näher. Lauf nur, dachte ich. Begib dich in Deckung, Freundchen, gleich hab ich dich. Hier kommst du nicht mehr raus. Ich stoppte, hielt den Revolver schussbereit und schlich langsam, ganz langsam, Schritt für Schnitt die Schrankzeilen ab. Eine nach der anderen. Es gab welche mit und ohne Verspiegelung, Pressholz für den niedrigen und Massivholz für den oberen Preisbereich. Als ich in einen der Spiegel blickte, entdeckte ich einen Lauf mit Schalldämpfer, der sich von links meinem Kopf näherte.

»Keinene Muckse«, raunte eine Stimme und ich spürte den Atem des Mannes auf der Backe. »Oddere du biste tott. Comprende?«

Ich nickte vorsichtig und schluckte. Sonst tat ich nichts.

Nach etlichen Sekunden riskierte ich erneut einen Blick in den Spiegel. Der Lauf war verschwunden.

Der Mann auch.

12

Eine Viertelstunde verbrachte ich auf der Damentoilette und hoffte, dass dort niemand nach mir suchen würde. Mir war klar, dass der Stil meiner Verfolgungsaktion bei Kunden und Mitarbeitern von *Calderonis Möbelwelt* Zweifel an meiner Versicherung aufkommen ließen, ich sei nicht Kelzenbergs Mörder.

Von mir aus hätte man das sofort klären können, aber ich hatte nun einmal einen Partner, der von durchgeknallten Studenten entführt worden war. Endlich verließ ich mein Versteck, reihte mich wie ein normaler Kunde in die Schlange vor der Kasse ein und erwarb aus Tarnungsgründen einen Beutel Teelichte. Dann nahm ich auf dem Rad so schnell wie möglich Kurs auf das Neubaugebiet, das Calderoni Ohrensell genannt hatte.

Es war nicht schwer, das alte Möbellager ausfindig zu machen, da es das einzige alte Gebäude auf dem Gelände war. Ein lang gezogener hässlicher Kasten, der aussah wie eine Turnhalle mit Glassteinen statt Fenstern. Schon von weitem stellte ich fest, dass es zwei Eingänge gab, und nur am Vordereingang lehnten drei Fahrräder.

Ich probierte den Hintereingang und wusste, kaum dass ich die dunkle, feucht muffelnde Halle betrat, dass ich die Chaoten gefunden hatte.

Kittel saß gefesselt auf einem Stuhl in einer Art Nische, die alte Kisten und leere Kartons bildeten. Ihm gegenüber, an einem Tapeziertisch, hockten zwei Frauen. In einer von ihnen erkannte ich Melissa von Braun, Lilienthals Geliebte. Sie bediente einen Kassettenrekorder, ihre Genossin hielt Kittel ein Mikro unter die Nase.

Melissa fluchte. Irgendetwas schien mit dem Aufnahmegerät nicht zu stimmen.

Gebt euch keine Mühe, dachte ich mitleidig. Kittel hatte dasselbe Gesicht aufgesetzt wie vor ein paar Tagen, als er angeblich meinen Aschenbecher im Kühlschrank gefunden hatte. Aus dem kriegt ihr nichts raus, da könnt ihr anstellen, was ihr wollt. Ihr müsst schon ein paar Zettelchen und was zum Schreiben lockermachen …

Ich grinste siegessicher und entspannt. Die Aktion war ein Kinderspiel. Die beiden Dilettantinnen da drüben waren völlig ahnungslos. Ihnen war nicht einmal der Gedanke gekommen, den Hintereingang zu bewachen. Das hatten sie nun davon.

Ziemlich lässig trat ich aus meinem Versteck, um das zu vollziehen, was man im Polizeijargon Zugriff nannte. Da traf mich etwas Hartes an derselben Stelle, auf die gestern der

Italiener gehauen hatte. Ich torkelte und fiel in einen Haufen leerer Pappkartons.

Als sich der Nebel in meinem Kopf verzogen hatte, versuchte ich, aufzustehen. Jemand drückte auf meine Schulter und ich plumpste wieder auf den Hintern, ohne mich abstützen zu können. Sie hatten mir die Hände auf dem Rücken zusammengebunden. Vor mir hockte Kittel, immer noch an den Stuhl gefesselt, und versperrte mir die Sicht. Zu meiner Rechten stand ein Knabe mit Pferdeschwanz. Er war derjenige, der mich am Hochkommen hinderte, höchstwahrscheinlich hatte er mich auch niedergeschlagen.

Diese Küken hatten mich ja sauber ausgetrickst.

»Die Wunde wird sich vielleicht entzünden«, warnte ich. Mein Hinterkopf sendete Schmerzsignale. »Ich brauche einen Arzt.«

»Bleib bloß sitzen«, nuschelte der Junge.

Die eine der beiden Frauen, die ich am Tapeziertisch beobachtet hatte, hockte jetzt neben mir. Sie war schlank und attraktiv. Über dem rechten Auge hatte sie eine hässliche Narbe. Vielleicht war sie ja auch ein Opfer …

»Hi«, sagte ich. »Ich bin Henk. Wollten Sie auch jemanden befreien?«

»Schnauze!«, sagte sie. Ich hatte wieder falsch geraten.

»Tolle Aktion, Henk«, maulte Kittel. »Da hat sich erneut gezeigt: Im Scheißebauen kann dir keiner das Wasser reichen.«

»Ach ja?«, gab ich zurück. »Wie kommt es dann, dass du da auf dem Stuhl sitzt?«

»Ich habe dich gewarnt, Opa«, sagte Melissa und gönnte mir ein mitleidiges Lächeln. »Du wolltest ja unbedingt wissen, was ein *real audio* ist. Jetzt machen wir eins und du bist der Hauptdarsteller.«

»Blödsinn, alles Blödsinn!«, ereiferte sich Kittel. »Das hält man doch im Kopf nicht aus! Wie kommt ihr bloß auf die irrsinnige Idee, Künstler zu sein?« Er lachte schrill. »Bloß, weil ihr sie nicht mehr alle habt, oder was? Meint ihr, das reicht schon aus?«

»Schnauze«, befahl Melissa. Sie hantierte immer noch mit dem Kassettenrekorder. »Mist, die blöde Kassette hängt schon wieder fest. Geh, hol eine neue, Kevin.«

»Wenn du denkst, ich bin hier nur der Laufbursche ...«, brummte der Knabe mit dem Pferdeschwanz.

»Los, mach schon.«

Kevin gehorchte murrend.

»Wofür kämpfen Sie denn so?«, versuchte ich, mit der Frau neben mir ein Gespräch anzufangen.

»Schnauze«, wiederholte sie.

»Wenn Sie mir sagen, wofür Sie kämpfen, könnten Sie mich vielleicht als Sympathisanten gewinnen.«

»Sympathisanten?« Sie zischte abfällig. »Wer braucht denn so was?«

»Sie setzen sich doch nicht wirklich für eine Welt mit besseren Möbeln ein?« Ich kicherte.

»Und ihr?«, schimpfte die Frau. »Habt vor einem Jahrhundert gegen den Schah demonstriert und Amerika mit Farbbeuteln beworfen. Habt ihr irgendwas damit erreicht?«

»Das war umgekehrt«, sagte ich. »Außerdem vor meiner Zeit. Amerika, der Schah, das ist doch alles systemerhaltende Scheiße. Wir waren gegen Cruisemissiles und das Hochschulrahmengesetz.«

»Schnauze«, sagte sie.

Allmählich kamen wir ins Gespräch.

»Pressholz«, sagte sie nach einer Weile, »ist nicht einfach nur schlechte Qualität. Die meisten denken, es sei nur schlechte Qualität.«

»Was denn noch?«

»Es ist Müll. Abfall, der zu Geld gemacht wird. Genauso wie Mettwurst.«

»Diesen Zusammenhang habe ich mir bis jetzt noch nicht klar gemacht.«

»Pressholz heißt Abfall zum Lebensstil zu erklären. Dagegen wehren wir uns.« Sie berührte die Stelle an ihrer Schläfe. »So etwas vergisst man nicht so leicht«, ergänzte sie.

»Woher haben Sie das? Aus dem Guerillakampf?«

»Auf einer Fete, auf der ich eingeladen war, stellte jemand eine Bierflasche auf einem Regal ab. Tja, das war's schon. Das Regal war nämlich ein Schnäppchen aus dem Hause Calderoni. Es brach zusammen. Ich bekam die Flasche, zwanzig Bücher und einen DVD-Player auf den Kopf.«

»Da haben Sie aber nochmal Glück gehabt.«

»Leider war das noch nicht alles. Aufgrund meiner Entstellung verließ mich mein damaliger Freund. Und das ausgerechnet mit einer hässlichen Zicke, die Möbeldesign studierte. Seit damals bin ich dabei.«

»Hör endlich auf mit diesen verstaubten Geschichten, Gilla!«, fuhr Melissa sie plötzlich an. »Ich kann sie nicht mehr hören.«

Gilla prustete entrüstet. »Ich habe nur erzählt, wie –«

»Quatsch, Möbel! Wen interessiert das? Hier geht es nur um den Fettsack Calderoni. Mir doch egal, ob er in Möbeln oder in Ölsardinen macht.«

»Was denkst du«, ereiferte sich Gilla, »wie Ölsardinen hergestellt werden …«

Kevin kam mit der Kassette zurück.

»Du sagst Folgendes«, wandte sich Melissa an mich, während sie sie einlegte. »Datum, Uhrzeit und dass wir dich im Sack haben. Wir verlangen eine Summe von …«

»Calderoni zahlt keinen Cent«, sagte ich und versuchte, meinen Körper in eine bequemere Lage zu bringen. Dabei merkte ich, dass meine Fesseln sich gelockert hatten. »Ich habe ihn schon gefragt.«

»Umso schlimmer für euch.«

»Der Mann ist eine Nummer zu groß«, spottete Kittel. »Am besten, ihr gebt auf, dann habt ihr noch eine Chance. Wenn nicht, dann –«

»Halt deine verdammte Schnauze!«, bellte Kevin. Er gab Kittels Stuhl einen Fußtritt, dass er umkippte.

»He, bist du bescheuert oder was?«, brüllte Melissa, weil Kittel über das Netzkabel gefallen war und den Rekorder vom Tisch gerissen hatte. »Super! Jetzt kann ich wieder von vorn anfangen!«

Das kleine Chaos war meine Chance. Ich schüttelte den Strick ab, sprang auf die Füße und zog den Revolver. »So, Freunde«, sagte ich. »Jetzt ist Schluss mit dem rührseligen Klassenspiel.«

Kevin und Gilla erbleichten, aber Melissa grinste. »Du schießt doch nicht«, zweifelte sie.

»Nein, keine Sorge«, sagte ich und feuerte auf den Kassettenrekorder, der noch auf dem Boden lag. Leider traf ich nicht. »Jetzt mal raus mit der Sprache: Was seid ihr für eine Truppe?«

»Wir sind die WAF und kämpfen für eine Welt, in der –«

»Aufhören!«, unterbrach Kittel Gilla, während ich seine Fesseln löste. »Hör auf mit diesem kindischen Revolutionsquatsch. Falls du es noch nicht gemerkt hast, wir sind jetzt am Drücker.«

»Wir machen Hörspiele«, erklärte Melissa mit unverschämtem Grinsen. »Authentische, neue Hörspiele. Genau gesagt, Verhörspiele. Und die verkaufen wir.«

»Weiß Ihr Freund davon?«

»Lars?« Sie lachte spöttisch. »Klar weiß er davon. Papic hat es auch gewusst.«

»Was hatte er damit zu tun?«

»Früher haben wir Sexaudios gemacht. Kam auch nicht schlecht, aber irgendwann ist es immer das Gleiche. Papic war richtig süchtig nach den Dingern, der alte geile Bock.«

»Haben Sie ihn näher gekannt?«

»Ich war mit ihm zusammen, bevor ich Lars kennen lernte.«

»Demnach sind Sie M.?«

Sie sah mich fragend an.

»Offenbar wollte er Ihnen sein letztes Buch widmen. *Das Licht am Ende des Tunnels.*«

»Das sieht ihm ähnlich.«

»Sie kennen den Text nicht zufällig?«

»Irgendwann erwähnte er, dass er vorhatte, ein Buch zu schreiben.« Melissa zuckte mit den Schultern. »Heiko war ein zynischer, alter Mann, der an nichts glaubte. Deshalb konsumierte er die Kassetten. Ich glaube, er wollte all diese Hörspielheinis fertig machen. Jeder könnte ihn gekillt haben, aber nur einer hat's getan.«

»Wer?«

»Kein Kommentar. Den Mann knöpfen wir uns selbst vor.«

»Nein«, sagte Kittel. »Das Vorknöpfen könnt ihr euch vorerst abschminken. Ihr wandert in den Knast.« Er grinste. »Und der ist vollständig mit Pressholz möbliert.«

»Andererseits könnten wir auch einen Deal machen«, sagte ich.

»Könnten wir«, Kittel grinste immer noch, »machen wir aber nicht.«

»Angenommen, wir könnten es«, erkundigte sich Gilla. »Was wäre das für ein Deal?«

»Wir würden diese unerfreuliche Angelegenheit hier vergessen. Gilla und Kevin gehen nach Hause. Und Melissa unterhält sich mit uns noch ein wenig über Papics Mörder.«

»Nur für den Fall«, vergewisserte sich Kittel, »wir täten es.«

Gilla sah Melissa an.

Melissa nickte.

»Moment mal, Henk«, bremste Kittel. »So einfach geht das nicht. Das ist mein Fall.«

»Nein, meiner«, widersprach ich.

»Aber du kannst doch nicht einfach …«

Kevin und Gilla machten, dass sie wegkamen.

»Stehen bleiben!«, brüllte Kittel. »Henk, gib mir die Kanone!«

»Nein«, sagte ich. »Wenn du schießen willst, bring dein eigenes Werkzeug mit.«

»Scheiße!«, ärgerte sich Kittel. »Scheiße!«

»Also«, wandte ich mich an Melissa und bot ihr eine Zigarette an. »Ich höre.«

»Na, wer schon?« Melissa von Braun rauchte und streichelte den Haarflaum auf ihrem Kopf. »Calderoni ist der Mann.«

»Hah!«, lachte Kittel auf. »Das wird ja immer schöner! Und warum soll er das getan haben?«

»Calderoni hatte Papic gekauft, nicht wahr?«, vermutete ich.

Melissa nickte. »Die Hörkunsttage mit allem Drum und Dran gehören ihm doch schon.«

»Aber warum sollte er Papic dann noch umbringen?«

»Papic war unberechenbar. Ein Kalkulationsrisiko. Und Giuseppe Calderoni ist ein Mann, der gern auf Nummer sicher geht. Der größenwahnsinnige Fettwanst hält sich nämlich für Metro-Goldwyn-Mayer persönlich.« Melissa gestikulierte in Richtung Ausgang. »Das ganze Gebiet hier ist alles seins! Er baut ein Hörspiel-Hollywood. Nicht mehr lange und wir werden mit Möbelwerbespots, Möbelcomedy und Möbelsoaps überschüttet. Das werden wir zu verhindern wissen.«

»Wollte Papic es auch verhindern?«

»Ich denke schon.«

»Aber Sie wissen es nicht.«

»Andernfalls wäre er ja wohl noch am Leben.«

»Quatsch!«, griente Kittel. »So einen Schwachsinn habe ich selten gehört.«

»Demnach«, forschte ich weiter, »hat Calderoni auch Lilienthal gekauft?«

Melissa zuckte die Schultern. »Kann sein.«

»Kann sein? Sie sind doch mit ihm zusammen.«

Sie machte eine vage Kopfbewegung, die ich als Nicken deutete. »Zurzeit schon.«

Kittel ärgerte sich immer noch. Wie ein Raubtier in seinem Käfig ging er auf und ab und er war kurz vor dem Platzen. »Das ist also dein Fall, Henk, ja?«, explodierte er schließlich. »Klasse Arbeit. Gratuliere. Aber wenn das alles ist, was du hast ...«

»Warum regst du dich auf, Kittel?«

»Zufällig kenne ich Calderoni. Er ist mein Arbeitgeber und bisher hat er sich immer fair verhalten.« Kittel rückte Melissa auf die Pelle. »Sie haben irgendeine persönliche Rechnung offen, stimmt's? Mit diesem Mord hat er nichts zu tun, das wissen Sie verdammt genau, aber Sie wollen ihn ihm anhängen.«

Melissa blies ihm Qualm ins Gesicht.

»So fair ist er gar nicht«, widersprach ich. »Soll ich dir sagen, was es ihn gekratzt hat, dass du gekidnappt wurdest? Rein gar nichts.«

Kittel schnaufte. »Das höre ich mir nicht länger an. Ich haue jetzt ab.«

»Für mich hätte er genauso wenig berappt«, stellte Melissa fest. »Und das, obwohl ich seine Tochter bin.«

Kittel, auf dem Weg nach draußen, blieb stehen.

»Sie sind Calderonis Tochter?«, staunte ich.

»Natürlich will er davon nichts wissen.« Melissa lachte böse. »Es war ja nur ein kleiner Fick. Wirklich, ein kleiner, unbedeutender Fick, nicht mehr.« Sie hielt das kleine verschrumpelte Etwas, das einmal eine Zigarette gewesen war, gegen das Licht und betrachtete es eingehend. »Ich bin nur eine Art unerwünschte Komplikation.«

»Da hast du es«, sagte Kittel. »Deshalb hat sie auch den ganzen Zirkus hier abgezogen. Das ist eine rein persönliche Kiste. Sie will ihn fertig machen.«

Ich sah Melissa fragend an.

»Ihr Partner hat Recht«, antwortete sie, an mich gewandt. »Ich will ihn fertig machen.« Sie warf das verschrumpelte Ding auf den Boden, setzte ihren Fuß darauf und drehte ihn genüsslich auf der Stelle. »Und es wird mir auch gelingen.«

13

Kittel fuhr ein Hollandrad mit rundum geschlossenem Kettenschutz, aus dem ein scheuerndes Geräusch kam. Anfangs hatte es nur hin und wieder gescheuert, aber Kittel hatte es schon bald ordentlich genervt, sodass er dem Rad einen satten Tritt verpasst hatte. Seitdem scheuerte es ständig. Außerdem kam er nicht mehr so gut vom Fleck, weil die meiste Tretenergie für den Lärm draufging.

Ich brauchte nicht besonders lange, um ihn einzuholen.

»Kittel«, rief ich, »wohin willst du?«

Keine Antwort.

»He, fahr doch mal langsamer. Ich hab dich was gefragt.«

»Brosch, brosch, brosch«, machte der Kettenschutz.

»Bist du sauer?«, erkundigte ich mich misstrauisch. »Was ist denn los?«

»Was los ist?« Für einen Moment hörte er auf zu trampeln. »Das fragst du noch?«

Endlich zog ich längsseits. »Ja, genau. Das frage ich.«

»Ich dagegen frage mich etwas anderes. Zum Beispiel, was du gegen mich hast.«

»Was soll ich gegen dich haben?«

»Nicht genug damit, dass du dich in meiner Wohnung wie die Axt im Walde aufführst.«

»Nein, nicht schon wieder das ...«

»Jetzt machst du mir auch beruflich alles kaputt. Mischst dich in meinen Fall ein und ermöglichst den Tätern die Flucht.«

»Entschuldige, Kittel, dass ich dich raushauen wollte. Aber diese Studenten sind doch viel zu dämlich, als dass man ihnen lange böse sein könnte.«

»Na toll. Wie stehe ich jetzt vor meinem Auftraggeber da?«

»Calderoni?« Jetzt erst wurde mir klar, wohin Kittel unterwegs war. »Du willst doch wohl nicht weiter für ihn arbeiten?«

Kittel antwortete nicht. Sein Kettenschutz scheuerte vorwurfsvoll.

»Sag mal, hast du denn überhaupt kein Ehrgefühl? Der Kerl hätte dich ohne Skrupel in der Lagerhalle vermodern lassen.«

Kittel trat auf die Bremse. »Jetzt habe ich ein Mal, das erste Mal seit langem, die Chance, in etwas einzusteigen, was sich wirklich lohnt, da kommst du und vermasselst es. Vielen Dank, Henk.«

Ich hatte später als er gebremst. Also schob ich zurück zu ihm. »Das kannst du nicht ernsthaft so sehen, Kittel.«

»O doch, das kann ich.«

Es hupte. Hinter uns hielt ein grüner Audi. Die Beifahrertür öffnete sich und Pit Bondt stieg aus.

»Herr Kommissar, so ein Zufall«, sagte ich.

»Das ist es in der Tat«, nickte er. »Wieder geschah ein Mord, dieses Mal drüben im Möbelmarkt, und wen treffe ich in der Nähe? Die Herren Detektive.«

»Was denn für ein Mord?«, erkundigte ich mich unschuldig.

»Ein Mann namens Torsten Kelzenberg. Bis vor kurzem war er übrigens Mitarbeiter beim Rundfunk. Der Fall könnte also mit dem Fall Papic in Zusammenhang stehen.« Bondts Blick wurde stechend. »Übrigens haben Zeugen eine voluminöse Gestalt beobachtet, die vom Tatort flüchtete. Die Beschreibung könnte auf Sie passen, Herr Voss.«

»Also gut, jetzt wo Sie es sagen«, gestand ich. »Ich war da. Aber ich habe Kelzenberg nicht getötet.«

Bondt nickte. »Glück für Sie, dass wir den Täter schon haben.«

»Nein …«, staunte ich. »Wer ist es denn?«

Bondt führte mich zum Wagen und ließ mich einen Blick in den Fond werfen.

Ich sah in Götz Frankensteins trauriges Gesicht.

»Er war's nicht«, sagte ich. »Ich habe dem Täter Aug in Aug gegenübergestanden. Herrn Frankenstein kenne ich. Er ist mein Klient.«

Bondt heuchelte Erleichterung. »Nun, das erhebt ihn natürlich über jeden Verdacht.«

»Warum sollte er der Mörder sein?«

»Erstens war er mit dem Toten bekannt. Ob und wieso er ihn ermordet hat, wissen wir bis jetzt noch nicht. Aber weshalb er Papic ermordete.«

»Nämlich?«

»Eifersucht. Herr Papic wollte seiner Biografin, Frau Gerrit Maybach, an die Wäsche. Und das passte ihrem selbst ernannten Beschützer ganz und gar nicht.«

»Sehr einfach, Herr Kommissar.«

»Herr Frankenstein ist schon des Öfteren in dieser Weise auffällig geworden und gibt selbst zu, dass es in solchen Fällen mit ihm durchgeht. Sehen Sie sich den Mann doch an. Was passiert wohl, wenn es mit einem wie ihm durchgeht? Ich möchte das nicht erleben.«

Wir gingen ein paar Meter auf dem Seitenstreifen der Landstraße entlang, die von Bösensell nach Albachten führte. Es war ein schöner sonniger Abend. Die Vögel zwitscherten. Aus den Augenwinkeln sah ich, dass Kittel aufstieg und losfuhr. Von mir aus, dachte ich. Wenn du unbedingt darauf bestehst, mach dich nur zum Narren …

»Sie sollten sich an Giuseppe Calderoni halten«, sagte ich.

»Aus welchem Grund?«

»Gestern Nacht wurde ich von einem Schläger überfallen. Er hatte einen starken italienischen Akzent. Derselbe Mann hat Kelzenberg abgeknallt.«

»Warum sollte Calderoni so etwas tun?«

»Das werde ich noch herausfinden. Es hat mit einem gewissen Sechtem zu tun, der auf mysteriöse Weise ums Leben kam. Kelzenberg wollte mir etwas darüber sagen, aber er kam nicht mehr dazu.«

»Interessant ...«

»Übrigens hat Frankenstein mich auf diese Spur gebracht.«

Bondt nickte. »Also gut. Wir werden uns mit ihm darüber unterhalten. Wenn er ...«

Urplötzlich hupte es, dass wir beide zusammenfuhren. Es hörte gar nicht mehr auf zu hupen.

Irgendetwas tat sich in Bondts Dienstwagen und schaukelte ihn hin und her wie ein Schiff in schwerer See.

»Moment mal«, murmelte der Kommissar besorgt und rannte auf seine Limousine zu. »Das kann doch wohl nicht ...«

Von meinem Standort aus konnte ich nicht genau erkennen, was vorging, aber eine Ahnung sagte mir, dass Frankenstein sich anschickte, die Oberhand zu gewinnen.

Was Bondt betraf, so erwischte er genau den falschen Moment, um einzugreifen. Just in dem Augenblick, als er mit der Waffe in der Hand neben dem Fahrzeug in Stellung ging, öffnete sich die Hintertür mit Schwung und schlug ihm den Revolver aus der Hand. Früher, als ihm lieb sein konnte, erfuhr Pit Bondt von der Mordkommission, was passierte, wenn es mit einem wie Frankenstein durchging. Wie eine Kampfmaschine brach sich der Riese Bahn und rannte den Hauptkommissar, der sich mutig zum Kampf stellen wollte, einfach zu Boden. Dann ergriff er die Flucht.

Bondt rührte sich nicht, also lief ich zu ihm und versuchte, ihn aufzurichten. »Alles klar, Herr Kommissar?«, fragte ich.

Er berappelte sich langsam. »Nichts passiert«, sagte er benommen. »Los hinterher, worauf wartet ihr noch?«

Der Fahrer, noch ein junger Mann, stand neben mir. Er hatte sich am Lenkrad eine blutige Nase geholt. Er zog seine Waffe. »Den schnappe ich mir«, versprach er wütend und rannte los, blieb aber sofort wieder stehen. »Scheiße, woher hat er ein Fahrrad?«

Fassungslos starrten wir zu einem Maisfeld hinüber, das sich neben der Straße in der milden Abendsonne ausbreitete. Frankenstein radelte wie ein Wahnsinniger querfeldein. Das Gefährt unter seinem gewaltigen Hintern konnte einem Leid tun.

»Er hat es mir gestohlen«, sagte ich.

Bondt forderte inzwischen über Funk Verstärkung an. »Keine Angst«, sagte er gelassen. »Den fangen wir schon wieder ein. Das geht ruck, zuck.« Er lächelte. »Können wir Sie irgendwohin mitnehmen, Herr Voss?«

»Gern, wenn Sie mich im Hotel *Westfälischer Frieden* absetzen könnten …«

Vielleicht wäre es besser gewesen, Herrn Calderoni noch einmal auf den Nerv zu gehen, um diesem rundlichen Mann mit seinem Grinsen, das uneinnehmbar wie eine Festung zu sein schien, etwas zu entlocken, was er nachher bereuen würde. Aber für den Moment hatte ich genug davon, mich mit Kittel herumzustreiten. Außerdem war mir Lars Lilienthal noch ein paar Antworten schuldig.

Bondt setzte mich kurz vor der Zufahrt zum Hotel ab. Ich wollte gerade hineingehen, als ein roter Sportwagen, der mir sehr bekannt vorkam, aus der hoteleigenen Tiefgarage auftauchte und an mir vorbeischoss. Was in aller Welt hatte Kittel hier zu suchen?

Nein, es war nicht Kittel. Da das Verdeck heruntergekurbelt war, konnte ich zweifelsfrei Lars Lilienthal erkennen. So ein Zufall, wunderte ich mich. Er fuhr den gleichen Wagen wie mein Partner …

»Sagen Sie bloß, Sie wollen schon wieder zu Lilienthal«, sprach mich jemand mit einer dunklen Stimme an. Carola Dutschke kam mir entgegen. Sie trug eine helle Hose und darüber eine bayrisch anmutende Trachtenjacke.

»Eigentlich schon«, sagte ich und deutete auf die Rücklichter des Sportwagens. »Aber er will mich nicht sprechen.«

Die Autorin schnupperte Sommerluft. »Das ist vielleicht ein Wetterchen«, schwärmte sie aufgeräumt. »Haben Sie Lust auf ein Eis?«

»Wollen Sie mich etwa einladen?«

»Wäre Ihnen das peinlich?«

»Nein«, sagte ich.

Sie sah auf ihre Uhr. »Halb acht«, sagte sie. »Um acht geht es weiter. Ein Arbeitskreis zu dem Thema *Wenn die Sprechblase platzt – Das Geräusch als Sprachevent.* Sehr interessant.«

»Ich dachte, Sie halten diese Veranstaltung für einen Witz.«

»Man nimmt, was man kriegt.« Dutschke grinste. »Sie haben mich auf den Geschmack gebracht.«

»Ich?«

»Neulich die Showeinlage mit Frankensteins Monster, die hat mir gefallen. Erste Sahne, Voss. Der große Lilienthal hat sich vor Angst in seine Seidenunterwäsche gemacht.«

Wir spazierten an der Aa entlang und ließen uns in dem Eiscafé mit der geistlichen Umgebung nieder, das ich erst neulich mit Gerrit Maybach besucht hatte.

»Also raus damit«, drängte sie, Neugier heuchelnd. »Wer hat den Alten umgebracht?«

»Momentan deutet vieles daraufhin, dass die Möbelmafia ihre Hände im Spiel hat.«

»Calderoni?« Frau Dutschke gluckste. »Das ist ja eine süße Idee.«

»Von einer linken Künstlerin hätte ich eigentlich etwas anderes erwartet.«

»Genau deshalb muss ich Sie enttäuschen. Alle halten den Italiener für beschränkt. Dabei hat er mehr kreative Ideen als viele hier.«

»Sie meinen Ohrensell?«

»Ich weiß nur, dass Calderoni für morgen nach der Preisverleihung einige Erklärungen angekündigt hat, was die Zukunft der Hörkunst betrifft. Und dass Lilienthal das irgendwie sehr nervös macht.«

Unser Eis wurde gebracht.

»Kennen Sie eigentlich das Drama *Agamemnons Tod?*«, erkundigte ich mich, während ich damit beschäftigt war, Papierschirmchen, herzförmige Waffeln und anderen Schnickschnack zu entfernen, um zu meinem Eisbällchen vorzudringen.

Carola Dutschke drehte sich eine Zigarette. »Hab's mal überflogen. Gar nicht schlecht, aber wenn Sie's genau wissen wollen: Im Grunde ist es ziemlich systemerhaltende Scheiße.«

»Ich hatte mir schon gedacht, dass Sie das sagen würden. Mir kam die Idee, dass das Stück nicht vom Tod des Griechen handelt, sondern von Papics.«

Carola löffelte Eis und nahm abwechselnd einen Zug aus ihrer Zigarette. »Klar«, überlegte sie. »Der sexsüchtige Agamemnon, das ist Papic. Der kulturell äußerst feinfühlige Ägist: Lilienthal, wer sonst? Trotzdem ...«

»Trotzdem was?«

»Das Stück hat Lilienthal vor mindestens einem Jahr geschrieben. Etwas früh für ein Geständnis, finden Sie nicht? Und zweitens passt der Schluss nicht.«

»Leider bin ich noch nicht dazu gekommen, das Werk zu lesen«, gestand ich.

»Die Mörderin ist ein gedungenes Frauenzimmer, das den großen Kriegshelden für politische Verfehlungen bestraft.« Frau Dutschke klopfte die Asche von ihrem Glimmstängel. »Im Übrigen glaube ich keinen Moment daran, dass Lilienthal und Papic jemals wirklich Streit hatten.«

»Immerhin«, wandte ich ein, »soll Lilienthal seinen Gönner gewarnt haben, dass eines Tages ein Dolch in seinem Rücken stecken könnte.«

Carola Dutschke zuckte mit den Schultern. »Für Klatsch und Tratsch bin ich nicht zu haben. Sie sollten die Maybach fragen, wenn Sie was über Lilienthal herauskriegen wollen.«

»Gerrit Maybach? Weshalb?«

»Weil die Frau hinter ihm herscharwenzelt.«

»Ich hatte den Eindruck, dass ihr Interesse an ihm eher beruflich begründet ist.«

»Beruflich?« Dutschke lachte spöttisch in sich hinein. »Ich sage Ihnen, Gerrit ist scharf auf Lilienthal. Sie hat sogar ein Buch über ihn geschrieben. Ich habe es zufällig dabei.«

Ihre qualmende Zigarette verlor Asche, die sich mit dem schmilzenden Eis auf ihrem Teller mischte, während sie in ihrer Handtasche kramte. Schließlich reichte sie mir ein paar zusammengeheftete Blätter herüber, die mit Tabakkrümeln gespickt waren.

»Es ist noch nicht veröffentlicht. Bisher gibt es nur einen Entwurf.«

Es schien ganz so, als ob sich dieser Fall allmählich zu einem Fall der Manuskripte entwickelte. *Good morning, Aischylos,* lautete der Titel.

»Woher haben Sie das?«

»Von Gerrit höchstpersönlich. Wissen Sie, wenn man Anfängerin ist wie sie, holt man gern die Meinung einer professionellen Autorin ein.«

»Und was ist Ihre Meinung?«

»Ich muss jetzt wieder«, sagte Frau Dutschke mit einem Blick auf die Uhr, winkte dem Kellner und leerte ihr Portmonee auf dem Tisch aus. »Übrigens, wenn Sie es ausgelesen haben, können Sie es gern behalten«, sagte sie. »Oder machen Sie sonst was damit.«

14

Ich musste Carola Dutschke recht geben: *Good morning, Aischylos* war kein großer Wurf. Eher eine Lobhudelei. Nichts dagegen, wenn sie einen antiken Dramatiker bedachte, der als einer der bedeutendsten Schreiber der Weltgeschichte galt. Aber in Gerrit Maybachs literarischem Debüt bevorzugte Aischylos schwarze Seidenhemden, rauchte Zigarillos und benutzte auffällig oft das Wort ›bizarr‹. Fraglos war die Autorin der Meinung, dass ihr Protagonist der größte Schreiber der Weltgeschichte war. Aber er war nicht Aischylos, der Schöpfer der *Orestie,* sondern Lars Lilienthal, der Autor von *Agamemnons Tod.*

Es war schon relativ spät in der Nacht, als es an die Tür klopfte. Ich war über der Lektüre eingenickt.

Kittel öffnete. »Für dich«, sagte er müde. »Es ist jetzt zehn Minuten nach Mitternacht«, fügte er hinzu, als hätte ich bei ihm eine Zeitansage abonniert.

Gerrit Maybach trat neben ihn. »Entschuldigen Sie, wenn ich so spät noch störe«, sagte sie.

»Kein Problem«, sagte ich und gähnte ausgiebig. »Ich wollte gerade erst zu Abend essen.«

Kittel verzog sich. Kurz darauf hörte man seine elektrische Zahnbürste.

Gerrit trug eine dunkle Strickjacke mit einem breiten Kragen, den sie hochgeklappt hatte, sodass er den Hals verdeckte.

»Wollen Sie etwas trinken?«, fragte ich.

Sie schüttelte den Kopf.

»Kann ich sonst etwas für Sie tun?«

»Sagen Sie mir, wer hinter diesen Morden steckt.«

Ich wunderte mich. »Wie kommen Sie darauf, dass ich das weiß?«

»Götz hat mich an Sie verwiesen.«

»Sie haben ihn getroffen? Wo steckt er?«

»Keine Ahnung. Er trat plötzlich aus einer dunklen Nische und war genauso schnell wieder verschwunden.«

»Die Polizei denkt, dass er der Mörder ist. Falls nicht, könnte es nicht schaden, wenn er die Sache klarstellt.«

»Ich habe nicht verstanden, was er sagte. Es klang wirr.

Irgendein Komplott, an dem auch Lars Lilienthal beteiligt sei. Ich dachte, Sie könnten es mir erklären.«

»Ich stand schon einmal bereit, mich um die Sache zu kümmern, aber da wollten Sie nicht. Sie nahmen die Bedrohung nicht ernst.«

»Eben deshalb.«

»Was hat Sie veranlasst, Ihre Meinung zu ändern?«

»Götz sagt, der Mann, der im Möbelmarkt ermordet worden ist, sei auch ein Opfer der Intrige.«

»Für mich steht bisher nur fest, dass der gleiche Kerl, der Kelzenberg erledigt hat, mich gestern Nacht auf der Promenade überfallen hat«, dachte ich laut nach. »Aber mich wollte er nicht töten, sondern mir nur einen Schreck einjagen. Kelzenberg muss etwas gewusst haben …«

»Möglicherweise wollte der Mann ja auch Sie töten, wurde dann aber gestört?«

Ich schüttelte den Kopf. »Sagt Ihnen der Name Ernst Magnus Sechtem etwas?«

»Er ist derjenige, der diese Studie federführend erstellt hat. Verstehen Sie, sie ist so harmlos, dass ich mir einfach nicht vorstellen kann, wer …« In diesem Moment bemerkte Gerrit das Manuskript auf meinem Bett. »Woher haben Sie das?«, fragte sie wütend.

»Frau Dutschke, der Sie es zur Begutachtung überließen, war so freundlich, es mir zu leihen.«

»Zur Begutachtung? Diese … Ziege!« Gerrit schäumte. »Sie hat es aus meinem Zimmer gestohlen.«

»Warum sollte sie das tun?«

»Weil sie intrigant ist, krankhaft ehrgeizig. Und eifersüchtig.«

»Worauf?«

»Auf Lars. Sie glaubt, ihm literarisch das Wasser reichen zu können. Eine bemitleidenswerte Selbsttäuschung.«

»Und deshalb stiehlt sie Ihr Manuskript?«

»Sie denkt, dass Lars Lilienthal und ich … etwas miteinander haben. Eine absolut lächerliche Vorstellung. Wahrscheinlich bildet sie sich in ihrer kranken Fantasie ein, ihm mit meinem Buch schaden zu können. Fragen Sie mich nicht wie.«

»Keine Sorge, ich bin noch nicht zum Lesen gekommen«, schwindelte ich und gab ihr die Blätter zurück. »Dafür sagen Sie mir, was mit Papic geschehen ist.«

»Wenn ich irgendetwas wüsste, dann wäre ich wohl nicht hier.«

»Vielleicht wissen Sie etwas, ohne es zu wissen. Sie sind seine Biografin. Was ist mit seiner Nachtseite? Seinem ausschweifenden Sexualleben?«

»Wenn es eine Nachtseite gab, glauben Sie, er hätte mich an ihr Anteil nehmen lassen? Papic konnte sich stundenlang über eine Sache auslassen, aber unter dem Strich waren es nur Banalitäten.«

»Hat er nie versucht, bei Ihnen zu landen?«

Sie musterte mich misstrauisch. »Hat das jemand behauptet?«

»Nicht dass ich wüsste.«

»Er hat das bei jeder versucht. Es war sozusagen seine Art, sich vorzustellen.« Gerrit ballte die Hand zur Faust und biss darauf herum. »Letztlich war er eine gescheiterte Existenz, der nicht nur andere, sondern vor allem sich selbst anekelte. Aber solche Dinge haben in einer Biografie nichts zu suchen.«

»Er ekelte sich selbst an?«

»Ich bin überzeugt davon, dass Papic den Kram satt hatte.«

»Welchen Kram?«

»Das Hörspiel, den Literaturbetrieb, einfach alles. Das Papstsein stand ihm bis hier. Er war ziemlich ausgebrannt. Aber ich hatte auch den Eindruck, dass er es nicht ertragen würde abzutreten, ohne alles einzureißen, was er aufgebaut hatte.«

»Das ist ja schon etwas«, sagte ich. »Gehörte Lilienthal auch zu dem, was er einreißen wollte?«

»Wie hätte er das tun sollen?«

»Indem er ihn fallen ließ.«

»Herr Lilienthal kann durchaus auf eigenen Füßen stehen. Doch ich habe nicht gesagt, dass Papic alles hinwerfen wollte. Nur dass er nicht aussteigen konnte, ohne es zu tun. Deshalb war er ja so unerträglich.«

»Wissen Sie etwas über ein Buch, an dem er schrieb? *Das Licht am Ende des Tunnels?* Es muss im Zusammenhang mit dieser Studie stehen.«

»Davon hat er nie etwas erwähnt.«

»Weiß Lilienthal von Ihrem literarischen Debüt?«

»Am Montag traf ich mich noch am späten Abend mit ihm in der Lounge. Wir haben über mein Manuskript gesprochen. Er war nicht sehr begeistert, wollte sich aber für mich einsetzen.«

Gerrit Maybach nahm das Manuskript und stopfte es mit Gewalt in ihre Handtasche, die dafür entschieden zu klein war. »Danke jedenfalls, dass Sie mir zugehört haben«, sagte sie frostig. An der Tür drehte sich sich noch einmal zu mir um. »Was hat Ihnen die Klatschtante eigentlich über mich erzählt?«

»Welche Klatschtante?«

»Carola Dutschke. Sie war es, die Ihnen erzählt hat, dass Papic bei mir landen wollte, stimmt's? Und dass wir miteinander liiert waren? Klar, das hat sie.«

»Nein. Sie erwähnte nur eine vollbusige Blondine, mit der er sich in der Mordnacht vergnügt haben soll.«

Gerrit lachte auf, etwas zu laut für die Beiläufigkeit, mit der sie gefragt hatte. »Hat sie Ihnen auch verraten, dass sie selbst die Blondine war? Dass sie eine Perücke getragen und es Papic besorgt hat? Nicht etwa, weil sie auf ihn stand, sondern um ihre künstlerischen Chancen zu verbessern. Sie wusste, dass der Papst auf Fesselspiele stand.«

»Verstehe ich Sie richtig? Frau Dutschke war in der Mordnacht bei Papic?«

»Wieso nicht? Ein paar Abende vorher habe ich jedenfalls beobachtet, dass sie in sein Zimmer schlich.« Damit ging sie.

»Beobachtet? Moment!«, rief ich ihr nach. »Wie habe ich mir das vorzustellen, dass Sie sie beobachtet haben?«

Aber sie war schon weg.

In der Nacht träumte ich vom Jüngsten Gericht. Gott thronte als Weltenrichter auf dem goldenen Stuhl und sah August G. Söding zum Verwechseln ähnlich. Vor zwei Schaltern standen schier endlose Schlangen geduldig wartender Menschen. Der rechte Schalter trug ein riesiges goldenes E mit zwei Engelsflügeln, über dem linken prangte ein U in sündigem Rosa inmitten eines rot lodernden Höllenfeuers. Dahinter begannen zwei Rolltreppen, die eine führte nach oben, die unter dem U nach unten. Nachdem alle abgefertigt waren, nahmen sie, ohne zu murren, die Treppe, die in den Keller führte. Bis auf Söding, der mir zunickte und sich mit einem breiten, jovialen Grinsen zur Rolltreppe nach oben begab, wo ihn am Ende Carola Dutschke erwartete. Sie war nackt, trug eine blonde Perücke und winkte mit ihren Handschellen.

Viel zu früh, so um sechs, wachte ich mit einem schalen Gefühl im Magen auf. Draußen lärmten Millionen von Vögeln, keine Ahnung, was die alle um die Zeit dort zu lärmen hatten.

Neben Kittels benutztem Frühstücksteller fand ich eine Zeitung, die ich durchblätterte, während ich eine Tasse schwarzen Kaffee schlürfte. Auf der dritten Seite stieß ich auf ein Foto von Giuseppe Calderoni, der vor seiner Möbelwelt stand und ein besorgtes Gesicht machte.

SHOWDOWN IN BÖSENSELL

Bösensell, ein kleiner Ort im Münsterland. Alles scheint friedlich und verschlafen, westfälisch gemütlich zu sein. Kaum jemand ahnt, dass wir uns möbelpolitisch gesprochen in einer der führenden europäischen Metropolen befinden. Experten zufolge ist Bösensell, von den Bewohnern liebevoll Möbelsell genannt, eine der

Drehscheiben für Billigmöbel auf der nördlichen Halbkugel. Der Ort zieht Einrichtungshäuser und Halbwelt aus aller Welt gleichermaßen an. Es heißt, wer Bösensell kontrolliert, kann sogar der Möbelweltmacht Schweden die Bedingungen diktieren.

Gestern ereignete sich in *Calderonis Möbelwelt* ein blutiger Zwischenfall. Ein Mann wurde aus nächster Nähe kaltblütig erschossen. Wer steckt hinter dem Anschlag? Die Polizei rätselt. Eine zweite Person, ein schwergewichtiger Mann, der ebenfalls eine Waffe bei sich hatte, entkam den Sicherheitskräften und beschädigte dabei ein Drittel der Ausstellungsware in der Bettenabteilung. Laut G. Calderoni (Foto), dem Eigentürmer von *Calderonis Möbelwelt,* beläuft sich der Schaden auf mindestens zweitausend Euro. Inzwischen sickerte bei der Mordkommission durch, dass sich die Ermittlungen auf die WAF (Westfälische Armee Fraktion) konzentrieren, eine radikale Terrorgruppe, die auch hinter der spektakulären Entführung des Möbellasters nach Köln-Godorf im letzten Jahr sowie den Bombendrohungen gegen den Ikea-Konzern stecken soll …

Ich wollte mich über die hanebüchenen Spekulationen der Boulevardpresse amüsieren, aber es gelang mir nicht so recht. Hatte ich denn mehr vorzuweisen? Sicher sprach einiges dafür, dass der Möbelkönig in die Morde verwickelt war, aber wie und warum? Außerdem hatte mir Aurora versichert, dass er ein guter Mensch sei und nichts mit der Sache zu tun habe. War am Ende tatsächlich Carola Dutschke die mysteriöse Blondine, die Papic mit ihrem BH erwürgt hatte? Aber welche Rolle spielte dann eine harmlose Studie, die keinen Menschen außer ein paar Rundfunkbegeisterten interessierte?

Ich fand nichts, das zusammenpasste, und war zum ersten Mal froh darüber, dass es noch andere Dinge auf der Welt gab, auch wenn sie vielleicht nicht wichtig waren. Zum Beispiel mein Fortbildungsseminar in der Evangelischen Studentengemeinde.

Udo hatte verschlafen, Imke hatte über SMS mitgeteilt, dass sie etwas Wichtigeres zu erledigen habe, Kelzenberg war tot. Nur Tamara war da.

Ich wollte mich gleich wieder verabschieden, aber sie bestand darauf, mir wenigstens kurz zu referieren, was die Runde seit gestern erarbeitet hatte.

»Also schön«, sagte ich.

Letztlich seien die Hintergründe des Mordes nicht zweifelsfrei aufzuklären. Zu viele Beweismittel seien im Zuge der Untersuchung auf mysteriöse Weise verschwunden, eine Reihe von Fragen blieb offen. Aber: Versteckte Hinweise im Drama ließen den Schluss zu, dass Agamemnon das Opfer eines in höchsten Kreisen kaltblütig geplanten Anschlags geworden sei. Man habe ihm während des Krieges vorgeworfen, sich bereichert zu haben, indem er das billige Holz, aus dem das Trojanische Pferd gefertigt worden sei, auch für den Bau von Schiffen verwendet habe, was zum Untergang einiger Schiffe führte.

»Tja«, sagte ich. »Das ist ja ganz beachtlich. Immerhin mehr, als ich zu Stande gebracht habe. Also dann ... Ich hoffe, Sie waren nicht zu sehr gelangweilt.«

»Herr Voss?«

Ich blieb stehen.

»Ich möchte bei Ihnen anfangen.«

»Bei mir anfangen?«

»Als Privatdetektivin. Lernen Sie mich an.«

»Und was ist mit Ihrem Studium?«

»Das gebe ich auf. Bei diesem Seminar habe ich erkannt, dass die Kriminalistik meine Berufung ist. Als Frau ist man in der Theologie immer noch benachteiligt.«

»Was Sie nicht sagen.«

Mir fiel auf, dass sie ihr goldenes Kettchen mit dem Kreuz nicht mehr trug. Stattdessen hatte sie ein silbernes um, das wie eine Schlinge um den Hals lag. Sein Ende verlor sich im tiefen Tal zwischen ihren Brüsten.

»Na ja«, sagte ich. »Ich werd's mir überlegen.«

»Sie können mich dienstags und sonntags erreichen«, freute sich Tamara. »Um zwanzig Uhr besuche ich hier in der Studentengemeinde die Bibelmeditation.«

Es war kurz vor eins, genau die richtige Zeit, um sich irgendwo eine fette Portion Pommes zu kaufen und sie auf einer Wiese inmitten friedlich Siesta haltender Studenten zu verzehren.

Hätte mein Handy sich nicht gemeldet, wäre ich auf dem halben Weg zur Imbissbude nicht direkt vor einem dieser Plakate zum Stehen gekommen, auf denen die Zukunft mit Ohren abgebildet war. Es klebte im Schaufenster einer Apotheke, die trendbewusst im Rahmen des städtischen Ereignisses Hörtests, Gesundheitstipps rund um das Ohr und eine kostenlose Ohrenschmalzentfernung anbot. Das Abschlussspektakel der Hörkunsttage fand laut Plakat heute um vierzehn Uhr dreißig statt. Es konnte nicht schaden vorbeizuschauen.

Ich drückte auf den grünen Knopf mit dem Telefonhörer darauf.

»Hallo, Voss«, meldete sich Bondts Stimme.

»Herr Kommissar«, begrüßte ich ihn. »Kann ich irgendetwas für Sie tun?«

»Können Sie. Unser Hauptverdächtiger befindet sich immer noch auf freiem Fuß. Falls er sich bei Ihnen meldet ...«

»Hat er bis jetzt nicht.«

»Immerhin sind Sie sein Privatdetektiv. In diesem Fall wären Sie verpflichtet, uns mitzuteilen –«

»Ich weiß. Abgesehen davon jagen Sie den falschen.«

»Ach ja? Gestern Nacht ist er uns nochmal durch die Lappen gegangen. Sehen Sie, wenn er sich wenigstens damit begnügt hätte abzuhauen. Aber er hat zwei Kollegen an den Handschellen zusammengekettet und die Stoßstange eines Dienstwagens abgerissen. Verhält sich so ein Unschuldiger?«

»Also gut, er ist schuldig«, gab ich zu. »Verhaften Sie ihn von mir aus wegen Sachbeschädigung.«

»Nun, wenn Sie uns nicht den Tipp gegeben hätten, würden wir das vielleicht tun.«

»Welchen Tipp?«

»Der Fall Sechtem«, sagte Bondt. »Ihr Klient könnte eine Schlüsselfigur darin sein.«

»Haben Sie etwas darüber herausgefunden?«

»Nicht viel. Aber die Kölner Kollegen haben dringend darum ersucht, Frankenstein in diesem Mordfall befragen zu dürfen.«

»Was für ein Mordfall?«

»Dr. Ernst Magnus Sechtem, Hörspielchef des WDR. Sprang aus einem Fenster im zwölften Stock auf den Wallrafplatz, angeblich, weil seine Ehe zum Teufel war. Aber neuesten Erkenntnissen zufolge ist er vielleicht gar nicht gesprungen.«

»Genau das hat Kelzenberg auch angedeutet.«

»Tja.« Bondt machte eine bedeutungsvolle Pause. »Und Frankenstein wurde zur Tatzeit auf dem Flur vor Sechtems Zimmer gesehen.«

15

Im *Westfälischen Frieden* packten die Hörkünstler ihre Koffer. Die Schlacht war geschlagen, man hatte tagelang Vorträge, Referate, Arbeitskreise und kreative Projekte über sich ergehen lassen. Bergeweise hatte man sich Thesenpapiere, Projektskizzen, Statements und Treatments in die Hand drücken lassen, und kaum jemand hatte daran gedacht, einen leeren Koffer mitzubringen, um das Zeug darin wegzuschleppen.

Jetzt war Schluss damit. Nur der grandiose Schlussakt

stand noch aus: die Verleihung der Goldenen Ohrmuschel für das beste Hörspiel.

Auch ich wollte mir das Spektakel um Lars Lilienthals Triumph nicht entgehen lassen. Vielleicht konnte ich den Autor anschließend abfangen und ihm in der Euphorie des Erfolges endlich entlocken, welche Gegenleistung er für den kleinen roten Flitzer erbracht und was er mit dem Dolch gemeint hatte, der in Papics Rücken steckte.

Das große Event geriet bescheidener, als ich und offenbar auch die Veranstalter es sich vorgestellt hatten. Das Publikum, bestehend aus denjenigen Tagungsteilnehmern, die noch nicht abgereist waren, betagten Vertretern des öffentlich-rechtlichen Rundfunks und diverser Förderinstitutionen, Honoratioren der Stadt und der Region und schließlich einer Hand voll Neugieriger, füllte nur etwa die Hälfte des großen Saales. Calderoni, den Möbelzaren, der laut Carola Dutschke eine bahnbrechende Rede halten wollte, suchte ich vergebens.

Der allerorten wabernde provinzielle Muff wäre vielleicht gar nicht weiter aufgefallen, hätten die Veranstalter sich nicht in die Idee verrannt, die Verleihungszeremonie stilistisch nach Art US-amerikanischer Oscar-Verleihungen zu gestalten. Überfallartig eingespielte pompöse Orchestermusik, hölzerne Jingles, sparsame Lichteffekte und Applaus aus der Dose machten das Defizit auf peinliche Weise deutlich.

Mitten auf der Bühne, im Kreuzungspunkt dreier Scheinwerfer, präsentierte sich auf einer Säule die begehrte Prämie. Es war eine Bronzeskulptur, die ein Ohr darstellte, flach, aber gleichzeitig mysteriös und kunstvoll verschlungen. Auf den ersten Blick konnte man sich des Eindrucks nicht erwehren, dass der Künstler bei der Arbeit an ein weibliches Geschlechtsorgan gedacht hatte – fraglos deshalb hatte die Presse den Kosenamen ›Ohrmuschi‹ erfunden. Der Rest des Kunstwerks stellte einen geöffneten Mund dar, der sich wohl anschickte, das Ohr zu verschlingen. *Aus Hörspiel wird*

Ernst, stand in feierlichen goldenen Lettern darunter. Das hörte sich an wie eine Drohung.

Um Viertel vor zwei begann endlich der Begrüßungsmarathon.

Vertreter der Stadt würdigten die Hörkunst und ihr Zukunftspotenzial, Vertreter des Rundfunks würdigten die Vertreter der Stadt, ein Vertreter der Wilhelms-Universität würdigte August G. Söding und seine Studie. Und Söding würdigte Lilienthal. Er schien gar nicht mehr damit aufhören zu wollen. Sprach von seinen Verdiensten um das Hörspiel und damit um die deutsche Kultur, die sich mit ihm weltweit und im wörtlichen Sinne Gehör verschafft habe. Vom Licht am Ende des Tunnels, das wie eine Verheißung aufgeleuchtet sei und die akustische Kunstform, für welche manche sich schon angeschickt hätten, den Abgesang anzustimmen, wieder ganz nach vorne gebracht habe. Natürlich gäbe es noch viel zu tun, aber da seien die Hörkunsttage, welche hiermit inauguriert worden seien, ein Anfang, der sich sehen lassen könne.

Zu diesem Zeitpunkt warteten die Zuhörer, mich eingeschlossen, längst auf das Ende, zu dem Söding aber nicht kommen wollte. Ein paar Reihen vor mir bemerkte ich Carola Dutschke, die in sich zusammengesunken war und leise schnarchte. Von meinem Sitzplatz aus konnte man es nicht hören, aber das Programmheft, das sie sich vor den Mund hielt, hob und senkte sich verräterisch. Erst als Söding unvermittelt eine Schweigeminute einlegte im Andenken des auf so tragische Weise zu Tode gekommenen Heiko Papic, den die meisten der anwesenden Literaten mit Recht als eine Art Vater angesehen hätten, knuffte ihre Nachbarin sie diskret mit dem Ellenbogen.

Auch meine Kräfte reichten nicht ewig; irgendwann döste ich weg. Als ich wieder aufschaute, war Söding von der Bühne verschwunden, stattdessen stand Lars Lilienthal am Rednerpult und hielt das Ohr aus Bronze in beiden Händen.

Seine Dankesrede wirkte spritziger als Södings Gesäusel, ungefähr wie ein hektischer Haarföhn im Vergleich zu einem stetig von Zimmer zu Zimmer wandernden Staubsauger. Und Lilienthal beherrschte die Kunst, das Publikum bei Laune zu halten, indem auch er das Ende hinauszögerte. Nachdem er der halben Welt gedankt hatte, tat er immer wieder so, als sei er am Ende seiner Rede, aber dann bat er sein Publikum darum, ihn irgendetwas mit den Worten eines bekannten Literaten ausdrücken zu lassen.

»Anstelle eines Schlusswortes«, verkündete er feierlich, »lassen Sie mich einen berühmten Kollegen zitieren, den wir alle, da bin ich sicher, sehr schätzen. Er sagte nämlich …«

Lilienthal machte ungerührt weiter, auch als selbst ihm längst klar sein musste, dass keiner seiner Zuhörer ihn noch hätte zitieren lassen, wenn er eine Wahl gehabt hätte.

Endlich ertrank die Rede in aufbrandendem Applaus. Lilienthal verbeugte sich, Söding kam nach vorn und gratulierte, der Vertreter der Stadt gratulierte. In meiner Nachbarschaft wurde man unruhig, wohl weil man fürchtete, dass die Gratuliererei die nächste halbe Stunde mit Beschlag belegen würde.

Aber schon fünf Minuten später näherte sich dem Rednerpult die letzte Gratulantin. Eine alte weißhaarige Frau in einem dunklen, fast schwarzen Kostüm. Sie hatte einen gebückten Gang und stützte sich auf einen Stock, sodass es eine Weile dauerte, bis sie dem Preisträger gegenüberstand. Sie schüttelte seine rechte Hand, er verbeugte sich noch einmal und lächelte ins Auditorium.

Die Alte deutete auf die Trophäe, die Lilienthal in der anderen Hand hielt.

Lilienthal zeigte sie ihr.

Nein, schüttelte sie den Kopf. Anscheinend wollte sie die Skulptur selbst einmal in der Hand halten.

Das war nicht vorgesehen, aber Lars Lilienthal war ein großzügiger berühmter Autor und überreichte der Frau die

Ohrmuschel in einer feierlich jovialen Geste, die das Publikum mit spontanem Applaus honorierte.

Das alte Weiblein wog die Skulptur in den Händen. Ihr Gewicht schien sie zu überraschen. Dann plötzlich kippte der Stock, auf den sie sich gestützt hatte, zur Seite, und die Frau richtete sich auf. Die Szene erinnerte an eine Spontanheilung in einer amerikanischen Fernsehbeterei. Mit einer Kraft, die ihr wohl keiner zugetraut hatte, hob die Alte die Ohrmuschel hoch über ihren Kopf. Dann ließ sie sie auf Lilienthals Schädel sausen.

Das Grinsen noch auf den Lippen, sackte der große Autor in sich zusammen.

Für einen kurzen, langen Moment war der Saal wie gelähmt. Niemand rührte sich. Die Schnarcher hielten beim Schnarchen inne. Es war mucksmäuschenstill. So konnte man genau hören, wie die alte Dame, bevor sie sich in Richtung Vorhang verdrückte, die Ohrmuschel sorgfältig auf dem Boden abstellte.

Dieses leise Geräusch löste ein Chaos aus. Alles rannte kreischend durcheinander. Stühle fielen um. Unzählige Stimmen brüllten nach einem Arzt, und als sich einer outete, wurde er von der Menschentraube, die sich um den gefallenen Autor gebildet hatte, nicht vorgelassen.

Was die alte Dame anging, so hatte sie es zwar geschafft, hinter dem Vorhang zu verschwinden, ehe die Meute die Bühne stürmte, aber kaum einer zweifelte daran, dass es nur eine Frage von Sekunden sein würde, bis man sie schnappte. Es vergingen Minuten, bis die ersten Polizeibeamten eintrafen, und da gab es immer noch keine Spur von der alten Dame. Das machte viele Leute nervös. Der Bühnenvorhang schien die Frau regelrecht verschluckt zu haben.

Eine hektische Suche begann. Leute, die eben noch zwecks medizinischer Hilfe auf der Bühne gestanden hatten, Schaulustige – alle machten sich daran, die alte Dame zu finden. So hatte das Notarztteam mit der Bahre freie Bahn.

Als sie den Verletzten abtransportierten, nahm das kaum jemand zur Kenntnis. Man hatte genug damit zu tun, sich im Weg zu stehen und ständig in die Richtung zu laufen, in die alle rannten.

Wo würde ich mich wohl an ihrer Stelle verstecken?, überlegte ich. Und dann kam mir die richtige Idee.

Das Frauenklo hatten sie natürlich als Erstes durchsucht, aber vergeblich. Die Herrentoilette dagegen lag ziemlich verwaist da. Eine der Kabinen war abgeschlossen. Ich klopfte und rüttelte, aber es erfolgte keine Reaktion. Ich fand das ein ermutigendes Zeichen, denn jeder Mann, der auf dem Klo saß, hätte sich über die Rüttelei beschwert.

Neben einem der Urinale fand ich einen vergilbten Plastikschemel, von dem aus ich über die Tür linsen konnte.

Auf dem geschlossenen Klodeckel unter mir hockte die alte Dame wie ein großer schwarzer Vogel und fixierte mich mit einem argwöhnischen Blick.

»Keine Angst«, schnarrte sie. »Ich wollte ihn nicht umbringen.«

»Was dann?«

»Schon mal was von der Freiheit des künstlerischen Ausdrucks gehört?«

»Und wenn?«

»Was ich getan habe, das war Hörkunst. Nicht mehr und nicht weniger.«

»Wer sind Sie?«

»Ich wüsste nicht, warum Sie das etwas angehen sollte.«

Irgendwie kam mir ihre Stimme bekannt vor. »Vielleicht, weil Sie Hilfe brauchen.«

»Gut, dann bringen Sie mich erst mal hier heraus.« Sie schnappte nach Luft. »Der Gestank ist unerträglich.«

Sie blieb, wo sie war, während ich mich zur Garderobe vorarbeitete. Auf einem Haken fand ich einen vereinsamten Regenumhang und hoffte, dass er trotz des sommerlichen Klimas nicht allzu sehr auffallen würde.

Zum Glück war die Konfusion so groß, dass keiner sich auch nur annähernd für Regenumhänge interessierte. Vor dem Haupteingang des Hotels prallten wir fast mit Söding zusammen. Er hatte einen hochroten Kopf. Schweiß tropfte von seiner Stirn.

»Haben Sie sie geschnappt?«, erkundigte ich mich teilnahmsvoll.

Söding schüttelte den Kopf, dass die Schweißtropfen nur so spritzten. »Wer hätte das gedacht: dieser großartige Schlusspunkt und dann ein solches Attentat …«

Ich lotste die Attentäterin hinaus und begleitete sie in die Innenstadt in ein italienisches Restaurant, wo ich ihr einen Espresso spendierte. Erst als das dampfende Tässchen vor ihr stand, schälte sie sich wieder aus dem Regenzeug.

»Mein Name ist Voss«, sagte ich. »Privatdetektiv. Ich untersuche den Mord an Papic.«

»Gudrun Hallstein«, stellte sie sich vor. »Was wollen Sie von mir wissen, Herr Detektiv?«

»Na, was schon? Warum haben Sie Lars Lilienthal angegriffen?«

»Habe ich doch eben schon gesagt.«

»Trotzdem«, beharrte ich. »Jeder künstlerische Akt verlangt nach Deutung.«

Frau Hallstein runzelte die Stirn so stark, dass ihr ganzes Gesicht davon betroffen war. Die Augen verschwanden fast in den Hautfalten. »Und Sie wollen den Mord untersuchen?«, spottete sie. »Dieser Lilienthal hat es doch getan!«

»Was getan?«

»Heiko Papic ermordet. Er und dieser Italiener … Der kommt auch noch dran.«

»Woher wollen Sie wissen, dass er der Mörder ist?«

»Wer soll es sonst wissen? Ich bin schließlich Heikos Mutter.«

Ich war baff. »Sie sind Papics Mutter?«

»Tja, hätten Sie nicht erwartet, was? So jung und frisch,

wie ich noch bin! Ich habe schon vor langer Zeit meinen Mädchennamen wieder angenommen. Das schien mir angebracht, nach allem, was eh ...«

»Frau Hallstein«, sagte ich, »außer der Tatsache, dass Papic Ihr Sohn war, können Sie mir irgendetwas sagen, was Herrn Lilienthal mit dem Mord in Verbindung bringt?«

Sie beugte sich zu mir herüber. »Wenn Sie's wirklich wissen wollen: Herr Lilienthal – Gott hab ihn selig ...«

»Ich dachte, Sie wollten ihn nicht umbringen?«

»Warten wir erst mal ab, was die Ärzte sagen. Jedenfalls ist Herr Lilienthal ein eingebildeter, verwöhnter Fatzke. Eine Null mit Stipendium, so hat Heiko ihn mal genannt. Er verdankt meinem Sohn alles und was macht er? Schickt ihm diese Nutte aufs Zimmer, damit sie ihn auf feige Weise tötet.«

»Herr Lilienthal und Ihr Sohn haben sich zwar gestritten, aber ...«

»Weil der Mann nicht genug haben konnte! Sie denken wohl, ich fantasiere. Aber Heiko hatte angefangen, ein Buch zu schreiben, in dem er nichts als die Wahrheit zu Papier bringen wollte.«

Jetzt wurde es interessant. »Was wissen Sie über das Buch?«

»Er hat es mir gewidmet.«

»Für M.«, sagte ich und nickte. »M. bedeutet also Mutter.«

»Mein Junge hat mich nicht oft besucht, aber wenn er kam, haben wir ausführlich geplaudert. Ich kann Ihnen sagen, Voss, mein Sohn hatte diesen literarischen Scheiß gründlich satt. Alle korrupt, eine einzige jämmerliche Schieberei, sagte er. Da gibt es nur eins: Streichholz dranhalten und«, Frau Hallstein blies die Backen auf, »Pschsch!«

»Pschsch?«

»Sobald Lilienthal von dem Buch erfuhr, musste er natürlich verhindern, dass Heiko es herausbrachte. Er konnte nicht zulassen, dass Heiko auspackte. Ums Verrecken nicht. Und das ist wörtlich zu verstehen.«

»Aber wenn der Papst allen persönlich vor den Karren

fahren wollte, warum wählte er für sein Enthüllungsbuch ausgerechnet den Titel dieser Sonnenscheinstudie? *Das Licht am Ende des Tunnels?*«

»Wegen einer Untersuchung, mit der man herausfinden wollte, wie viele Leute überhaupt noch Radio hören.«

Ich nickte. »Die Sechtemstudie.«

Die alte Frau hob den knochendürren Zeigefinger und fuchtelte damit vor meinem Gesicht herum. »Mein armer Sohn meinte, mit dieser Sechtemstudie haben diese Schleimscheißer sich selbst übertroffen.« Sie nickte hämisch.

»Sie haben sich selbst übertroffen? Was soll das denn heißen?«

»Na, was schon? Dass alles erstunken und erlogen ist. Ich jedenfalls würde es so verstehen.«

»Sie meinen, diese Studie wurde gefälscht?«

»Ich meine gar nichts.« Frau Hallstein drehte ihr Tässchen um, um sich zu vergewissern, dass es leer war. »Ich muss jetzt gehen.« Sie erhob sich.

»Moment«, hielt ich sie zurück. »Wie stellen Sie sich das vor? Sie können nicht dem Star des Tages den Schädel einschlagen und sich dann einfach so verdrücken.«

»Kann ich wohl.« Sie ging los.

»Halt!«, sagte ich und folgte ihr. »Vergessen Sie Ihre Handtasche nicht!«

Sobald sie sie in der Hand hielt, verzog sie das Gesicht. »Hilfe!«, kreischte sie, dass es einem durch Mark und Bein fuhr. »Lassen Sie das sein, Sie Grobian!«

»Aber was haben Sie denn?«, fragte ich perplex.

»So etwas bei einer alten Frau, schämen Sie sich …«

Ich begriff zu spät. Erst als mich von hinten starke Arme packten. »Keine Sorge, Mütterchen. Wir haben den Kerl.«

»Verdammt nochmal, lasst mich los …«

Frau Hallstein lächelte mir zu, während sie sich davonmachte. Sie besaß sogar die Unverfrorenheit, mir hämisch zuzuwinken, bevor sie sich in die Menge der Passanten mischte.

Mit ihrer dürren Hand erinnerte sie mich an die böse Hexe aus einem Märchen. Und das brachte mich darauf, woher ich die Stimme kannte: von Giuseppe Calderonis Anrufbeantworter.

16

Es dauerte eine Weile, bis ich die beiden couragierten Mitbürger losgeworden war, indem ich ihnen versichert hatte, dass die Alte meine Mutter sei und dieses Theater jedes Mal abzöge, sobald ich das Thema Taschengeld anschnitt. Auf dem Nachhauseweg verbesserte sich meine Laune stetig. Frau Hallsteins wirre Verdächtigungen mochten wirr sein, aber sie konnten vielleicht helfen, das Geheimnis um Lars Lilienthal zu lüften. Nur dass ich es mir nicht so leicht machen durfte wie sie und dem Verdächtigen etwas über den Schädel hauen konnte. Ich musste meine Anschuldigungen beweisen.

Im Treppenhaus auf dem Boden, gleich unter unserem Firmenschild *Kittel & Voss, Detektei* standen ein Marmeladenglas, eine Flasche mit undefinierbarem Inhalt und eine Margarinedose. Alle drei trugen orangefarbene Zettel. Die Manie meines Partners nahm allmählich geschäftsschädigende Dimensionen an.

Ich schloss auf und betrat unseren Flur. »Kittel?«, rief ich. »Das da draußen ist doch wohl nicht dein Ernst.«

Er war nicht in seinem Zimmer. Ich versuchte es in der Küche, im Klo, dann in meinem Zimmer.

»Kittel?«

»Kittel ist nicht da«, flüsterte eine heisere Stimme hinter mir.

Im selben Moment packten mich zwei Hände, gegen die ich nicht das Geringste ausrichten konnte. Die Bemühungen der Omabeschützer von eben waren dagegen nichts als Streicheleinheiten gewesen.

»Lassen Sie mich los!«, verlangte ich mal wieder und nahm mir vor, von heute an nie wieder für Klienten zu arbeiten, die doppelt so stark waren wie ich. »Wie kommen Sie dazu …?«

»Sie?« Frankenstein lachte tonlos. »Das ist ja interessant. Dabei waren wir doch auf Du. Schon vergessen, was?«

»Nein, natürlich nicht.«

»Ich hab es mir schon gedacht.«

»Was haben S…, hast du dir gedacht?«

»Dass du einer von der Sorte bist, der mit Leuten ein Bier trinkt, ihnen den netten Kumpel vorspielt und sie dann in die Pfanne haut.«

»Quatsch.«

»Quatsch?« Der Druck auf meine Rippen verstärkte sich. »Du glaubst mir wahrscheinlich nicht, aber ich kann Gewalt nicht ausstehen. Ebenso wenig wie Leute, die nichts in der Birne haben und immer gleich losschlagen. So was kann ich nicht leiden.«

»Genau wie ich«, brachte ich mühsam hervor. Ich versuchte, mich zu räuspern, aber es ging nicht. Es hörte sich an wie Röcheln.

»Deshalb finde ich, du erklärst mir jetzt möglichst schnell, was für eine Nummer ihr beide aufführt.«

»Wir beide? Wen meinst du?«

»Deinen Partner Kittel und dich.«

Ich schnappte nach Luft und strampelte. »Lass mich endlich los!«

Frankenstein hob mich hoch und setzte mich auf den Schreibtisch, neben den PC-Monitor.

»Wovon redest du überhaupt?«, keuchte ich und atmete hastig.

»Als ich gestern Nacht Herrn Calderoni einen kleinen Besuch abstattete, um ihm ein paar Fragen zu stellen, wurde ich plötzlich von seiner Leibgarde umzingelt. Schräge Typen, die sich für wahnsinnig gefährlich hielten und ganz wild auf Prügel waren.«

Soweit ich sehen konnte, hatte mein Klient nicht eine Schramme davongetragen. Sicher hatte er sie auf seine typische Art auf den Boden geworfen.

»Dabei stellte sich heraus«, fuhr er fort, »dass dein Kompagnon der Chef dieser Blechbüchsenarmee ist.«

»Warum sagst du das nicht gleich?« Ich versuchte ein erleichtertes Lachen, aber meine Stimme brachte nur ein Krächzen hervor. »Kittel und ich arbeiten nicht an derselben Sache, weißt du.«

»Verstehe. Du ermittelst in einem Mordfall, während er für den Mörder arbeitet.«

»Für den Mörder? Wie kannst du das sagen?«

»Das ist doch so gut wie sicher.«

Eine der grundlegenden Regeln meines Jobs ist, dass es nicht genügt, sich so gut wie sicher zu sein. »Wieso bist du überhaupt bei Calderoni aufgekreuzt?«

Frankenstein zerrte einen orangefarbenen Zettel aus seiner Hosentasche, der von Kittel hätte stammen können, und warf ihn auf den Schreibtisch. »Er schreibt mir neuerdings Drohbriefe.«

Halt dich raus, Hombre. Wenn nicht, bist du Asche kalt. Sonst nix. Ciao, las ich.

»Wie kommst du darauf, dass er ihn geschrieben hat?«

»Ist er Italiener oder nicht?«

»Aber ›Hombre‹ ist Spanisch, soviel ich weiß.«

Frankenstein zuckte mit den Schultern.

»Warum kann nicht Lilienthal der Täter sein?«, schlug ich vor.

»Wieso sollte er?«

»Papic wollte ihn nach allen Regeln dieser seltsamen Kunst demontieren. Und Lilienthal hatte davon Wind bekommen.«

»Er war's nicht.«

»Wieso nicht? Anfangs warst du doch auch überzeugt davon, dass er –«

»Vielleicht.« Frankenstein hatte sich eine Zigarette in den Mundwinkel gesteckt und mühte sich mit seinem Feuerzeug ab. »Aber während du genüsslich im Dunkeln tappst, ist mir so manches klar geworden.«

»Die Kripo ist sich so gut wie sicher, dass du der Mörder bist.«

Der Riese nahm die Kippe aus dem Mund und presste seine Lippen zusammen. »Du etwa auch?«

»Nein, wie kannst du das denken? Ich frage mich nur, wieso du jetzt plötzlich glaubst, dass Calderoni …«

»Er hat seine Finger da drin. Irgendwas hat er mit der Sechtemstudie zu tun.«

»Vergiss diese alberne Studie. Die ist ein reiner Witz und nie und nimmer ein Mordmotiv.«

»Wer sagt das?«

»Papics Mutter. Ich habe eben mit ihr gesprochen.«

»Und du glaubst dieser alten Schachtel?«

»Warum nicht? Alles in allem macht sie einen recht rüstigen Eindruck. Immerhin hat die alte Schachtel Lilienthal mit der Ohrmuschel krankenhausreif geschlagen.«

Diese Nachricht schien ihn milder zu stimmen. »Welche Version meint sie denn?«

»Welche Version? Gibt es etwa mehrere? Herr Söding hat mir nur eine überlassen.«

»Söding«, sagte Frankenstein gedehnt. »Der steckt doch auch bis zum Hals drin. Höchstwahrscheinlich war er sogar schon damals bei dem Mord an Sechtem mit von der Partie.«

»Höchstwahrscheinlich? Was soll das heißen? War er oder war er nicht?«

»Sechtem stürzte aus dem zwölften Stock auf den Wallrafplatz. Nachträglich hieß es, er habe nur seine Blumen gießen wollen und sei dabei verunglückt. Aber mir kam diese Version immer schon ziemlich fragwürdig vor.« Mein

Gegenüber hatte die Zigarette endlich entzündet und nahm auf meinem Schreibtischstuhl Platz, der mit einem verzweifelten Ächzen um Hilfe rief. »Also kam mir die Idee, anonyme Erpresserbriefe an einige WDR-Leute zu schreiben.«

»Na und?«

»Söding war der Einzige, der tatsächlich Geld überwies.«

»Was beweist das schon, außer dass er reichlich dämlich ist?«

»Dass er Dreck am Stecken hat, wenn auch nicht klar ist, was für ein Dreck das ist.«

»Du hast nichts als Mutmaßungen.«

»Deshalb habe ich mich ja entschlossen, mit dem Erlös einen Profi zu engagieren, damit er die Wahrheit ans Licht bringt. Dich.«

»Erlös?« Ungläubig schüttelte ich den Kopf. »Willst du damit etwa sagen, dass du mich mit erpresstem Geld bezahlst?«

»Glaubst du, dass ich mir als Gelegenheitskünstler einen Privatdetektiv leisten kann?«

»Da ist aber noch was: Du wurdest bei Sechtem gesehen, als er sich aus dem Fenster stürzte.«

»Wer behauptet das?«

»Die Polizei.«

»Für die bin ich sowieso schuldig.«

»Sag mir endlich, was du weißt.«

»Warum sollte ich?«

»Weil ich dir sonst nicht helfen kann.«

»Du mir helfen?«

»Allerdings. Erzähl mir bloß nicht, du brauchst keine Hilfe.«

»Wie kann ich dir trauen? Mit dem Kommissar scheinst du ja sogar richtig dicke zu sein.«

»Nein«, wiegelte ich ab. »Nicht dicke. Er versucht hin und wieder, mich anzuzapfen, das ist ganz normal bei einem Bullen.«

Frankensteins Miene verfinsterte sich. »Er ist auch so einer, der immer gleich losschlagen will«, grollte er.

»Übrigens macht sich Gerrit Sorgen um dich«, log ich.

Ich wollte nicht wieder einen Tischbrand riskieren. Deshalb stand ich vorsichtig auf, um meinem Gast einen Aschenbecher zu besorgen. »Sie hat mich gestern Abend aufgesucht.«

Götz Frankenstein knallte seine Ellenbogen auf den Tisch und stützte seinen enormen Schädel mit seinen riesigen Pranken. Eine ganze Weile blieb er so sitzen und starrte ins Leere. »Na, schön«, brummte er dann. »Ich sage dir, wie es passiert ist.«

»Na endlich.«

»Erinnerst du dich noch an das Telefongespräch, von dem ich dir erzählte?«

»Du meinst das, das du auf dem Klo belauscht hast?«

»Das war der Anlass für meine Briefaktion. Ich wollte wissen, was es mit dieser Sache, von der keiner erfahren durfte, auf sich hatte. Sechtem meldete sich kurz darauf bei mir und wollte mich sprechen.«

»Weshalb?«

»Keine Ahnung. Als ich sein Büro betrat, überraschte ich ihn dabei, wie er gerade über Gerrit herfiel. Sie war damals Volontärin beim WDR. Gerrit versuchte, sich zu wehren, aber er hielt ihren Mund zu und wollte ihr die Bluse vom Leib reißen.«

Ich nickte. Den Rest konnte ich mir denken. »Und dann hast du ihn aus dem Fenster geworfen.«

»Nein«, sagte er. »Er wollte sich auf mich stürzen und stolperte. Es war ein Unfall.«

Ich entdeckte endlich den Aschenbecher. Er stand neben einer Kaffeetasse auf der Fensterbank. »Aber das hätte dir niemand geglaubt.«

»Richtig. Jetzt weißt du, wie ich Gerrit kennen gelernt habe.«

»Und was ist mit der Hörspielmeisterschaft in Willich-Schiefbahn?«

»Das habe ich erfunden, weil ich nicht wusste, ob man dir trauen kann. Tut mir Leid.«

»Keine Ursache«, sagte ich großzügig. »Man kann nie vorsichtig genug sein.«

Ich klopfte ihm freundschaftlich auf die Schulter und ging zum Fensterbrett, um den Aschenbecher zu holen.

In diesem Moment passierte es.

Jemand trat die Tür ein. Im nächsten Augenblick standen drei Männer in meinem Büro. Zwei von ihnen hielten Frankenstein ihre schussbereiten Waffen an die Schläfe. Der dritte war Bondt. Der Hauptkommissar hatte die Hände in den Taschen und lächelte freundlich. »Guten Tag, die Herren«, sagte er.

Frankenstein hielt sich mit Gewalt auf dem Schreibtischstuhl, gespannt wie ein Flitzebogen. Seine Augen waren Schlitze, der Kopf knallrot und an seiner Schläfe pulsierte eine Ader. In dem Blick, mit dem er mich festzunageln versuchte, lag abgrundtiefer Hass. »Man kann nie vorsichtig genug sein, was?«, murmelte er.

Ich hielt den Aschenbecher zwischen den Fingern, dem ich möglicherweise mein Leben verdankte. Hätte ich mich nicht zufällig außerhalb der Reichweite seiner Pranken befunden, Frankenstein hätte mir trotz der auf ihn gerichteten Waffen mit einer Hand den Kopf abgerissen. »Ich schwöre dir, ich habe keine Ahnung.«

Mein Klient starrte mich an, als sei er das personifizierte Gute, das vom Bösen in der Welt wieder einmal hereingelegt worden war, so wie es seit Jahrtausenden täglich geschah. »Klar«, nickte er. »Hast du nicht.«

»Sie sind verhaftet«, wandte sich Bondt aus sicherer Entfernung an Frankenstein.

»Ehrlich«, bekräftigte ich. »Ich bin genauso überrascht wie du.«

»Die Tür stand offen«, sagte Bondt. »Vielen Dank für die Hilfe, Voss.«

»Bedanken Sie sich doch nicht!«, fuhr ich ihn an. »Es hat keine Hilfe gegeben. Sagen Sie ihm, dass ich Ihnen nicht geholfen habe.«

Bondt deutete auf Frankenstein. »Führt ihn ab, Leute«, sagte er. »Oder soll ich sicherheitshalber eine Hundertschaft anfordern?«

Ich hoffte, dass mein Klient sich wehrte. Mit den drei Figuren konnte er doch mühellos fertig werden. Er sollte sie auf den Boden werfen und dann mein Büro demolieren. Na ja, vielleicht doch besser das von Kittel.

Frankenstein aber tat nichts dergleichen. Er ließ sich widerstandslos abführen wie das Lamm Gottes persönlich. Dass ich mich wie ein Schwein fühlte, war ihm offenbar wichtiger als jede Prügelei.

»Bis bald«, verabschiedete sich Pit Bondt, indem er an eine imaginäre Mütze tippte. »Sie haben eine Klematis bei mir gut, Voss.«

Auf der Türschwelle sah sich Frankenstein ein letztes Mal nach mir um. Er sagte kein Wort, dafür redete sein Blick. Schlaf gut, Voss, sagte der Blick. Genieße deine Nächte bis zu der einen, die deine letzte sein wird. Denn dann werde ich neben deinem Bett stehen und dir den Kopf abreißen.

17

Ich ließ mich auf den Schreibtischstuhl fallen, der noch warm von Frankensteins Hintern war, und starrte dumpf auf den Bildschirmschoner meines Computers. Wieso fühlte ich mich wie ein jämmerlicher Verräter? Ich hatte nichts getan. Jedenfalls nichts, wofür ich mich schämen musste.

Vor meinen Augen schwamm ein großer Fisch, der Frankenstein ähnlich sah, hinter einem kleinen her. Sein Maul hatte er gierig aufgerissen, um den kleinen zu verschlingen.

Immer wieder schien er ihn zu haben, aber dem Kleinen gelang es jedes Mal zu entkommen. Schwimm, kleiner Fisch, feuerte ich den Winzling an. Du hast dir nichts vorzuwerfen. Schwimm schneller, sonst verschlingt er dich. Der kleine Fisch schwamm, was er konnte, aber dann wurde er doch gefressen. Das Spiel begann von neuem.

Im Fernsehen hatte mal jemand behauptet, dass immer mehr einsame Menschen dazu neigen, sich mit ihren Bildschirmschonern zu unterhalten. Und dass die Softwarebranche inzwischen fieberhaft daran arbeite, etwas zu entwickeln, das dieses Bedürfnis möglichst perfekt befriedige. Der Bildschirmschoner werde also so eine Art Mitmenschenersatz, der schon bald zur ernsthaften Konkurrenz für den natürlichen Mitmenschen werden könne.

Erst nachdem ich eine Ewigkeit dumpf gestarrt hatte, kam mir allmählich die Frage, wieso die Fische über den Bildschirm schwammen. Wer hatte meinen PC eingeschaltet?

Ich bewegte die Maus.

Die Fische verschwanden. Stattdessen erschien eine fette schwarze Schrift: *Erhebung zur Lage des deutschsprachigen Hörspiels, von Dr. phil. Ernst M. Sechtem.*

Ich betätigte den Pfeil nach unten. Das CD-ROM-Laufwerk begann zu brummen.

Unzählige Zahlenkolonnen, Tabellen und Schaubilder rasten an mir vorbei. Legenden, Definitionen, bunte Diagramme, Interpretationsschlüssel und immer wieder Verweise auf vergleichbare Studien, Zitate längst verstorbener Autoren und maßgebliche Expertenmeinungen.

Ich bremste die Talfahrt und fuhr wieder hinauf. Gleich unter dem Titel entdeckte ich ein Inhaltsverzeichnis und klickte auf das letzte Kapitel mit der Überschrift: *Fazit und Ausblick.*

Schon nach den ersten Zeilen wurde mir klar, dass diese Version der Studie im Gegensatz zu der Södings keinerlei Anlass zur Euphorie sah. Zwar war auch hier die Rede von einem Tunnel, aber der war am Ende nicht beleuchtet, sondern stockfinster. Wenn überhaupt von Licht gesprochen werden konnte, dann von dem sprichwörtlichen, das derjenige ausknipst, der als Letzter geht.

Sechtem und seine Mitautoren, zu denen auch ein gewisser Kelzenberg zählte, erklärten den Kampf gegen das übermächtige Fernsehen für verloren. In einer Zeit, in der Radios mehr und mehr als Beschallungsgeräte für Supermärkte, Autobahnraststätten und Toilettenanlagen eingesetzt werden würden, habe die Kunstform Hörspiel keinen Platz mehr.

Der Tatbestand faktischer Unerheblichkeit, schrieb Sechtem, der offenkundig zum Dozieren neigte, *ergibt sich eindeutig aus dem Irrelevanzquotienten. Von Irrelevanz sprechen wir, wenn die Größe U (Urheberfaktor) über der Größe E (Einschaltquote) liegt, denn das bedeutet, dass nicht einmal die Produzenten (U) zu den Hörern (E) ihrer eigenen Werke zählen.*

Das also steckte hinter Papics Formel E<U. Keineswegs hatte er, wie Söding mich hatte glauben lassen, Ernst- und Unterhaltungskultur gemeint.

Was im Übrigen das Hörspiel angehe, führte die Studie weiter aus, sei die Lage ziemlich hoffnungslos, wenn auch wieder nicht so ernst, wie manche behaupten würden. Schließlich müsse man nicht nur in diesem Zusammenhang, sondern auch allgemein davon ausgehen, dass im Zuge weltweiter Weiterentwicklung elektronischer Kommunikationssysteme die Menschheit mehr und mehr zu einer einfachen Form gestenvermittelter Interaktion zurückkehren werde, was die Schriftsprache langfristig erübrige. Schon heute müsse man sich auf der politisch planerischen Ebene sorgfältig überlegen, inwieweit sich Investitionen in Alphabetisierungskampagnen nicht auf lange Sicht als kostspieliger, aber ineffektiver Luxus herausstellen könnten, ähnlich der Steinkohlesubvention.

Was das ehemals viel versprechende künstlerische Wort angeht, kam Sechtem zum Punkt zurück, *empfiehlt es sich über kurz oder lang, die Produktionen auf null herunterzufahren. Der minimalistische Grundsatz* weniger ist mehr *gilt hier in radikaler Weise:* Gar nichts wäre immer etwas. *Diese Empfehlung möchten wir aber nicht aussprechen, ohne auf eventuelle Gegenmaßnahmen aufmerksam zu machen, von denen sich zumindest ein Teil der Experten durchaus Besserung verspricht: Sie regten an, finanziert aus den Hörspieletats des öffentlich-rechtlichen Rundfunks, hauptberufliche Hörer einzustellen, die man gezielt zum Hören schwergängiger Kost verpflichten soll – gegebenenfalls gegen Erlass der Rundfunkgebühren –, um so die Einschaltquoten künstlich wieder in die Höhe zu treiben. Anstatt Preise für das bloße Einschalten des Rundfunkgerätes zu versprechen, könnte es sich lohnen, Hörer steuerlich besser zu stellen als Fernseher (›wer nicht hören will, muss fühlen‹).*

Denkbar sei auch, auf die Produktion eines Hörspiels künftig ganz zu verzichten und sich von Anfang an auf die Zweitverwertung, also die Deutung und literaturwissenschaftliche Würdigung eines mutmaßlichen Werkes zu konzentrieren. Das allerdings würde die Kosten letztlich einseitig auf den Buchhandel abwälzen.

Für eine dauerhafte Besserung der Lage seien diese Maßnahmen somit ungeeignet. Die größtmögliche Kostenentspannung würde selbstredend eine völlige Einstellung des Genres bewirken.

Noch mehrmals ließ ich die Zahlenkolonnen vor meinem Auge hinauf- und hinunterrasen und sah wie hypnotisiert zu, wie die einzelnen Zeichen zu schwarzen Streifen wurden. Dann endlich ließ ich die Maus in Ruhe und wartete, bis sich der Bildschirmschoner wieder aktivierte.

Jetzt hatte ich die Antwort auf meine Frage, was Frankenstein bei Calderoni gesucht hatte. Mein schlechtes Gewissen, das ich fraglos völlig zu Unrecht empfand, wurde noch drückender. Mein Klient, der schon genug unter seinem Äußeren zu leiden hatte, hatte mitnichten in meinem Büro mit der Absicht gewartet, mir einen Schreck einjagen und ein wenig unangenehm werden zu wollen. Er hatte mir diese CD mitgebracht. Sieh doch, hatte er sagen wollen, was ich in Calderonis Safe gefunden habe. Genau deshalb hatte er seine Blechbüchsenarmee aufmarschieren lassen.

Aber Frankenstein war nicht mehr dazu gekommen, mir davon zu erzählen.

Eigentlich war der Fall Papic, was mich anging, nun Geschichte. Denn mein Klient würde sich eher die Zunge abbeißen, als mich darum bitten, eine seiner abstrusen Verdächtigungen zu überprüfen. Im Übrigen hatte sich ja wohl herausgestellt, dass er gar nicht der Spinner war, für den ich ihn insgeheim gehalten hatte.

Ich wählte Kittels Handynummer, aber er hatte die Mailbox eingeschaltet. »Kittel, ich bin's«, sagte ich. »Ich finde, du solltest wissen, dass ich auf dem Weg nach Bösensell bin, um einige recht delikate Dinge mit deinem Chef zu klären. Überlege dir, auf welcher Seite du stehst.«

Es war kurz nach fünf Uhr, als ich durch Calderonis Reich radelte. Eine milde Brise sorgte für Rückenwind und die Nachmittagssonne ließ Möbelmärkte, verwaiste Parkplätze und Bratwurststände freundlich und entspannt aussehen. Hunderte zusammengeschobener Einkaufswagen blitzten feierabendlich in der Sonne. Im tristen Wareneingangsbereich eines Teppichmarktes hielt ein holländisches Seniorenpärchen ein friedliches Picknick ab.

Die Großbaustelle, die einmal Ohrensell werden sollte, erinnerte von weitem an eine ägyptische Ausgrabungsstätte. Alle Rohbauten erstrahlten in mildem Licht und schienen mit der goldenen Nase konkurrieren zu wollen, die sich Calderoni mit diesem Projekt hatte verdienen wollen.

Doch dann war ihm eines Tages diese Studie auf den Tisch geflattert. Vergiss Ohrensell, hatte sie gesagt. Begrabe deine hochfliegenden Pläne und bleib bei dem, was du kannst: schlechte Möbel verkaufen, die aussehen wie gute. Und deine geliebte Aurora, für die du der Märchenprinz bist, kehrt in die Stöhn- und Rammelbranche zurück und macht mit dem Sex, was du mit Möbeln machst.

Jeder andere hätte sich wahrscheinlich gefügt. Aber nicht Giuseppe Calderoni, in dessen Innerem südländisches Temperament und münsterländische Sturheit miteinander auskommen mussten. Mochte die neapolitanische Sonne auch noch so heiß vom Himmel brennen, der Querkopf aus Amelsbüren behielt seinen Hut auf, hüllte sich in Ölzeug und wartete auf den vorhergesagten Nieselregen.

Die Sechtemstudie hatte sich so ziemlich den ungünstigsten Zeitpunkt ausgesucht, um auf Calderonis Schreibtisch zu flattern. Schließlich hatte er sein Geld schon ausgegeben. Also beschloss er, dass es sie nicht gab. Dass andere seine Sicht teilten, dafür sorgte sein feiner italienischer Sinn für einseitige soziale Gegenseitigkeit, den die Mafia weltberühmt gemacht hatte.

Aus einiger Entfernung bemerkte ich zwei Typen auf Calderonis Grundstück: den langen mit dem Pferdeschwanz und einen kleinen, dickeren. Seine Leibgarde. Ich stieg ab und ließ das Fahrrad zurück, auch wenn meine Vorsicht unbegründet zu sein schien: Die beiden Mitarbeiter knieten auf der Terrasse neben dem Pool und scheuerten den Fußboden. Ich schlich mich näher heran und bemerkte Kittel, der wenige Schritte entfernt stand und ihnen über die Schulter blickte. »Vielleicht sollten wir es mal mit Säure versuchen«, sagte er skeptisch.

Calderonis Chauffeure scheuerten sich die Finger wund.

Ich wollte mich mit den Herren nicht unbedingt unterhalten, also drückte ich mich am äußeren Rand des Grundstücks entlang. Ich stieß auf einen schmalen Pfad, auf dem man im Schutz einiger Obstbäume die Terrasse umgehen konnte. Im Vorbeigehen konnte ich einen Blick auf das werfen, was die kostbaren Travertinsteine verunstaltete. Es war ein Schriftzug aus schwarzer Farbe, der mit einer ungewöhnlich großen Schablone aufgesprüht worden war. Die Buchstaben WAF prangten unter einer Kommode, in der eine Axt steckte.

»Verfluchte Scheiße, das bringt nichts!«, ärgerte sich der Pferdeschwanz und warf den Lappen hin. »Ich bin doch nicht bescheuert.«

»Los, weiter«, kommandierte Kittel. »Wenn das in einer Stunde nicht weg ist, kriegt der Chef wieder einen Anfall.«

»Mir doch egal«, moserte der andere.

Ich gelangte auf die rechte Seite der Luxusvilla, wo mir ein einstöckiger Anbau mit Flachdach und bunten, bleiverglasten Fenstern den Weg verstellte. Eine Hauskapelle? Dagegen sprachen die sündigen Motive auf den Fenstern: barbusige Nixen und nackte Aphroditen, die aus Muscheln stiegen. Außerdem befand sich auf dem Flachdach eine Terrasse mit Liegestuhl und rotem Sonnenschirm. Von da oben führte eine Tür ins Haus hinein. Sie war angelehnt.

Ich fand eine Steintreppe, die mich auf das Dach brachte, schob mich durch die Tür und stand auf einer Wendeltreppe aus Aluminium, die gleich wieder hinunterführte, in Calderonis Badetrakt. Ich blickte auf eine Saunakabine, diverse Duschen und ein Tauchbecken. Alles funkelte im bunten, irgendwie sakralen Halbdunkel der Kirchenfenster. Die Mitte des verkachelten Raumes bildete eine große ovale Badewanne. Erst neulich hatte ich Aurora dabei beobachtet, wie sie dem schaumgekrönten Wasser entstieg.

Dieses Mal war der Badezusatz längst in sich zusammengefallen, nur an den Rändern hielten sich noch ein paar kümmerliche Nester. Das Wasser in der Wanne schimmerte rot, trotz des gelben Lichtstreifens, der durch die Fenster fiel, und erinnerte an Tomatensaft. Ein Mann lag darin, was ich aus den haarigen Beinen schloss, die unter einem Badetuch hervorragten. Das Frotteetuch erkannte ich wieder, es war das auberginefarbene, das Giuseppe Calderoni um seinen Bauch gewickelt hatte, als ich ihn das letzte Mal aufgesucht hatte.

Obwohl mir mein Gefühl sagte, dass es das Beste wäre, wenn ich mich möglichst schnell verdrückte, ging ich langsam die Treppe hinunter.

Je mehr ich mich der Wanne näherte, desto sicherer war ich mir, dass es sich bei dem Mann in der Wanne um den Möbelkönig handelte. Und dass er tot war. Dafür sprach am meisten ein seltsames eisernes Gestell, das gleich neben der Wanne auf dem Boden lag. Zuerst hielt ich es für eine Leiter, doch es entpuppte sich als ein Ding, das aussah wie ein Kleiderbügel mit Oberkörper und Füßen.

An den Füßen klebte Blut.

18

»Keine Bewegung!«, kommandierte eine scharfe Stimme hinter mir. »Die Hände über den Kopf, aber plötzlich!«

Ich kannte die Stimme. »Ach, du bist's«, sagte ich erleichtert.

»Komm mir bloß nicht so.«

»Kittel, hör doch mal …«

»Die Hände hoch, aber schnell!«

»Das ist kindisch.« Ich tat, was er verlangte, drehte mich aber zu ihm um.

Neben ihm standen die beiden Figuren, die sich mit der Terrasse abgemüht hatten. »Wenn du willst, dass ich ausziehe«, sagte ich, »brauchst du es mir nur mitzuteilen. Aber lass uns nicht auf diese Art streiten.«

»Der Mann in der Wanne ist mein Chef«, schnarrte Kittel anklagend.

»Du denkst doch nicht im Ernst, dass ich ihn umgebracht habe.«

»Ich denke im Ernst, dass du ihn für einen Mörder gehalten hast.«

»Ach ja, und deshalb bin ich schnell hergeradelt und habe ihn abgemurkst. Ist das deine Theorie?«

»Ich brauche keine Theorie. Nur eine Antwort auf die Frage, was du hier zu suchen hast.«

»Ganz einfach«, sagte ich vage.

Kittel wartete.

»Nun, ehrlich gesagt, hielt ich ihn in der Tat für einen Mörder. Darüber wollte ich mit ihm reden.«

»Nur mit ihm reden? Und deshalb hast du dich an uns vorbeigeschlichen?«

»Geschlichen würde ich nicht sagen. Mir schien, die Herren hatten Wichtigeres zu tun.«

»Wie bist du ins Bad gekommen?«

Ich deutete nach oben. »Die Tür war offen.«

Misstrauisch schüttelte Kittel den Kopf.

»Kein Problem«, meinte Pferdeschwanz mit einem devoten Lächeln, das einen frösteln ließ, »ich werde schon dafür sorgen, dass dem Fettsack sein Grinsen vergeht.« Er zog ein Klappmesser und kam auf mich zu.

»Nein«, sagte Kittel.

»Schnauze, du hast mir nichts zu sagen.«

»Halt!« Es klickte, als Kittel seine Waffe entsicherte. »Du rührst ihn nicht an.«

»Warum denn nicht?«, maulte der Schönling enttäuscht.

»Wir rufen die Kripo.«

Der Dicke gluckste. »Die Kripo …«

»Was ist denn daran komisch?«, fuhr Kittel ihn an.

»Na, ich meine nur, weil der Chef niemals die Kripo gerufen hätte.«

»Was heißt das schon? Los, gib dein Handy her.«

Kaum eine Viertelstunde später traf Hauptkommissar Bondt ein. »Sie schon wieder«, begrüßte er mich. »Schönen Gruß von Ihrem Verdächtigen.«

»Haben Sie ihn in die Mangel genommen?«

»Tja, hätte ich gern. Aber seine Anwältin hat ihn rausgepaukt.«

»Anwältin? Ich wusste nicht, dass er eine hat.«

»Eine von diesen Frauen, die traumhaft aussehen, mit denen Sie aber trotzdem nicht mal im Traum zu tun haben möchten.« Bondt grinste mitleidig. »Übrigens war das ein Scherz.«

»Was?«

»Das mit dem schönen Gruß. In Wirklichkeit hat er geschworen, Sie umzubringen, Voss. Also passen Sie auf sich auf.«

Ich machte meine Aussage, dann beschäftigte Bondt sich mit meinem Partner.

Kittel kam ins Schwitzen, denn er musste erklären, wie es direkt vor den Augen seines Sicherheitsteams zu dem Mord hatte kommen können. Seltsamerweise begnügte er sich im Großen und Ganzen mit dem Verweis darauf, dass sein Chef habe baden wollen.

Bondt kratzte sich am Kopf. »Und seit wann befand sich Herr Calderoni in der Badewanne?«

Kittel sah auf die Uhr. »Seit ungefähr drei Stunden.«

»Und Sie haben ihn nicht vermisst?«

»Wie Sie sehen, konnte er außerdem Sauna und Solarium benutzen. Er hasste es, dabei gestört zu werden.«

»Aber drei geschlagene Stunden? Da wird man doch stutzig.«

»Der WAF-Anschlag auf den Swimmingpool hat ihm den Tag versaut«, erklärte Kittel. »Giuseppe hat rumgetobt und seinen Gorillas Beine gemacht, weil die geschlafen haben. Auch auf mich war er nicht besonders gut zu sprechen.«

»Und da haben Sie sich gedacht: Soll er sich doch selbst bewachen, wenn er so grantig ist. Was?«

»Sie hätten ihn erleben sollen. Er hüpfte herum wie ein wild gewordener Schrat und trat den beiden«, Kittel deutete auf Pferdeschwanz und seinen dicken Kumpel, »in den Hintern. Wenn ich aus dem Bad komme und da ist auch nur noch ein winziges Fleckchen, das an die Schweinerei erinnert, dann werden Köpfe rollen, drohte er.«

Bondt schwenkte einen Prospekt von *Calderonis Möbelwelt* und zeigte auf ein Foto. Daneben stand: *Herrendiener, anthrazit € 29,90.* »Die Mordwaffe«, erklärte er. »Können Sie auch in Silber und in Schwarz bekommen.«

»Fest steht, dass der Mörder unsere Unachtsamkeit ausgenutzt hat«, sagte Kittel. »Da liegt doch die Vermutung nahe, dass der Spray-Anschlag zum Mordplan gehörte.«

»Wenn Sie einen Verdacht haben sollten«, lockte Bondt, »dann nur raus damit.«

»Ich weiß sogar, wer ihn auf dem Gewissen hat. Eine Frau namens Melissa von Braun.«

»Woher wissen Sie das?«

»Sie hat damit geprahlt, dass sie es tun wird. Weil sie Herrn Calderoni hasste.«

»Wo finden wir diese Frau?«

»Ich habe keine Ahnung.«

Auf Bondts Gesicht zeichnete sich Enttäuschung ab.

»Sie ist die Anführerin der Westfälischen Antipressholzfraktion. Das ist die Chaotentruppe, die Herrn Calderoni schon seit langem zusetzt. Akademiker mit hohem IQ, den sie aber energiesparend einsetzen. Sie demolieren Möbel, sprühen Graffiti und –«

»Und bringen Leute um?« Der Kommissar wiegte skeptisch den Kopf. »Herr Kittel, Sie müssen zugeben …«

»Es passt doch alles zusammen! In der Nacht haben sie diese Schrift mitten auf die Terrasse gesprüht, um uns abzulenken. Während wir schrubbten, ist sie seelenruhig reingegangen und hat Herrn Calderoni mit dem Herrendiener erschlagen.«

»Ach, das geht so einfach?«

»Herr Calderoni verbringt seine Zeit nicht ausschließlich in der Wanne. Hin und wieder sonnt er sich auf der Terrasse. Später geht er noch einmal in die Wanne und vergisst dann meistens, oben zuzuschließen. Die Tür ist also offen. Es ist wie eine Einladung.«

Bondt hob listig den Zeigefinger. »Aber das weiß keiner außer dem Personal.«

Kittel nickte.

»Damit wir uns richtig verstehen: Diese Melissa hatte keine Ahnung von den Badegewohnheiten des Toten, dafür aber diese beiden Figuren«, der Kommissar deutete auf die Chauffeure, »und Sie.«

»Schon, aber warum sollte ich ihn umbringen wollen?«

Pit Bondt zuckte die Achseln. »Eifersucht. Sie trieben es mit seiner Geliebten, Aurora Daponte.«

»So ein Quatsch!«

»Sehen Sie, Herr Kittel, im Gegensatz zu vielen meiner Kollegen gehöre ich nicht zu denen, die sich für ein Motiv die Hacken ablaufen. Ein Mord ist ein Mord, basta. Und ein Motiv ist ein Grund für einen Mord. Glauben Sie mir, so wie heutzutage immer mehr Sachen ohne Grund passieren, so geschehen immer mehr Morde ohne Motiv.«

»Aber ich habe keineswegs etwas mit Aurora Daponte –«

»Ach ja? Frauen wie sie wirken vielleicht einfältig, aber sie sind Männerfresser.«

Kittel schnaufte abfällig. Es war ihm zu blöd, darauf zu antworten.

»Und Calderoni stand Ihnen im Weg.«

»Das war ich, Herr Kommissar«, meldete ich mich. »Aber auch ich habe es nicht mit ihr getrieben. Aurora hat nur bei mir eine Dusche genommen.«

»Halten Sie sich da heraus, Voss«, ermahnte mich Bondt. »Jetzt ist die Kripo dran.«

»Herr Kittel ist immerhin mein Partner.«

»Er ist Angestellter dieses zwielichtigen Hauses«, widersprach Bondt.

»Er ist mein Partner«, beharrte ich. »Wenn Sie ihn für verdächtig halten, verhaften Sie ihn. Ansonsten haben wir unsere Arbeit zu tun.« Ich schob Kittel vor mir her in Richtung Terrasse. »Los jetzt.«

Wir stiegen über das WAF-Emblem, dem die Schufterei mit dem Lappen wenig angehabt hatte. »Wir müssen die Steine abschleifen«, murmelte Kittel. »Anders geht's nicht.«

»Moment mal!«, rief uns Bondt nach.

Ich sah mich um und lächelte gewinnend. »Sie schulden mir noch eine Klematis, Herr Kommissar.«

Wenige Minuten später sausten wir in Kittels offenem Sportwagen auf der A 43 in Richtung Münster und spürten den Fahrtwind auf unseren Gesichtern.

»Okay«, sagte Kittel, während er auf die Tube drückte. »Wir sind quitt.«

Er hatte mich übel beschimpft, nachdem ich ihn aus den Händen von Kidnappern gerettet hatte. Dann hatte er mich abknallen wollen und ich hatte obendrein seinen Hals aus Pit Bondts Schlinge gezogen.

»Gut«, sagte ich trotzdem. »Wir sind quitt. Aber nur, wenn in deinem Haushalt von heute an nichts mehr ohne meine ausdrückliche Genehmigung geschieht.«

»Ich weiß nicht, was du an diesem Kommissar findest. Dass alles auf Melissa von Braun deutet, sieht doch wohl ein Blinder!«

»Vielleicht war sie's«, meinte ich. »Ich glaube es aber nicht.«

»Warum nicht?«

»Calderoni war in die Papic-Sache verwickelt und die Kripo denkt das auch. Was glaubst du denn, wieso Bondt sich diesen Fall sofort unter den Nagel reißt?«

Kittel fuhr so nahe auf den BMW vor uns auf, dass ich den Pickel hinter dem rechten Ohr des Fahrers erkennen konnte.

»Sagt dir der Name Gudrun Hallstein etwas?«, fragte ich.

»Wer ist das?«

»Eine alte Dame, die heute Nachmittag einem Mann beinahe den Schädel eingeschlagen hat. Zufälligerweise hat sie auch Calderoni damit gedroht.«

»Du meinst die alte Hexe, die auf seinen Anrufbeantworter gesprochen hat?«

Ich nickte. »Theoretisch könnte sie es getan haben. Calderoni ging um zwei baden. Um drei konnte sie zurück im Hotel sein und Lilienthal eins auf die Mütze geben.«

»Eine alte Frau soll ihn erledigt haben?« Mein Partner verzog skeptisch den Mund.

»Sie bezeichnete ihre Tat als künstlerischen Akt. Leider habe ich es versäumt, sie zu fragen, ob Lilienthal ihr Erstlingswerk war.«

Kittel scherte aus, um zu überholen. Meine Finger krallten sich am Sicherheitsgurt fest.

»Warum war dein Chef eigentlich nicht auf der Abschlussveranstaltung?«, erkundigte ich mich. »Soviel ich weiß, wollte er dort eine wegweisende Rede halten.«

»Die Rede.« Kittel nickte. »Aurora erinnerte ihn heute Morgen daran. Er war sauer und brüllte sie an. Diese allgegenwärtigen Gegenwartsliteraten und schöngeistigen Saftärsche können mich mal kreuzweise, hat er geschimpft. Er war mit dem falschen Fuß aufgestanden. Daraufhin ist sie allein in die Stadt gefahren. Wenn du mich fragst, hatte er keine Lust, Lilienthal zu gratulieren.«

»Bloß, weil er ihn nicht leiden konnte? Wie ich deinen Chef kannte, zählte er viele Leute, die er nicht leiden konnte, zu seinen besten Freunden.«

»Eben deshalb. Gestern habe ich zufällig mitbekommen, dass er mit Lilienthal telefonierte. Mir fiel auf, dass seine Stimme nicht so freundlich war wie sonst. Sie war besonders freundlich.«

»Das bedeutet?«

»Nichts Gutes für Lilienthal. Weißt du, sagte er, ich will dich nicht wie eine Wanze zerquetschen, capisce? Natürlich könnte ich es, aber ich habe noch Großes mit dir vor. Also tue mir den Gefallen und achte auf deine Gesundheit. Ciao, Wanze.«

»Das hat er gesagt? Ciao, Wanze?«

»Exakt.«

»Aurora erwähnte, dass Calderoni einen seltsamen und gewöhnungsbedürftigen Humor hatte.«

»Genau, das hatte er. So war er auch selbst. Ziemlich seltsam und gewöhnungsbedürftig. Aber kein schlechter Mensch.«

»Auch das erwähnte sie.«

Kittel nickte noch einmal. »Ich werde mich um sie kümmern müssen. Sie hat doch jetzt niemanden mehr.« Ich konnte mich täuschen, aber seine Stimme klang irgendwie erwartungsfroh.

»Vorher sollten wir uns aber um Herrn Lars Lilienthal kümmern«, sagte ich.

»Warum?«

»Weil er bei einem heimtückischen Anschlag schwer verletzt wurde, der Arme. Weißt du, was ich mir auch nicht so richtig zusammenreimen kann? Alle Welt regte sich über Papics ausschweifenden Lebenswandel auf. Jede Nacht soll er sich eine andere Frau ins Bett geholt haben. Und was haben sie neben seinem Bett gefunden?«

»Sag's mir. Eine Frau?«

»Quatsch. *Securerectil.* Ein Potenzverstärker aus der Quacksalberapotheke.«

»Vielleicht hat er ja nur herumgeprahlt und war in Wirklichkeit eine tote Hose. So was gibt's.«

»Möglich. Aber vielleicht passt es auch nicht zusammen. Lilienthal zum Beispiel ist sexuell wesentlich genügsamer. Er ist mit einer Frau zusammen, die nicht besonders viel von ihm hält, und das scheint ihn nicht zu stören.«

»Weißt du, dass du ein jämmerlicher Schnüffler bist?«,

höhnte Kittel. »Erst ist Calderoni für dich der Mörder, dann wird er umgebracht. Jetzt muss ein anderer her. Lilienthal zum Beispiel. Du nimmst, was du kriegst, was?«

Ein weiterer Überholversuch beförderte uns um Haaresbreite unter die gewaltigen Räder eines Trucks. »Weißt du, dass du ein jämmerlicher Autofahrer bist?«, gab ich schweißgebadet zurück.

»Wieso Lilienthal?«, beharrte mein Partner.

»Calderoni hatte sein gutes Geld in Ohrensell investiert. Ein bisschen hatte er noch übrig, damit hat er sich Papic gekauft. Bei Lilienthal hat er es auch versucht. Er schenkte ihm so ein Auto, wie du hast. Aber irgendwie scheint es nichts genutzt zu haben. Lilienthal zickte, also hat Calderoni Papic nahe gelegt, ihn ein wenig zu triezen. Papic war nicht faul und hat ihn ziemlich getriezt. Er nannte ihn eine Null mit Stipendium.«

»Calderoni nannte ihn Wanze. Na und?«

»Ich wüsste gern, ob der große Autor einen mysteriösen Italiener kennt, der den Leuten auflauert und ihnen hin und wieder einen über den Schädel haut. Vielleicht hat er ihm ja Calderonis Adresse gegeben und sich gedacht, dass er selbst fein raus ist. Schließlich stand er exakt zur Tatzeit im Rampenlicht und ließ sich feiern. Das Alibi des Jahrhunderts …«

»Das glaubst du doch nicht wirklich.«

»Vielleicht nicht. Aber es kann nicht anders gewesen sein.«

19

Das Franziskus-Hospital war ein lang gestrecktes, weit verzweigtes Gebäude, in dem man sich leicht verlaufen konnte. Trotz der detaillierten Wegbeschreibung an der Pforte verlor man schnell die Orientierung, und bis man bereit war, dieser traurigen Tatsache ins Auge zu sehen, lief man so manchen Kilometer mal nach rechts, mal nach links oder nahm den nächstbesten Aufzug in eine beliebige Etage. Sensationsheischende Gerüchte, denen zufolge sich kerngesunde Besucher einer Operation unterzogen hatten, nur um auf dem Weg einer normalen Entlassung wieder an die Außenwelt befördert zu werden, betrachtete ich bald in einem anderen Licht.

Zuallererst aber brauchten wir einen Parkplatz.

»Da drüben muss es sein.« Kittel deutete auf einen gläsernen Eingangsbereich, der von rauchenden Patienten bevölkert wurde.

»Hier darfst du nicht parken.«

»Hab dich nicht so. Es ist ja nicht für lange.«

Wir brauchten aber lange, weil wir an der dritten Kreuzung irrtümlicherweise nach rechts in Richtung Gynäkologie abbogen. Als wir schließlich doch in Lars Lilienthals vermeintlichem Krankenzimmer standen, trafen wir nur eine Krankenschwester an, die dabei war, Berge von Blumengebinden zu entsorgen. »Der Patient wurde schon entlassen«, informierte sie uns kühl. »Eine gute Bekannte hat sich seiner angenommen.«

»Melissa von Braun, nehme ich an.«

Die Schwester schüttelte den Kopf. »Nein, das war nicht ihr Name.«

»Wie hieß sie denn?«

»Das kann ich Ihnen leider nicht sagen.«

»Das können Sie nicht sagen?«, ereiferte sich Kittel. »Wollen Sie damit sagen, jeder x-Beliebige kann hier ins Krankenhaus hereinspazieren und sich einen Patienten mit nach Hause nehmen, ohne dass Sie das irgendwie kratzt?«

»Lass nur«, bremste ich ihn. »Ich kann mir schon denken, wer sie ist. Wir werden die Frau jetzt aufsuchen.«

Der Rückweg zum Haupteingang war weniger problematisch als der Hinweg, da es die meisten Besucher inzwischen nach Hause zum Samstagabendprogramm drängte. Wir ließen uns mittreiben und sahen die Geschichten um verschwundene Patienten wieder als das, was sie waren: bloße Gerüchte. Allerdings mussten wir den einen oder anderen Stau vor einem Aufzug und hin und wieder zähflüssigen Verkehr auf den Gängen in Kauf nehmen.

Kittels roter Flitzer stand nicht mehr da, wo er ihn zurückgelassen hatte.

»Scheiße!«, ärgerte sich mein Partner.

»Ich hab dir gesagt, hier darfst du nicht parken.«

»Scheiße! Scheiße! Scheiße!«

»Wir holen ihn später.«

»Scheiße, Henk! Weißt du, was ich an dir hasse? Dass du in solchen Situationen immer eine Scheißruhe weghast!«

Da stand er mit rotem Kopf, laut fluchend. Die meisten Leute hielten ihn offenbar für einen Patienten, machten einen Bogen um ihn oder warfen ihm aus sicherer Entfernung mitfühlende Blicke zu.

Während er sich ärgerte, ließ ich mir von der Schwester an der Information ein Telefonbuch geben. Es gab elf Maybachs, drei G. Maybachs und eine davon wohnte in der Dorotheenstraße. Soweit ich mich erinnerte, war das nicht weit weg von hier. Da wir nun kein Auto mehr hatten, kam nur diese Adresse infrage.

Unterwegs beruhigte Kittel sich wieder.

Wer immer diese G. Maybach war, sie bewohnte ein kleines Hutzelhäuschen im Hinterhof eines Mehrfamilienhauses. Obwohl draußen auf der Straße die Abendsonne dominierte, herrschte hier in dem von Häusern umstellten Karree ein kühles Halbdunkel. Vor der Haustür standen zwei verwitterte Plastikstühle und ein voller Aschenbecher.

Es war tatsächlich Gerrit Maybach, die öffnete. Sie musterte mich misstrauisch. Dann bemerkte sie Kittel. »Was willst du denn hier?«

»Wir wollten den guten Lars besuchen«, sagte ich.

»Lars Lilienthal«, präzisierte Kittel.

»Wie kommen Sie darauf, dass Herr Lilienthal hier ist?«

»Nur so eine Ahnung«, sagte ich.

»Eine falsche Ahnung«, gab sie zurück und wollte die Tür schließen.

»Wenn das die Presse ist«, ertönte in diesem Moment Lilienthals hohe Stimme aus dem Hintergrund, »sag ihnen, ich bin nicht da.«

Gerrit zeigte einen genervten Schmollmund, dann zog sie den Reißverschluss ihres Kragens nach oben. »Sie haben es gehört.«

»Eben«, nickte ich. »Wir sind aber nicht von der Presse.«

Wir traten ein. Gerrit hatte zwar etwas dagegen, aber sie hinderte uns nicht daran, sondern verzog sich in die Küche. Auf dem kleinen Flur trafen wir Lars Lilienthal.

Der Hörspielautor sah merkwürdig aus. Seinen Hinterkopf verhüllte ein weißer Verband, der an einen Turban erinnerte. Dazu trug Lilienthal einen langen weißen Morgenrock, sodass er aussah wie eine Mischung aus Queen Mum und Bin Laden. »Wie kann ich Sie dazu überreden«, fragte er milde, »mir meine verdiente Ruhe zu lassen?«

»Vielleicht haben Sie noch nicht davon gehört, dass man Herrn Calderoni, einen der Hauptsponsoren der Hörkunsttage, ermordet aufgefunden hat.«

»Und ob ich davon gehört habe. Trotzdem verstehe ich nicht ganz, was Sie von mir wollen.«

»Ich habe für Herrn Calderoni gearbeitet«, erklärte Kittel. »Mein Partner«, er deutete auf mich, »ist der Meinung, dass der Ermordete einige Leute ziemlich getriezt hat. Herrn Heiko Papic zum Beispiel, aber der ist tot. Bleiben noch Sie.«

»Na und?« Lilienthal streichelte neugierig über seinen Turban.

»Genauer gesagt fragen wir uns«, erklärte ich, »ob Sie vielleicht etwas mit dem Mord zu tun haben. Sie werden doch nicht abstreiten, dass –«

Der Autor hob beide Hände. »Warten Sie«, unterbrach er

mich. »Im Moment habe ich wirklich andere Sorgen, als mir Ihre Verdächtigungen anzuhören.«

»Lassen Sie mich doch erst mal ausreden, Herr Lilienthal. Ich glaube nämlich, dass Sie der Mörder sind.«

Lilienthal lachte schrill. Es war irgendein Geräusch zwischen einem Hickser und einem Aufschrei, affektiert und erschreckend zugleich. »Ein Mörder, das ist ja überaus bizarr! Gerrit, komm her, das darfst du dir nicht entgehen lassen!«

Gerrit Maybach trat aus der Küche und fixierte mich mit einem Grabesblick. »Ich muss Sie bitten, diese Wohnung sofort zu verlassen.«

»Und wieso soll ich einen Mord begangen haben?«, erkundigte sich Lilienthal belustigt.

»Zwei Morde«, verbesserte ich ihn. »Heiko Papic und Giuseppe Calderoni. Die beiden Männer, die es darauf abgesehen hatten, Sie zu demontieren.«

Lilienthals rehhinternförmiger Mund verzog sich, als bemühe er sich, ernst zu bleiben und seine Amüsiertheit zurückzuhalten, nur um unsere Gefühle nicht zu verletzen. »Meine Herren«, sagte er. »Dass ich diesen Möbelproleten nicht ausstehen konnte, ist kein Geheimnis. Und dass sein Plan, mich mit seiner Betthexe in eine Sendung zu bringen, nicht gerade meine Begeisterung fand, kann doch wohl auch niemanden überraschen. Aber dass ich ihn deswegen umgebracht haben soll ...« Er schüttelte ausgiebig den Kopf. »Ts, ts ...«

»Nicht Sie selber, sondern ein Mann mit italienischem Akzent, den Sie dafür bezahlten.«

»Ein Killer?«, gluckste er. »Jetzt hören Sie aber auf, Herr Voss.«

»Dass Sie darüber lachen, entkräftet meinen Verdacht nicht«, sagte ich. »Nirgendwo steht geschrieben, dass Mörder unschuldig sind, bloß weil sie ihre Tat komisch finden.«

»Sie sollten einmal Ihren Grips anstrengen. Mord und Totschlag sind doch wohl eher Calderonis Methoden, nicht meine. Meine Waffe ist die Feder.«

»Die Feder? Wie meint er das?«, wandte sich Kittel hämisch an mich. »Will er sein Opfer damit so lange kitzeln, bis es tot umfällt?«

»Ich meine natürlich das Wort«, korrigierte Lilienthal mit hochgezogenen Brauen.

»Das Wort kann eine schreckliche Waffe sein«, erklärte ich meinem Partner und deutete auf den Mann mit dem Turban. »Wenn einer in der Lage ist, jemanden totzuquatschen, dann er.«

Kittel ging in das Wohnzimmer, begutachtete Fensterbänke und Ablagen. Er zog sogar eine Schublade auf.

»Suchst du irgendwas?«, fragte ich.

»Auf der Treppe zur Sonnenterrasse habe ich einen Ohrstecker oder so was Ähnliches gefunden. Vielleicht gibt es zwei davon. Das würde doch alles beweisen.«

»Du hast hier nichts zu suchen!«, beschwerte sich Gerrit. »Hör sofort auf damit.«

»Wenn das Ding dem Italiener gehört«, sagte ich, »werden wir es hier kaum finden.«

»Unserem mysteriösen Killer«, amüsierte sich Lilienthal.

»Ich habe mich gefragt, wem der Tod Papics nützt, und dachte an Calderoni. Aber dann wurde mir klar, dass Geld oder Einfluss nicht der Punkt ist. Eitelkeit ist der Schlüssel. Der Täter ist jemand, dem Geld nichts bedeutet. Aber wer seine Eitelkeit verletzt, begibt sich in Lebensgefahr.«

»Interessant, wirklich.«

»Sie sind der Typ, Lilienthal. Wenn Sie einen Menschen umbringen, dann nur, weil er es auf Ihren Heiligenschein abgesehen hat.«

»Und was ist dann mit Calderoni?«

»Er brauchte Sie nicht länger, vermute ich. Ich denke, dass er sich mit Carola Dutschke zusammengesetzt hat und die Sache mit ihr durchziehen wollte. Das bedeutete aber auch das Ende der Schonzeit für Sie, Lilienthal.«

Der Hörspielautor war unsympathisch, aber nicht dumm.

So leicht ließ er sich nicht aus der Reserve locken. »Wissen Sie, das alles überzeugt mich nicht«, sagte er mit unverschämter Freundlichkeit. »Außerdem ist es ziemlich langweilig. Also, wenn sonst nichts mehr ist …«

Hoheitlich wie die Queen Mum persönlich wies er auf die Haustür.

»Zufällig wissen wir auch«, fügte ich hinzu, »dass eines Ihrer erektionssteigernden Medikamente neben dem Bett gefunden wurde, in dem Heiko Papic ermordet wurde.«

Das brachte ihn endlich ein wenig auf die Palme. Sein Gesicht wurde seltsamerweise nicht rot, nur die Nase. »Sie mieser, kleiner …« Mehr und mehr ging die Ähnlichkeit mit Queen Mum flöten zu Gunsten der mit Bin Laden. »Klar, Sie denken sich, wenn wir nichts gegen ihn in der Hand haben, dann bewerfen wir ihn mit Dreck. Haben Sie denn nicht einen Funken Anstand? Zuerst hetzen Sie eine alte durchgedrehte Schrulle auf mich, dass sie mir den Schädel einschlägt, und dann kommen Sie, um das Opfer an den Pranger zu zerren und zum Täter zu machen! Nicht mit mir, meine Herren!« Lilienthal schäumte. »Machen Sie gefälligst, dass Sie hier rauskommen, bevor ich die Polizei rufe.«

Kittel pfiff plötzlich durch die Zähne. »Das ist ja ein Ding«, sagte er und hielt einen Umschlag hoch, den er aus einer Schublade genommen hatte. »Das solltest du dir ansehen, Henk.«

In dem Umschlag waren zwölf Hochglanzfotos, die nur ein Motiv zeigten: einen dicken Mann, der nackt bis auf seinen Slip auf einem Bett lag und ängstlich in die Kamera glotzte. Es passte ihm ganz und gar nicht, abgelichtet zu werden, das kam deutlich herüber. Wären nicht seine Hand- und Fußgelenke an die Bettpfosten gebunden gewesen, hätte er es wohl auch nicht zugelassen. Und er hätte auch den weißen BH entfernt, der auf seinem beachtlichen Bauch lag.

»Das ist der Papst«, stellte ich fest. »Als die Bilder gemacht wurden, lebte er noch.«

»Du meinst diesen Kerl, der ermordet wurde?«

»Exakt. Heiko Papic, unmittelbar, bevor es geschah, nehme ich an.«

»Aber was haben die Fotos hier zu suchen?«

»Das würde ich auch gern wissen«, sagte Lilienthal ernst und sah Gerrit fragend an. »Also?«

Gerrit antwortete nicht. Sie presste die Lippen aufeinander und starrte vor sich hin.

»Es könnte doch sein«, sagte Kittel, »dass derjenige, der die Fotos geschossen hat, wenig später auch den Mann umgebracht hat.«

Ich nickte.

»Nehmen wir also einmal an, dieser Herr hier ...«

»Es ist aber nicht seine Wohnung, Kittel«, sagte ich. »Es ist ihre.«

Einer dieser berühmten Schleier war plötzlich von meinen Augen gefallen. »Du fandest den Mord an Calderoni symbolisch und hattest Recht«, sagte ich. »Es dreht sich aber nicht um die Axt im Emblem der Möbelarmee.«

»Sondern?«

»Um Klytämnestra«, sagte ich.

»Wen?«

»Ich hätte auf meine Seminarteilnehmer hören sollen. Klytämnestra hat Agamemnon ermordet.«

»Was redest du da?«

»Die Sache ist mehrere tausend Jahre her. Der Mann badete leidenschaftlich gern. Also schlich sie sich zu ihm, warf ihm ein Badetuch über und schlug zu. Kommt dir das irgendwie bekannt vor?«

»Du meinst«, Kittel deutete auf Gerrit, »sie hat Giuseppe Calderoni erschlagen?«

»So wie sie auch Heiko Papic ermordete.«

Gerrits Gesicht hatte sämtliche Farbe verloren. Sie starrte vor sich hin. Ganz langsam schüttelte sie den Kopf.

»Doch, natürlich, du warst es«, attackierte Kittel sie. »Du

wusstest nichts von seiner Sonnenterrasse, aber du hast sie gefunden.«

Gerrit nickte. »Es war Zufall. Ich wollte mit dem Kerl reden. Lars Lilienthal, einer der großen Autoren unseres Jahrhunderts, wird aus einer bloßen Laune heraus von einem widerlichen kleinen Möbelhändler in den Dreck gezogen!«

»Mit ihm reden?«, ereiferte sich Kittel. »Du hast ihn auf das Heimtückischste umgebracht. Außerdem war Calderoni kein kleiner Möbelhändler. Er hatte Humor und konnte auf seine Art wirklich nett sein. Wusstest du nicht, was? Interessiert dich auch nicht! Klar, du hattest ja nur deinen –«

»Kittel!«, holte ich meinen Partner wieder auf den Boden zurück und wandte mich an Gerrit. »Ich wüsste gern, wie das mit Heiko Papic war. Hat auch er Lilienthals Existenz bedroht?«

»Bedroht? Er wollte ihn auslöschen. Einfach so. In der Nacht wollte ich mit Lars über mein Manuskript reden, aber er saß nur da und sagte: Ich bin am Ende. Der Kerl hat es geschafft.«

»Da entschlossen Sie sich, Papic umzubringen.«

»Nicht ihn umzubringen. Ich wollte ihn demütigen.«

»Tja, das ist Ihnen wohl auch gelungen.«

»Unfassbar«, murmelte Lilienthal vor sich hin, während er den Kopf schüttelte, als sei er tonnenschwer. »Unfassbar und bizarr ...«

»Ich wollte nicht, dass er dich zerstört, verstehst du?«, rief Gerrit verzweifelt. »Und er hat es ja auch nicht geschafft, nur das ist wichtig!«

»Nur das? Aber ich bitte dich ...« Lilienthal war immer noch mit Kopfschütteln beschäftigt.

»Sie sind in Herrn Lilienthal verliebt?«, fragte ich.

Gerrit, die Zugeknöpfte, schniefte. Dann schüttelte auch sie den Kopf, um anschließend zu nicken. »Ich wusste nur nicht, wie ich ihm das beibringen ... und wie er reagieren würde. Ich dachte immer, er würde es eines Tages merken.«

»Verliebt«, wiederholte der Autor angewidert und mit schriller Stimme. »Das muss man sich auf der Zunge zergehen lassen!«

Gerrits Gesicht verzerrte sich wie im Schmerz, es wurde hässlich. »Was ist daran so komisch?«

»Was daran komisch ist, meine Liebe? Du hast zwei Menschen auf dem Gewissen und das ist überhaupt nicht komisch. Das ist bizarr.«

»Ich wüsste nicht, was daran bizarr sein sollte«, mischte ich mich ein. »Immerhin hat sie es doch für Sie getan ...«

»Für mich, ja, ja.« Ich konnte es nicht glauben, aber um Lilienthals Rehhintern spielte tatsächlich ein Grinsen. »Für mich. Das glaubt sie doch selbst nicht.«

»Natürlich glaubt sie es«, sagte ich. »Und Sie sollten es auch tun.«

»Daraus können Sie mir aber jetzt keinen Strick drehen.«

»Das werden wir sehen.«

Lilienthal schnaufte spöttisch. »Und nun raus mit Ihnen, aber plötzlich.«

»Sie erwarten doch nicht im Ernst, dass wir jetzt einfach so Tschüss sagen.«

»Außerdem«, sagte Kittel, »ist es immer noch Gerrits Wohnung.«

»Geht bitte«, bat sie.

»Also dann«, triumphierte der Autor. »Sie haben gehört, was sie gesagt hat.«

Ich trat auf Gerrit zu. »Wir werden wiederkommen müssen«, sagte ich.

Sie schien mich nicht zu hören.

»Los, Henk«, sagte Kittel.

»Keine Sorge, meine Herren.« Lars Lilienthal verhehlte seine Genugtuung nicht, dass sich alles für ihn zum Besten zu wenden schien. »Ich werde die Kriminalpolizei schon anrufen.«

Ich folgte Kittel zur Tür. Als er die Klinke hinunterdrücken wollte, klingelte es.

Vor dem Haus stand Götz Frankenstein.

Mein Herz begann zu klopfen. Ich schluckte.

Aber der Riese warf mir nur einen kurzen Blick zu. »Vergiss es«, flüsterte er. Dann wandte er sich an Kittel: »Ist sie da?«

»Gerrit!«, rief Kittel und machte die Tür weit auf. »Da ist Besuch für dich!«

20

Hauptkommissar Bondt war höchst zufrieden mit der neuen Wendung im Mordfall Papic und brachte mir schon am nächsten Morgen die versprochene Kletterpflanze vorbei. Kittel war nicht da und folglich nicht dazu gekommen aufzuräumen.

»Danke für die Blumen«, sagte ich und sah mich nach einer Vase um.

»Ich habe für die gute Vorarbeit zu danken«, sagte Bondt und sah plötzlich gar nicht mehr so zufrieden aus. Er deutete auf die Klematis. »Die ist nichts für die Vase«, sagte er. »Sie müssen ihr was zum Klettern geben.«

»Vorarbeit?« Ich stellte die Pflanze ins Treppenhaus. »Frau Maybach hat doch einen Mord schon gestanden.«

»Stimmt, aber da ist noch ihre Anwältin. Genau genommen die Ihres Klienten. Sie sollten die Frau mal sehen. Eine Naturgewalt. Sie scheint allen Ernstes zu glauben, wenn Gerrit einen Mord gesteht, kriegt sie den nächsten erlassen.«

»Geht das denn?«

»Natürlich nicht, aber wenn es auf der Welt jemanden gibt, der das durchboxt, dann sie, das ist sicher. Aber selbst wenn, wäre da ja noch der arme Herr Kelzenberg.«

»Den hat sie aber nicht getötet.«

»Vielleicht nicht, aber sie hat damit zu tun.«

»Wissen Sie, ich frage mich, warum sie Papic fotografiert und ihn danach erst umgebracht hat.«

Pit Bondt zuckte mit den Schultern. »Warum verbringen Leute ihren Urlaub damit, Filme voll zu knipsen, kleben nachher säckeweise bunte Bilderchen ins Album und schmeißen es anschließend auf den Dachboden? Sagen Sie es mir.«

»Nein. Ich habe meinen Teil erledigt. Jetzt sind Sie dran.«

Götz Frankenstein hatte mir ein mehr als großzügiges Endhonorar aus seinem geheimen Erpressungsfonds zukommen lassen. Außerdem hatte er auf einer einmaligen Sonderzahlung als Entschädigung dafür bestanden, dass es neulich mit ihm durchgegangen war.

»Ich werde ab jetzt für Gerrit da sein«, versicherte er mir, als wir uns auf ein Bier trafen. »Sie braucht mich.«

Für die lange Zeit, die er auf sie warten würde, plante er, ein Enthüllungsbuch über die speziellen und tödlichen Verflechtungen von Rundfunk, Kulturklüngel und weltumspannender Möbelmafia zu schreiben.

»*Nichts Gutes aus Bösensell* soll der Titel lauten«, erklärte Frankenstein.

»Gratuliere«, sagte ich. »Das wird sie bestimmt beeindrucken.«

»Man sagt immer, Frauen achten nicht auf Äußerlichkeiten.« Er nickte düster. »Weißt du was? Ich glaube, das stimmt. Nur dass sie auch nicht auf Inneres achten. Im Grunde ist ihnen beides egal.«

»Ich habe neulich erst gelesen«, meinte ich, um ihn zu ermutigen, »dass es keinen besseren Weg ins Herz einer Frau und keinen schnelleren in ihr Bett gibt als den über ein spannendes Enthüllungsbuch.«

Frankenstein sah mich mit seinem berühmten Blick an, der mich frösteln ließ und deutlich zum Ausdruck brachte, dass er meinen Verstand in Zweifel zog. Dann bestellte er uns noch zwei Bier.

Was Lars Lilienthal anging, so begab er sich nach der Unterredung mit Frankenstein wieder ins Franziskus-Hospital, wo er dem Lokalfernsehen vom Bett aus erklärte, wie sehr ihn der kreative Prozess während der Hörkunsttage gefordert und schließlich der feige Anschlag während der Preisverleihung geschwächt haben. Er beabsichtige, im Krankenhaus eine rund vierzehntägige *Live*-Schreibung abzuhalten und seine Werke für die Mitarbeiter des Hospitals zu signieren.

Münster habe sein erstes Hörfunkfestival gehabt und sammele längst neue Kräfte, um Europas größte Kegelparty auszurichten. Die tragischen Mordfälle hätten die Hörkunsttage noch spannender gemacht als geplant. Fraglich sei allerdings, ob es dem Treffen im nächsten Jahr gelingen werde, die mit zwei Morden sehr hoch hängende Messlatte zu übertrumpfen, lästerte Carola Dutschke in ihrer neuen Talkshow.

Ging man nach dem altehrwürdigen Cui-bono-Prinzip und sah man von Gerrit Maybach ab, dann konnte auch sie – wie Bondt am Anfang einmal vermutet hatte – die Mörderin sein, denn sie profitierte neben Lilienthal als Einzige von den Verbrechen und der echten Sechtemstudie. Schon eine Woche nachdem man Heiko Papic erdrosselt und erstickt in seinem Bett gefunden hatte, wurde sie als neue Päpstin gehandelt. Den Vertrag mit dem Privatsender hatte sie allerdings schon lange vorher geschlossen. Das Anliegen ihrer Show namens *Schimpf und Schande* sei es, ernste und anspruchsvolle Literatur auf eine neue, unkonventionelle Weise dem breiten Publikum zugänglich zu machen. Das hieß im Klartext, dass sie sich für jede Sendung drei bis vier Kollegen ausguckte, die sie aufs Polemischste beschimpfte und mit Dreck bewarf, den sie aus dem Privatleben der Kandidaten geschaufelt hatte. Am Schluss durften Zuschauer am Telefon loswerden, was sie immer schon geärgert, wofür sich aber nie jemand interessiert hatte.

An dem Abend, als ich ihre Sendung abschaltete, schob Kittel gerade wieder einmal einen Zettel unter meiner Tür durch. Seit einigen Tagen hatte das Wetter umgeschlagen. Die Sonne hatte sich verzogen und selbst tagsüber war es so düster, dass man das Licht anknipsen musste.

Leider nicht nur das Wetter, sondern auch die Stimmung meines Partners. Mein Fehler war zu glauben, ihn mit Karten für die Stunksitzung aufmuntern zu können. Damit hatte ich mir die Zettelchen eingehandelt.

Damals, als Kittel hergezogen war, hatte er über den berühmten westfälischen Humor gelästert. »Hier sind sie nicht so wie im Rheinland, wo sie wahllos über alles und jedes lachen, ohne sich um die Pointe zu scheren«, hatte er gesagt. »In Westfalen lacht man lieber gar nicht als voreilig und informiert sich auf dem Markt, ob es nicht günstigere Angebote für Pointen gibt. Man liebt den Qualitätsvergleich und nimmt dafür in Kauf, später oder gar nicht zu lachen.«

Inzwischen war Kittel genauso geworden. Er hatte einen wenig begeisterten Blick auf die Karten geworfen. »*Kappe ab* ist viel billiger und genauso komisch«, brummte er. »Außerdem muss man nicht so weit fahren.«

Der wahre Grund für Kittels Depression war: Er hatte einen Wiederversöhnungsversuch mit Angelina gestartet und sie hatte nichts von sich hören lassen. Deshalb war er wohl so unerträglich und hatte keine Lust auf Stunksitzungen. Er war so gut wie nie da und äußerte sich ausschließlich auf seinen geliebten Zettelchen.

Ich hob das Papier auf.

Angelina will mit Babsi kommen, stand darauf. *Passt es dir am Sonntagabend? K.*

Kurz darauf fand ich auf dem Küchentisch noch ein weiteres, kaffeegetränktes Zettelchen, das mich eigentlich hätte stutzig machen müssen. *Also dann bis Montagabend. K.* Aber ich dachte mir nichts weiter dabei und vergaß es wieder.

Am Sonntag gegen sechs Uhr abends klingelten die beiden Frauen an unserer Tür.

Babsi bot mir ihre Wange, ich küsste sie. »Gut siehst du aus«, lobte ich.

Sie sah etwas verhärmter aus seit dem letzten Mal, wahrscheinlich joggte sie zu viel. Ich bildete mir ein, dass sie mich kritisch musterte.

Angelina hatte sich in Schale geworfen und trug ein Top, das aus so wenig Stoff bestand, dass man es fast als topless bezeichnen musste. Angelina sah aus wie eine rassige italienische Schönheit.

»Wo ist Bernie?«, fragte sie.

Das hätte ich auch gern gewusst. »Lasst uns schon losgehen«, sagte ich. »Er kommt sicher bald nach.«

Wir bekamen einen schön gelegenen Tisch im *Berlusconi*. Die Sonne ließ sich wieder blicken. Wenn Kittel endlich eintraf, konnte es ein gemütlicher Abend werden.

»Was treibt ihr denn so?«, erkundigte ich mich aus Konversationsgründen, während die beiden die Karte studierten.

»Was willst du hören, Henk? Dass wir vor Sehnsucht umkommen und nicht wissen, was wir ohne euch anstellen sollen?«, fragte Babsi bissig, ohne von der Karte aufzuschauen.

»Ich bin ein Mann«, gab ich zurück. »Männer wollen das hören. Früher hast du das mal gewusst.«

Babsi grinste. »Wir beide kommen auch so gut klar. Frauen halten zusammen, was, Angi?«

Angi nannte sie sie also.

Der schöne Kellner hatte mich bereits entdeckt. Alarmiert reckte er den Hals, aber dann schien er erleichtert zu bemerken, dass Frankenstein nicht dabei war.

»Und wie geht es Bernie?«, fragte Angelina.

Ich setzte ein ernstes Gesicht auf. »Es geht ihm nicht besonders, weißt du. Nachts läuft er stundenlang durch die Stadt.«

»Aber er hat doch dich.«

»Schon«, sagte ich. »Aber du kannst nicht viel mit ihm anfangen. Du gehst mit ihm ein Bier trinken, aber keine zwei Minuten und wir sind wieder bei dem einen Thema: Angelina. Wie es ihr jetzt geht. Was sie so anhat. Was sie wohl im Moment denkt. Weißt du, am Anfang war's noch schön, aber inzwischen kann ich es nicht mehr hören.«

»Wie süß«, fand Babsi. »Du denkst wohl, Frauen wollen so was hören, aber das war vielleicht im letzten Jahrhundert so.«

»Weißt du schon, was du bestellst?«, fragte ich sie.

Sie zuckte unzufrieden mit den Schultern. »Hier gibt's ja nur dieses italienische Zeug.«

»Hattest du nicht gesagt, du wolltest zum Italiener?«

»Ja, aber sieh dir doch mal die Karte an.«

Ich tat, was sie wollte, aber kam nicht darauf, was sie meinte. »Wie geht's deinem Steuerberater?«

Das war die falsche Frage. Babsis Gesicht verfinsterte sich.

»Ich fand ihn ja nett«, stichelte ich.

»Auch so einer, der nur Wirbel macht«, zischte sie abfällig.

Da war sie endlich, die Gelegenheit zu fragen, was sie mit Wirbel meinte! Aber leider konnte ich sie nicht mehr wahrnehmen.

»Das gibt's doch nicht«, murmelte Babsi nämlich in diesem Moment. Sie starrte an mir vorbei zu einem Tisch am anderen Ende des Gartens.

»Was ist denn?«, erkundigte sich Angelina neugierig.

»Nichts, gar nichts.« Aber Babsis Abwiegeln war zu heftig und ihr Grinsen, mit dem sie das Thema wechseln wollte, zu aufgesetzt.

Also sah Angelina ganz genau hin. »Ist da jemand, den du kennst?«

»Nein. Ich hab mich geirrt. Er sah aus wie …«

Jetzt sah ich auch hin und wollte nicht glauben, was ich sah. Da saß Kittel zusammen mit Aurora Daponte. Und die Art und Weise, wie sie zusammensaßen und sich unterhielten, machte einem selbst auf die Entfernung klar, dass das Zusammensitzen und Sichunterhalten nur eine Vorstufe von etwas anderem war, das beide für anschließend geplant hatten.

»Sag mir, dass ich was an den Augen habe«, bat Angelina ihre Freundin wütend.

»Er kann das erklären«, beruhigte ich die beiden. »Vielleicht nicht sofort, aber wenn ihr ihm ein wenig –«

»Nun sieh dir die Schnepfe an. Ich wusste gar nicht, dass er so auf Silikon steht.«

»Wenn du mich fragst«, sprang ihr Babsi bei, »die sehen aus wie selbst gemacht.«

»Wahrscheinlich ist ihr IQ kleiner als ihre Schuhgröße.«

»Jetzt lasst sie doch in Ruhe«, sagte ich. »Sie ist eine alte Bekannte. Außerdem ziemlich clever, auch wenn sie gut aussieht.«

»Blödsinn!«, schnaufte Babsi. »Woher willst du denn wissen, was die in der Birne hat? Arsch und Titten, das ist alles, was bei euch zählt.«

»He«, erinnerte ich sie. »Hatten wir nicht eben ausgemacht, dass Frauen zusammenhalten sollten?«

Zweite falsche Bemerkung.

Babsi stand auf. »Das reicht jetzt«, sagte sie. »Mir ist der Appetit vergangen. Kommst du?«, wandte sie sich an Angelina.

Sie hatte sich einen regelrechten Kommandoton angewöhnt. Ich konnte dem Steuerberater nicht verübeln, dass er sich inzwischen anderweitig umtat.

»Einen Moment«, hielt Angelina sie auf. »Ich komme gleich.« Sie erhob sich, stampfte zu Kittels Tisch und baute sich dort auf wie ein Racheengel. Ich kannte keine Frau, die wütend so sexy aussah wie Angelina Fabrisi.

Kittel wirkte etwas überrascht. Er war gerade dabei, seinen Salat mit Öl und Essig zu versehen, als ihm die Kinnlade herunterfiel.

»... nicht, wie du denkst«, tönte seine Stimme herüber.

Angelina nahm ihm die beiden schön geformten Karaffen aus den Händen und leerte sie genüsslich über seinem Kopf aus. »Schönen Abend noch«, fauchte sie. Dann drehte sie bei.

»Rufst du mich mal an?«, fragte ich Babsi zum Abschied, als sie mit Angelina in Richtung Kasse stapfte.

Sie blieb stehen und richtete die Nase in die Luft.

»Ich meine nur«, sagte ich. »Falls wir beide mal Lust auf einen befristeten Neuanfang haben sollten.«

»Aber nur, wenn du an dir arbeitest.« Dabei sah sie so aus, als glaube sie grundsätzlich nicht daran, dass Männer dazu in der Lage seien.

Ich blickte ihnen nach. Mir kam der Gedanke, dass alles nur an den Erwartungen scheiterte, aber die konnten gegensätzlicher nicht sein. Frauen wollten, dass Männer an sich arbeiteten, aber sie glaubten nicht daran, dass sie das konnten. Frauen sollten nicht an sich arbeiten, sondern nur herumspielen, das machte Männer an. Glaubten die Frauen jedenfalls. Das Knäuel war nicht zu entwirren. Wahrscheinlich lohnte es sich auch nicht.

Armer Kittel! Auch Aurora schien den Abend für beendet zu halten und ließ ihn sitzen. So erschien er kurz darauf an meinem Tisch, Hände und Taschen voll von gebrauchten ölverschmierten Kleenex. »Klasse gemacht, Henk. Wieder mal erste Sahne. Vielen Dank.«

»Keine Ursache«, sagte ich. »Nimm doch Platz.«

»Von allen Restaurants in Münster musstest du ausgerechnet in dieses gehen.«

So, wie er das sagte, konnte man die Auswahl für gigantisch halten.

»Wie kann man nur so dämlich sein, seine neue Eroberung ausgerechnet an dem Abend auszuführen, an dem man sich mit seiner Ex zur Versöhnung verabredet hat?«, fragte ich ihn.

»Versöhnung? Wie kommst du bloß darauf? Alles, was ich wollte, war, es ihr möglichst schonend beizubringen.«

»Dass du jetzt mit Aurora Daponte zusammen bist?«

»Du verstehst das nicht.« Kittel kratzte sich am Kopf und förderte einen grünen Stengel zu Tage. Er stammte von den Kräutern, die dem Olivenöl beigegeben waren. »Die Frau ist einsame Spitze, Henk. Mit ihr ist es etwas anderes, etwas ganz Neues ...«

»Doch verstehe ich. Das ist immer so.«

»So eine darf man sich nicht entgehen lassen.«

Unser Kellner stand bei Fuß. Er spitzte den Mund und rümpfte ein wenig die Nase. Kittels Haar roch nach Kräuterdressing.

»Signori?«, sagte er.

»Einmal die Penne mit Lachs,« bestellte Kittel.

»Sind leider aus«, flötete die Bedienung.

Kittel deutete das Flöten offenbar als Schadenfreude. »Tja, dann hätte ich gern eine Pizza quattro stagioni«, befahl er barsch.

»Die Pizza ...«, nickte der Kellner bedenkenvoll. »Si. Eine Pizza.«

»Du weißt doch«, warnte ich meinen Partner. »Sie schätzen es nicht besonders, wenn man Pizza bestellt.«

»Genau«, sagte Kittel. »Eben deshalb.«

Eine Viertelstunde später wurde die Pizza gebracht. »Einmal Pizza prosciutto.«

»Einen Insalata verde für mich«, bat ich.

Kittel ließ die Pizza zurückgehen. Wir warteten weitere zehn Minuten. Als die quattro stagioni endlich kam, wies sie nicht eine einzige frische Tomate auf, dabei hatte Kittel sie nur ihretwegen bestellt. Dafür hatte sie eine dicke geschlossene Käsedecke. Kittel hasste Käsedecken, aber er ließ es gut sein und sägte sich ein Stück heraus.

»Wo du schon Aurora übernommen hast«, höhnte ich, »hast du auch vor, dich in Bösensell niederzulassen?«

»Du verstehst das nicht«, wiederholte er. »Was ist eigentlich mit deinem Fall?«

»Der hat einen satten Gewinn eingefahren. Wir könnten

Urlaub machen. Zwei Wochen Nordsee, Südpol oder Kanarische Inseln. Was hältst du davon?«

»Würde ich gern, aber ich hab schon was mit Aurora geplant.« Kittel zog die Lippen hoch und klaubte mit zwei Fingern etwas von seinen Zähnen. Etwas Wurmförmiges mit platten Rändern, an denen so etwas wie Beinchen waren. Konnte eine Assel sein, aber beruhigenderweise bewegte es sich nicht. »Was ist denn das?«, fragte er sich.

»Ich hab dich gewarnt«, sagte ich.

»Was soll das heißen?«

»Dass sie nicht gern Pizza servieren, obwohl sie auf der Karte stehen.«

Kittel sah misstrauisch drein. »Und was hat dieses Ding damit zu tun?«

»Ich hab mal einen Film gesehen, da haben sich zwei Pizzagirls über einen Gast geärgert. Die eine hat einen Aschenbecher über der Pizza ausgeleert und sie dann in den Ofen geschoben. Mit ein paar Tomaten und Käse überbacken, merkst du das nicht.« Ich lächelte. »Jedenfalls nicht im Film.«

Kittel stand auf. »Ich muss mal aufs Klo.«

Ich aß meinen Salat auf, dann lehnte ich mich zurück und rauchte eine Zigarette. Bei Kittel dauerte es immer etwas länger.

Was hatte ich eigentlich noch hier verloren? Angelina hatte sich mit Babsi verbündet. Kittel wusch sich in der Toilette Öl und Essig aus dem Haar. Und danach würde er sich verabschieden, um den Rest der Nacht mit der schönen Aurora zu verbringen. Und ich würde nach Hause gehen und seine in der Wohnung verstreuten Zettelchen aufsammeln.

Ich wusste nicht wie, aber plötzlich kam mir Tamara in den Sinn, die Theologin, die sich für Kriminalistik interessierte. In meinem Geist sah ich ihr Gesicht vor mir, dann schwebte mein Blick hinunter auf ihren Hals und das Kettchen, das in ihrem Ausschnitt baumelte. Ich musste an Babsis Äußerung denken. Zählten für uns Männer wirklich nur

Arsch und Titten? Vielleicht lohnte es sich, das herauszufinden. Es war Sonntag. Die Nummer hatte ich immer noch in meinem Handy gespeichert.

Es dauerte eine Weile, aber dann kam sie ans Telefon. »Ich war mitten in der Meditation.«

»Tut mir Leid.«

»Ist schon gut. Nett, dass du anrufst.«

»Bist du immer noch entschlossen, die Detektivlaufbahn einzuschlagen?«

»Ehrlich gesagt«, sie räusperte sich, »möchte ich doch lieber zum Rundfunk.«

»Ein weiser Entschluss«, lobte ich. »Wie sagt man so schön: Die Zukunft hat Ohren.«

»Deshalb wollte ich dich sowieso noch anrufen.«

»Ich fühle mich geschmeichelt.«

»Bei deinem letzten Fall hast du doch mit all dem zu tun gehabt.«

»Ja, schon, aber ...«

»Ich dachte mir, vielleicht kennst du einen, mit dem ich mal reden könnte.«

»Du könntest doch mit mir reden.«

»Ich meine wegen eines Volontariats.«

»Also ehrlich gesagt ...«

»Schade.«

Dieses ›Schade‹ hörte sich nicht sehr gut an. Wahrscheinlich würde sie sich trotzdem mit mir treffen, aber es würde auch nicht mehr als nur trotzdem sein.

»Ich finde, wir sollten darüber reden«, bettelte ich. »Was hältst du davon, wenn wir uns zum Essen treffen? Morgen Abend? Oder heute, wenn du Zeit hättest ...«

»Du, ich weiß nicht genau.«

»Übrigens fällt mir da jemand ein«, sagte ich möglichst beiläufig, »den ich mal fragen könnte.«

»Wirklich?« Ihre Stimme blühte wieder auf. »Das wäre ja megasuper!«

Das war also geschafft. Kittel war immer noch nicht zurück. Auf seiner Pizza stritten sich die Fliegen um Leckerbissen. Ich bestellte ein Bier und wählte noch eine andere Nummer.

August W. Söding erinnerte sich zunächst nicht an mich, aber nachdem der Groschen gefallen war, ging alles recht komplikationslos.

»Sie können sich denken, dass der Andrang groß ist, deshalb will ich keine falschen Hoffnungen wecken«, erklärte er leutselig. »Aber ich sage immer: Wenn sich eine junge Dame entschließt, in diese Richtung zu gehen, sollte man sie dabei unterstützen.«

»Ganz meine Meinung«, stimmte ich zu.

»Sagen Sie ihr einfach, sie soll mich in den nächsten Tagen anrufen.«

Der Kellner brachte das Bier.

»Mille grazie«, bedankte ich mich, was Söding offenbar auf sich bezog.

»Prego«, antwortete er. »Adios.« Er legte auf.

Da Kittel nicht wiederkam, konnte ich mein Bier in aller Ruhe austrinken. Prego, dachte ich. Adios. Prego, adios. Diese Worte gingen mir durch den Kopf und wollten nicht verschwinden, so wie eine Melodie, die man nicht mehr loswird. Oder wie eine Melodie, die klar und rein klingen könnte, wäre da nicht eine winzige Dissonanz …

Als ich sie identifiziert hatte, zahlte ich und ging.

Kittel war immer noch nicht vom Klo zurück.

21

Bevor ich das Haus in St. Mauritz aufsuchte, fuhr ich eine Apotheke an, die Wochenendbereitschaft hatte. Die führte aber nicht, wonach ich fragte, also versuchte ich es bei einer anderen, die glücklicherweise nur wenige Straßen von Södings Zuhause entfernt lag.

Auf mein Klingeln öffnete der Teenager mit dem Walkman. Wortlos sperrte er die Tür auf und lief wieder die Treppe hinauf. Das plärrende Zischen aus seinen Ohren entfernte sich.

Ich stand allein in Södings Haus.

Draußen auf der Terrasse traf ich ihn.

»Herr Voss«, wunderte er sich, »das ist ja eine Überraschung.«

»Finde ich auch«, sagte ich.

Bis jetzt hatte er einen ruhigen Abend verbracht. Auf dem runden Gartentisch standen ein Glas Wein und in der Mitte eine getöpferte Schale mit Teelichtern. In der Ecke befand sich ein kugelförmiger Gartengrill. Es duftete süßlich nach Blumen.

Söding trug eine schwarze Strickjacke mit roten Filzaufnähern an den Ellenbogen, die an Wunden erinnerten. »Tja, meine Frau ist nicht da. Sie ist zur Theatergruppe.«

»Ihre Frau spielt Theater?«, wunderte ich mich.

»Nicht direkt. Sie macht das Geschäftliche. Vereinsbuchführung und so.« Er rieb sich unternehmungslustig die Hände. »Kann ich Ihnen etwas anbieten? Limonade, Apfelsaft?«

»Oh, gern einen Saft«, sagte ich und überreichte ihm mein Päckchen, das ich in ein Plastiktütchen eingewickelt hatte.

»Ein Präsent!«, staunte er. Für den Bruchteil einer Sekunde blitzte etwas wie Misstrauen in seinen Augen auf.

Dann legte er es auf den Tisch und ging ins Haus, um den Saft zu holen.

»Nicht ganz«, sagte ich. »Es ist eher ein Ersatz für etwas, das Sie verloren haben.«

Als er die Packung *Securerectil* in der Hand hielt, schluckte er erst einmal. Sein Blick gefror. »Weshalb sind Sie gekommen?«, fragte Söding.

»Um Ihnen zu raten, an Ihrem Italienisch zu arbeiten. Adios ist Spanisch. Comprende übrigens auch. Sie dürfen das nicht vermischen.«

Söding verlor nicht die Fassung. Er legte das Medikament auf den Tisch und griff nach dem Apfelsaft, um mir einzugießen. Einige Zeit stand er einfach so da mit dem Tetrapak in der Hand. »Hören Sie auf mit den Andeutungen«, verlangte er, »und legen Sie Ihre Karten auf den Tisch.«

»Gern«, sagte ich. »Das sind nicht viele. Nehmen wir doch einfach mal an, Sie sind derjenige, der den Mord im Möbelmarkt beging. Kurz zuvor haben Sie mich auf der Promenade verhauen und auf Italienisch gewarnt. Comprende? Wozu überhaupt die Maskerade?«

»Ja, wozu?«, wiederholte Söding und goss den Saft ein. Er war die Ruhe selbst und schien wirklich neugierig auf meine Antwort zu sein. Etwas von dem Saft ging daneben, aber nicht weil seine Hand zitterte, sondern weil das bei den Saftpackungen immer passierte.

»Wissen Sie, was ich denke?«, fuhr ich fort. »Sie haben einen italienischen Auftragskiller gespielt, um den Verdacht auf Calderoni zu lenken.«

Der Hausherr zupfte seelenruhig Zellstoff von einer Rolle Haushaltspapier und tupfte den vergossenen Saft auf.

»Ich habe mir Folgendes zusammengereimt«, machte ich weiter. »Der Mann, den ihr Hörspielfreaks den Papst nanntet, wollte euch alle in seinem Buch in die Pfanne hauen. Bei seinen Recherchen war er zudem auf die Sechtemstudie gestoßen. Auf die echte, nicht auf den Schwindel, den Sie mir in die Hand gedrückt hatten.«

Ich kramte eine Zigarette hervor.

Söding gab mir Feuer und stellte fürsorglich einen Aschenbecher bereit. »Sie haben nichts als Mutmaßungen. Sonst wären Sie nicht hier, nicht wahr?«

»Verbessern Sie mich einfach, wenn ich falsch liege«, schlug ich vor. »Calderoni war damals sicher nicht begeistert, als Sie ihm den ernüchternden Befund der Studie präsentierten. Er hatte schließlich viel Geld dafür bezahlt. Am liebsten wäre es ihm gewesen, wenn die böse Studie auf Nimmerwiedersehen in einer dunklen Schublade verschwand.«

August G. Söding nahm selbst einen großen Schluck aus dem Glas, das er für mich gefüllt hatte. Offenbar war er doch ein bisschen nervös.

»Die Verfasser von dieser Notwendigkeit zu überzeugen war eine Kleinigkeit. Schließlich verfügte Calderoni über gute Argumente. Aber was war eigentlich mit Kelzenberg? War ihm die Summe zu niedrig?«

»Der Mann war ein Fanatiker«, brummte Söding.

»Er wollte auspacken, also haben Sie ihn erschossen.«

»Ich weiß nicht, wovon Sie reden.«

»Sie waren sich sicher, dass ich nie auf Sie kommen würde. Ich brauche nur meine Lederaufnäher wegzulassen, haben Sie sich gedacht, und schon erkennt mich kein Mensch.«

Söding lachte spöttisch.

»Zurück zum Möbelkönig. Es zahlte sich aus, dass er Freunde hatte, auf die er zählen konnte. Solche wie Sie, Herr Söding. Sie schrieben ihm eine neue Studie ganz nach seinem Geschmack. Eine mit Happy End. Und er schenkte Ihnen zum Dank das hier«, mit einer Geste umschrieb ich das Haus und den großen Garten. »Gratuliere, ein wirkliches Schmuckstück.«

»Sie sind doch verrückt!«

»Aber dann kam Heiko Papic und wollte alles kaputtmachen. Er –«

»Was Sie sich so zusammenreimen!«, unterbrach er mich. »Haben Sie sich überhaupt klar gemacht, dass dieser Mann alles in den Dreck ziehen wollte, was wir in Jahrzehnten aufgebaut hatten?«

»Sie wollten ihn nicht töten, nehme ich an. Sie versuchten, ihm verständlich zu machen, dass er Ihren Ruf nicht zerstören sollte, aber das interessierte ihn überhaupt nicht. Sie kamen in sein Zimmer, um ihn irgendwie umzustimmen. Aber da lag er nackt da, an die Bettpfosten gefesselt. Gerrit Maybach hatte ihm das angetan, weil sie ihm eine Lektion erteilen wollte. Sie hatte ihn gefesselt und dann fotografiert. Nur um ihn zu demütigen. Sie hat ihn aber nicht getötet. Das waren Sie.«

»Beweisen Sie das erst, bevor Sie es behaupten«, knurrte Söding. »Beweisen Sie es oder gehen Sie.«

»Sie nahmen den weißen Büstenhalter, der auf seinem Bauch lag, und versuchten, ihn damit zu erdrosseln. Aber dann ging es doch leichter mit dem Kissen.«

Söding schwieg. Er stand da mit den Händen in den Taschen und starrte in seinen Garten hinaus, als sei er der weite Ozean.

»So weit meine Karten.« Ich drückte die Zigarette aus.

»Sie liegen falsch, Herr Voss.«

»Möglich, aber ich würde nicht darauf wetten.«

Söding ging zum Tisch, nahm die Pappschachtel und raschelte damit. »Denken Sie, was Sie wollen, aber dieses Medikament gehörte nicht mir. Es war ein Geschenk für einen Kollegen.«

»Tja, die runden Geburtstage, da muss man sich schon was einfallen lassen«, sagte ich und winkte zum Abschied. »Vielen Dank noch für den Apfelsaft.«

»Vielleicht habe ich es tatsächlich in Papics Zimmer verloren.«

Ich blieb stehen.

»In jener Nacht war ich da, aber ich habe ihn nicht getötet. Jedenfalls nicht des Geldes wegen.«

»Doch, das haben Sie«, sagte ich. »Aber ich kann es tatsächlich nicht beweisen.«

»Man kann nicht von heute auf morgen einfach das Licht ausmachen. Hörspiel ist nicht nur das, was der Hörer hört. Es ist eine Kultur. Da sind Existenzen mit verknüpft ...«

»Und Redakteure, die ein Haus abzuzahlen haben. Man kann sie nicht einfach vor die Tür setzen, das meinen Sie doch, oder?«

»Diese Studie hätte genau das bewirkt. Und das wäre nicht richtig gewesen. Es wäre falsch gewesen. Man kann keine Studie fälschen, die falsch ist. Verstehen Sie?«

»Nein. Gute Nacht, Herr Söding. Ich finde schon allein hinaus.«

Hinter dem Haus hörte man einen Wagen in die Garagenauffahrt einbiegen. »Das ist meine Frau«, sagte er. »Was werden Sie jetzt tun?«

»Weiß ich noch nicht. Vielleicht werde ich noch einen Happen essen.«

Ich sah noch, wie er das Medikament in seiner Hosentasche verschwinden ließ.

Auf dem Weg hinaus kam mir Frau Söding entgegen. Sie schaffte es, mir ohne jedes Mienenspiel zuzunicken, und ich stellte sie mir auf einer Bühne vor, wo sie als Dekoration fungierte, zum Beispiel als steinerne Säule in einem antiken Tempel.

Söding würde ungestraft an seinen Redakteursschreibtisch zurückkehren. So wie er da stand und mir nachschaute, kam mir der Gedanke, dass dies sogar die ihm angemessene Strafe sein könnte. Jahr um Jahr würde er dort sitzen und seine Zeit damit zubringen, sich von etwas überraschen zu lassen, das im Kern immer gleich blieb.

Der Mann in der biederen Strickjacke würde also nicht straffrei ausgehen, auch wenn er das vielleicht annahm.

Und was mich betraf, so wollte ich der Zukunft nicht im Weg stehen, auch wenn sich tatsächlich herausstellen sollte, dass sie Ohren hatte.

Tamara würde mir eines Tages dankbar dafür sein.

Krimis von Christoph Güsken

Bis dann, Schnüffler
ISBN 3-89425-063-1 Der erste Kittel&Voss-Krimi

Schaumschlägers Ende
ISBN 3-89425-074-7 Der zweite Kittel&Voss-Krimi
Lustige Therapiegespräche mit einer depressiven Selbstmörderin

Mörder haben keine Flügel
ISBN 3-89425-211-1 Der dritte Kittel&Voss-Krimi
Ein Toter, zerquetscht von einem Musikinstrument, ein Schiff in Seenot ...

Spiel's nicht noch mal, Henk
ISBN 3-89425-215-4 Der vierte Kittel&Voss-Krimi
Mineralischer Unterhosendesigner und tiefgekühlte Mordwaffe

Pommes rot-weiß
ISBN 3-89425-228-6 Der fünfte Kittel&Voss-Krimi
Was will der schwarze Mann von Unternehmensberater Guido Martens?

Niemals stirbt man so ganz
ISBN 3-89425-239-1 Der sechste Kittel&Voss-Krimi
Kittel gerät selbst unter Mordverdacht.

Screamhilds Rache
ISBN 3-89425-259-6 Der siebte Kittel&Voss-Krimi
Das Monster von Münster meuchelt A-cappella-Chormitglieder.

Lambertis Fluch
ISBN 3-89425-275-8 Der achte Kittel&Voss-Krimi

Angsthase, Pfeffernase
ISBN 3-89425-222-7

Alptraum in Blau
ISBN 3-89425-235-9
Drei Männer, zwei Frauen auf engem Raum in der flirrenden Hitze der Ägäis

Der Untergang des Hauses K.
ISBN 3-89425-247-2
Psychothriller auf den Spuren von E. A. Poe

Jungbluth und der Fastnachtsmord
ISBN 3-89425-266-9
Schönheitsfetischisten, Klosterschüler, Bibelverse und Pestdarstellungen

Krimis von Ursula Steck

Alles im Fluss

ISBN 3-89425-219-7

»Genervt vom Familienchaos, will die Kölner Taxifahrerin Toni nur eins: Ruhe. Doch ausgerechnet Weihnachten spült der Rhein ihr die Leiche eines Jungen vor die Füße. Aufgewühlt von dem Erlebnis, erforscht Toni die Geschichte des Toten und stößt auf die Spur eines Kinderporno-Händlers.« (TV Movie)

»Sehr empfehlenswert für Fans von intelligenten Krimis.« (Wir Frauen)

»Steck hält eine spannungsreiche Balance zwischen Härte und Zartheit.« (Emma)

»Ursula Steck versteht es ausgezeichnet, die Spannung mit der nötigen Bedächtigkeit aufzubauen und zu steigern. Ihre Heldin bringt sie dem Leser mit teilweise sehr schönen Lebensphilosophien aus dem Herzen der Großstadt nahe.« (Gießener Anzeiger)

Feuerzeichen

ISBN 3-89425-240-5

»Ursula Steck setzt also wieder ganz auf Frauenpower. Mit den Racheengeln des Hollywood-Kinos haben ihre Heldinnen jedoch nichts gemein. Vielmehr überzeugt die 1964 geborene Wahlkölnerin durch Charakterporträts jenseits der Rollen- und Geschlechterklischees. Sie zeichnet Frauen, die auf ihrer Selbstständigkeit beharren und denen die Notlagen anderer doch nicht gleichgültig sind, Frauen, die sich ihrer Verletzbarkeit bewusst sind und die auch deshalb einen starken Gerechtigkeitswillen entwickelt haben.« (Hartwig Suhrbier/WDR 5)

»Bei diesem Krimi geht es einem wie bei einem Fahrgeschäft auf der Kirmes, es fängt ganz langsam, ganz harmlos an ..., aber dann geht es auf's Ende zu in rasanter Fahrt in einen Strudel von prickelnder Aufregung.« (ekz-Informationsdienst)

Fass!

ISBN 3-89425-286-3

Der Deutsche Jakob Buch wird in San Francisco Zeuge, wie ein Hund zwei Menschen anfällt und zerfleischt. Das Tier kann zwar überwältigt werden, aber der Besitzer ist nicht auszumachen. Gemeinsam mit einer Polizistin rekonstruiert der ehemalige Kripobeamte die Ereignisse und findet Anzeichen, dass es jemanden gibt, der Hunde zu Tötungsmaschinen ausbildet. Jakob lernt eine Seite des sonnigen Kaliforniens kennen, die in keinem Reiseführer erwähnt wird ...

grafit

Krimis von Werner Schmitz

Schreiber und der Wolf
ISBN 3-89425-287-1
Im Oderbruch wird ein Wolf von einem adeligen Jäger zur Strecke gebracht. Vor Ort erfährt Hannes Schreiber, Reporter des Hamburger *Magazins*, dass Baron von Vitzewitz dem Tier nur den Gnadenschuss gegeben hat. Wer schoss als Erster auf den streng geschützten Wolf? Der ostelbische Junker führt Schreiber in die Busower Jagdgesellschaft ein. Am Ende eines nebligen Wintermorgens sind sechsundvierzig Wildgänse und ein Jäger tot ...

Auf Teufel komm raus
ISBN 3-89425-421-1
Schwarze Messen an der Ruhr. Ein Satanist kommt in den Himmel. Hannes Schreiber wittert den Braten und kommt in Teufels Küche.

»... einer der besten Krimis, die in den letzten Jahren in deutscher Sprache geschrieben wurden.« (FAZ-Magazin)

Dienst nach Vorschuß
ISBN 3-89425-353-3
Die Leiche im Rathaus-Paternoster sorgt für Schlagzeilen. Die *ZEITUNG* bläst zur Jagd auf die »Bestie von Bochum«. Wer hat den mausgrauen Amtmann in die ewigen Jagdgründe geschickt?

»Das Ganze ist ungewöhnlich gut geschrieben, flott und ohne stilistische Prätentionen, mit sicherem Sinn für Alltags-Ruhrdeutsch, für Kalauer und knappe Pointen.« (WDR)

Nahtlos braun
ISBN 3-89425-323-1
Ein Unfall ohne Zeugen, ein Mord, den keiner merkt. Ein Opfer mit Geschichte. Ein Täter, der sich totärgert.

»An diesem Buch stimmt alles, Milieu und Handlung.« (Südschwäbische Nachrichten)

Krimis vom Lande

Wilfried Eggers
Ziegelbrand
ISBN 3-89425-277-4
Der Auftrag eines ehemaligen Zwangsarbeiters aus Polen bringt Rechtsanwalt Schlüter zur Verzweiflung, veranlasst aber den kranken Johann Döpner, sich vom Sterben zu verabschieden. Gemeinsam mit der ›Moorhexe‹ Agathe Kalde beginnt der Siebzigjährige, alte Rechnungen zu begleichen ...

Andreas Izquierdo
Schlaflos in Dörresheim
ISBN 3-89425-243-X
»In den Ställen des beschaulichen Dörfchens Dörresheim ist der Teufel los. Erst läuft ein greiser Hahn Amok, bis er selbst tot umfällt, dann trifft es einen Ochsen und schließlich einen Ziegenbock. Verbreitet sich ein Geilheitsvirus, wie Frittenbesitzer Käues vermutet?«
(Kölnische Rundschau)

Rita Knott
Krähenbrut
ISBN 3-89425-274-X
Die Berliner Geschichtsprofessorin Mirjam Keller verliebt sich während einer Urlaubsreise in den Jungbauern Jürgen Korrimorth. Sie zieht in das bayerische Dorf, in dem eine eigenartige Stimmung herrscht: Vor kurzem wurde eine Frauenleiche gefunden …

Mord am Hellweg
ISBN 3-89425-271-5
Liebliche Landschaften, nette Städtchen, friedliche Menschen. Wer die deutsche Provinz kennt, kennt auch die Gegend rechts und links des Hellwegs. Doch der harmlose Schein trügt. Die Provinz ist das wahre Mekka des Verbrechens. Zwanzig namhafte deutsche Krimischreiber und -innen drapieren Leichen in vermeintlichen Idyllen und zeigen, dass der Weg von Dortmund nach Paderborn ein ›Weg zur Hölle‹ sein kann.